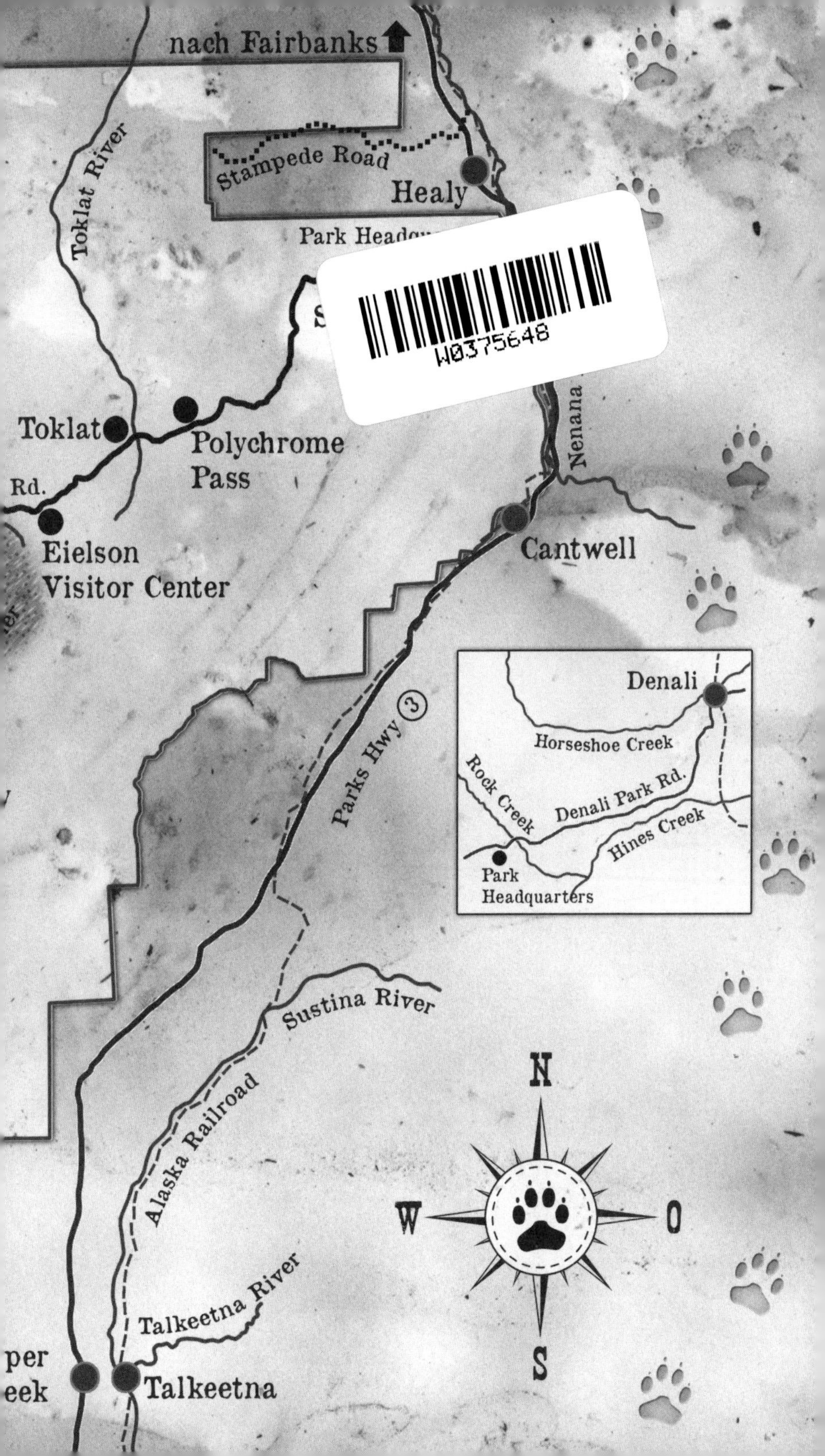
nach Fairbanks
Toklat River
Stampede Road
Healy
Park Headqu
Toklat
Polychrome Pass
Rd.
Eielson Visitor Center
Nenana
Cantwell
Parks Hwy 3
Denali
Horseshoe Creek
Rock Creek
Denali Park Rd.
Hines Creek
Park Headquarters
Sustina River
Alaska Railroad
Talkeetna River
Talkeetna
N
W
O
S

Alaska Wilderness
Entscheidung am Wonder Lake

CHRISTOPHER ROSS

Entscheidung
am Wonder Lake

ALASKA WILDERNESS

ueberreuter

In der Reihe *Alaska Wilderness* sind
bei Ueberreuter erhältlich:
Band 1: Verschollen am Mount McKinley
Band 2: Die Wölfe vom Rock Creek
Band 3: Allein am Stony Creek
Band 4: Schutzlos am Red Mountain
Band 5: Die Geister vom Rainy Pass
Band 6: Entscheidung am Wonder Lake

1. Auflage 2017

ISBN 978-3-7641-7074-5

Covergestaltung: Vivien Heinz, Henry's Lodge
unter Verwendung von Fotos von © Fotolia / El Gaucho,
© Fotolia / chrisgandy und © iStock / mari_art

Karte im Innenteil: Herbert Ahnen, animagic GmbH, Bielefeld
Druck und Bindung: GGP Media GmbH, Pößneck
Gedruckt auf Papier aus geprüfter nachhaltiger Forstwirtschaft

www.ueberreuter.de

1

Der Sturm kam so plötzlich, dass es Julie nicht mehr gelang, sich und ihre Huskys in Sicherheit zu bringen. Von einer Sekunde auf die andere blies der Blizzard mit ungebremster Kraft über die verschneiten Hänge der Alaska Range und trieb den Schnee wie eine weiße Wand vor sich her. Der Mount Denali, das Wahrzeichen des Nationalparks und vor wenigen Augenblicken noch im trüben Sonnenlicht, verschmolz mit den dunklen Wolken, die aus dem Norden über die Berge zogen und bedrohlich über den Felsen hingen.

Nicht einmal ihr Leithund hatte den Sturm gewittert. Beim Anblick der Sturmfront war es Chuck zwar noch gelungen, in den Windschatten einiger Hügel vorzudringen, aber auch dort war der tobende Schnee so dicht gewesen, dass er für einige Zeit die Orientierung verlor. Ähnlich hilflos wie Julie stolperte er durch den Sturm, der sich scheinbar wütend auf sie stürzte und es darauf abgesehen zu haben schien, sie vom Trail zu drängen und in die Irre zu führen.

»Gee! Nach rechts! Nach rechts!«, rief Julie in aufkommender Panik.

Sie sprang vom Schlitten, den Kopf gegen den brausenden Blizzard gesenkt, und half den Huskys, das Gefährt aus dem tiefen Schnee zu ziehen. Keuchend erreichte sie den festgestampften Trail. Sie sprang auf die Kufen und feuerte die Hunde an: »Vorwärts, Chuck! Weiter, weiter! Bis zum McKinley ist es keine Viertelmeile. Dort können wir uns am Ufer verkriechen!« Sie schrie die Worte in den Sturm hinaus, auch wenn sie wusste, dass der heftige Wind ihr die Anfeuerungsrufe von den Lippen riss und die Huskys sie nicht hören konnten. Chuck und Bronco, die das Gespann anführten, konnten sie nicht einmal sehen, so dicht wirbelten die Flocken in der Luft.

Der Sturm drang von allen Seiten auf sie ein. Mal glitten sie links vom Trail ab, dann wieder rechts, und einmal wehte ihnen der Wind mit solcher Wucht entgegen, dass sie auf der Stelle zu laufen schienen.

»Zum Fluss!«, rief Julie. »Wir schaffen das, Chuck!« Sie hielt die Haltestange mit beiden Händen, sprang auf die Kufen und gleich wieder in den Schnee, wenn sie erneut vom Trail abkamen. Sie steuerte ihren Schlitten nicht zum ersten Mal durch einen Blizzard. Als Rangerin im Denali National Park war sie mit allem vertraut, was die Natur des hohen Nordens im Winter zu bieten hatte, und ließ sich auch in dieser Situation nicht aus der Ruhe bringen. Ihr Atem und ihr Puls gingen schneller, doch gegen aufkommende Panik kämpfte sie erfolgreich an.

Ihr Leithund hatte sich inzwischen von seinem Schrecken erholt und zeigte, was für einen starken Charakter er besaß und über welche Erfahrung er verfügte. Wie alle befähigten Leithunde konnte er einen Trail wittern, gelang es ihm selbst in einem heftigen Schneetreiben, einen verlorenen Trail wiederzufinden. Allein durch seine Körpersprache kontrollierte er die anderen Huskys. So brachte er sie dazu, ihm tatkräftig zu helfen, und schaffte es sogar, einen jungen Hund wie den dreijährigen Noatak bei der Stange zu halten. Nur mit ihrem Anführer Chuck war das Gespann in der Lage, eine solche Herausforderung zu meistern.

»Nicht aufgeben, ihr Lieben! Gleich haben wir es geschafft!«

Julie arbeitete schon seit über zwei Jahren im Denali National Park und hatte auch die strengen Winter im Park verbracht. Als Verantwortliche für die Schlittenhunde des Ranger-Teams war sie oft wochenlang mit dem Hundeschlitten in der Bergwildnis unterwegs gewesen, hatte Trails kontrolliert, Besorgungsfahrten übernommen und an wissenschaftlichen Unternehmen teilgenommen. Obwohl sie noch lange nicht in jedem Winkel des riesigen Nationalparks gewesen war, kannte sie fast alle Trails in der Wildnis am Mount Denali. Sie wusste, wie weit die bewaldeten Hänge der Taiga reichten und wo die baumlose Tundra begann, wo es die meisten Grizzlys und Wölfe gab, und es gab wohl kaum einen Trail, den sie nicht bis ins Detail beschreiben konnte.

Wichtig für eine Rangerin wie sie war es vor allem zu wissen, wo man sich im Notfall vor den Gefahren der Wildnis verstecken konnte. Die Lage aller Blockhütten, aber auch geschützte Lagerplätze im Kopf zu haben, gehörte zum Grundwissen jedes Rangers. »Wie die Indianer in den alten Filmen«, hatte Ranger Greg Erhart, ein großer Westernfan, es einmal ausgedrückt, »die wussten selbst in der Wüste, wo es Wasserstellen gibt, und brauchten keine Landkarte, um ihre Jagdgründe beschreiben zu können. Erinnert ihr euch noch an den Apachen-Chief in ›Broken Arrow‹? Der hätte ein Versteck schneller gefunden als jedes Navi.«

Und doch schien es eine halbe Ewigkeit zu dauern, bis sie endlich das Steilufer des McKinley Rivers erreichten. Immer noch vom Blizzard getrieben und von rauschenden Flockenwirbeln eingehüllt, fand Julie den steilen Trail, der zum Fluss hinabführte, und trieb ihre Hunde nach unten. Chuck ahnte, was sie vorhatte. Er führte das Gespann dicht an die Uferböschung heran und schüttelte sich in der windgeschützten Umgebung den Schnee aus dem Fell. Er jaulte zufrieden, als Julie vom Schlitten stieg und ihn dicht an die gefrorene Erdwand schob. Im Windschatten des Ufers waren sie wenigstens einigermaßen gegen den heftigen Wind und die wirbelnden Flocken geschützt.

»Das habt ihr gut gemacht«, lobte Julie ihre Huskys. Sie verteilte ihr Lob gleichmäßig, hob nur Chuck hervor, indem sie ihm liebevoll den Rücken tätschelte. »Von so ein bisschen Sturm lassen wir uns doch nicht unterkriegen.«

Wie alle Huskys machte auch ihren Hunden das frostige Wetter wenig aus. Sie rollten sich in den Schnee und waren durch ihr dichtes Fell so gut gegen die Kälte geschützt, dass sie nicht leiden mussten. Auch Julie war gut gewappnet: Sie trug ihre Winterhosen, den dunkelgrünen und mit Vielfraßpelz besetzten Anorak des National Park Service und feste Stiefel. Ihre honigblonden Haare, wie immer im Dienst hochgesteckt, schützte sie mit einer Wollmütze.

Erschöpft setzte sie sich auf den Schlitten. Der Blizzard würde nicht lange dauern, zumindest das wusste sie, sonst wäre der Wetterbericht genauer gewesen. Sie nahm ihre Skibrille ab und trank einen Schluck aus ihrer Feldflasche. Heißer Tee, den mit Orange und Zimt, obwohl man schon sehr viel Fantasie aufbringen musste, um diese Zutaten zu schmecken. Sie hatte während der letzten paar Tage in der Ranger-Station am Wonder Lake übernachtet und beim Ebnen und Säubern der Trails für die Filmaufnahmen in der nächsten Woche geholfen. Jetzt war sie auf dem Heimweg zum Hauptquartier, wo sie eine kleine Blockhütte bewohnte.

»Wenn die Filmleute nächste Woche auch so ein Wetter bekommen, wird's schwierig für sie«, sagte sie zu den Huskys. »Der Regisseur und die meisten anderen Leute im Team kommen aus Hollywood, die wissen doch nicht mal, wie sich Schnee anfühlt. Ich möchte mal wissen, warum die den Film nicht in den Studios drehen oder zumindest in den Sierras, die lägen direkt vor der Haustür und wären nicht so anstrengend wie die Alaska Range.«

Darauf wussten Chuck und seine vierbeinigen Kollegen auch keine Antwort. Oder es interessierte sie einfach nicht. Bei so einem Wetter stimmten sie nicht einmal ihr Jaulkonzert an und begnügten sich damit, im Schnee zu faulenzen und darauf zu warten, dass sich der stürmische Wind verzog und sie endlich wieder laufen konnten. Huskys laufen für ihr Leben gern.

»Ich bin schon gespannt, wie die Stars hier zurechtkommen. Also, wenn ihr mich fragt, ich hätte zwei anderen die Hauptrolle gegeben, nicht diesem Actionfritzen und der Glamourtante aus dem Reality-TV.« Pete Cox, der die männliche Hauptrolle spielen würde, war ein junger Actionheld und hatte sich in den bisher drei Staffeln von *Highway Patrol* einen Namen gemacht, als Highway-Polizist, der einen speziellen Streifenwagen fuhr und damit wahre Wunderdinge vollbrachte. Jennifer Liotta, blond, sexy und auch sonst ein wandelndes Klischee, war der Star von *Rodeo Drive*, einer Realityshow über die angeblich Reichen und Schönen.

Chuck hob den Kopf, als würde er seinen Ohren nicht trauen, und ließ ihn gleich wieder sinken. Ob er sich wunderte, dass sie plötzlich so viel redete?

»Pete Cox kommt aus San Diego, soweit ich weiß, und kann wahrscheinlich segeln oder surfen, aber ob er mit einem Hundeschlitten umgehen kann? Und Jennifer Liotta?« Sie musste lachen, auch weil sie mehrere Folgen von *Rodeo Drive* gesehen hatte. »Die will wahrscheinlich in High Heels auf den Schlitten.« Sie schüttelte den Kopf. »Aber wenn ich mir so manche Filme im Fernsehen ansehe, wundert mich sowieso nichts mehr.«

Der Superintendent hatte sie vor zwei Wochen über die Dreharbeiten informiert und sogar einige Ranger, die nur während der Saison im Sommer im Nationalpark arbeiteten, zurückholen lassen. Eine bekannte Produktionsfirma aus Hollywood hatte vom National Park Service die Erlaubnis bekommen, die Außenaufnahmen für den Film *Das Monster vom Wonder Lake* im Park zu drehen. Ein Blockbuster, der einen legendären Horrorfilm wie *Freitag, der 13.* in den Schatten stellen würde, wenn man den Ankündigungen glauben durfte. Pete Cox und Jennifer Liotta kamen zwar nicht aus der ersten Garde, standen bei den 14- bis 21-Jährigen aber gerade hoch im Kurs, und an denen war man in Hollywood besonders interessiert. Zeitgleich mit dem Film würden auch ein Computerspiel und Actionfiguren auf den Markt kommen.

Um die Außenaufnahmen möglichst realistisch aussehen zu lassen, hatten sich die Produzenten entschlossen, *on location* im Denali National Park zu drehen. Natürlich mit Unterstützung der Park Ranger, die dem Team und den Schauspielern hilfreich zur Seite stehen sollten. Julie hatte bei den Vorbereitungen geholfen und würde nach ihrer Rückkehr ins Hauptquartier gleich wieder aufbrechen müssen – mit einer Aufgabe, um die sie unzählige Fans beneiden würden.

Der Superintendent hatte sie am Wonder Lake angerufen. »Ranger Wilson? Der Manager von Jennifer Liotta hat sich gemeldet. Ein gewisser Jerry Lieberman. Miss Liotta würde gern zwei oder drei Tage mit einer erfahrenen Rangerin durch die Wildnis fahren, um ein besseres Gefühl für das Fahren mit einem Hundeschlitten zu bekommen. Sie hat sich bereits einige Grundkenntnisse angeeignet, möchte aber ein wenig hier in Alaska üben, um die Umgebung und auch die Huskys kennenzulernen. Sie wissen, dass wir der Produktion gestattet haben, einige Szenen mit unseren Huskys zu drehen?«

»Ja, und ich bin nicht besonders glücklich damit.«

»Keine Angst, Ihren Hunden wird nichts passieren. Die

Verträge zwischen dem National Park Service und der Produktionsfirma sind sehr streng, und außerdem wird ein Tierarzt alle Szenen mit den Hunden überwachen.« Die Pause nach diesen Worten war etwas länger. »Und Sie werden auch dabei sein.«

»Ich? Ich dachte, ich arbeite für den National Park Service.«

»Ich kann Sie auch nicht zu dem Job zwingen«, sagte der Superintendent, »aber ich wüsste nicht, wem ich diese Aufgabe sonst anvertrauen sollte. Ihre Aufgabe wird es sein …«, er hustete, wohl auch, um Zeit zu gewinnen, »… Babysitter für Miss Liotta zu spielen. Während ihrer Vorbereitungen und später bei den Dreharbeiten. Ich weiß, das ist ziemlich viel verlangt, aber andererseits ist es sicher auch aufregend, mit einem Star wie Liotta zu arbeiten.«

»Ganz bestimmt sogar«, sagte Julie. Überzeugt war sie jedoch nicht.

Der Blizzard löste sich allmählich auf. Mit den dunklen Wolken wanderte auch der stürmische Wind nach Süden ab, und zurück blieben ein verwaschener grauer Himmel und stetiger Schneefall, der Julie kaum noch und die Huskys überhaupt nicht störte. Chuck war bereits aufgesprungen und jaulte ungeduldig, schien es gar nicht erwarten zu können, endlich wieder loszurennen.

Julie erhob sich und klopfte sich den Schnee vom Anorak. »Wird auch Zeit«, sagte sie, »ich hab keine Lust, schon wieder stundenlang einen Sturm auszusitzen.« Während eines Sturms, der Anfang Januar über den Nationalpark hinweggebraust war, hatte sie eine ganze Nacht allein mit ihren Huskys in der Kälte ausgeharrt. »Ich möchte nur wissen, wie die Liotta das wegstecken würde.«

Nach dem tosenden Blizzard fiel die plötzliche Stille, die seitdem über der Alaska Range lag, besonders auf. Der Nachmittag hatte gerade erst begonnen, aber die Sonne ließ sich nicht mehr blicken. Es blieb beinahe so düster wie während des Sturms, und unheilvolle Stille lastete auf dem Land. Der Mount Denali und die umliegenden Berge hoben sich als dunkle Schatten vom grauen Himmel ab, nur auf den vereisten Hängen des Muldrow Glacier lag blasses Licht. Ohne ihre Huskys wäre Julie sich total einsam und allein vorgekommen.

Das klagende Heulen eines Wolfs durchbrach die Stille. Von den Bergen hallte es über den Gletscher hinweg zum McKinley River und hing als mehrfaches Echo über dem vereisten Fluss. Ein Laut, so unheimlich und düster wie die Natur nach dem Blizzard, Furcht einflößend selbst für Julie, die wusste, dass Wölfe nur in extrem strengen Wintern, wenn es keine natürliche Beute mehr für sie gab, den Menschen gefährlich werden konnten. Noch während das Echo zu hören war, antwortete ein zweiter Wolf, und wieder hing sein Klagen sekundenlang über dem verschneiten Land wie eine Drohung für alle Menschen, die es wagten, in die Heimat von Wölfen und Bären einzudringen.

Die Huskys reagierten mit erhöhter Aufmerksamkeit auf den vertrauten Laut. Ihre wilden Brüder waren nahe und konnten auch für sie zur Bedrohung werden, wenn es keine andere Beute mehr in den Bergen gab. Chuck und seine Artgenossen hatten keine Angst vor ihnen, aber großen Respekt und drängten nervös darauf, endlich weiterzuziehen. Chuck erwies sich auch in dieser Situation als erfahrener Leithund, der nicht gleich vor jeder Gefahr in die Knie ging. Sein Selbstbewusstsein ließ ihn stärker als die anderen erscheinen.

Das Clearwater-Creek-Rudel, vermutete Julie, sechs erwachsene Wölfe, die in den Tälern des gleichnamigen Flusses auf Beutezug gingen. Im letzten Herbst hatten Julies Freund und einige andere Studenten der University of Alaska an einem Field-Experiment ihrer Hochschule teilgenommen und die Wölfe unter verschiedenen Einflüssen getestet.

»Die Clearwater-Creek-Wölfe«, erklärte Julie ihren Hunden, »die haben Steve und seine Kollegen im letzten Herbst so verwöhnt, dass sie keinen Hunger mehr haben können.«

Aber ganz überzeugt war sie nicht, und sie beeilte sich, so schnell wie möglich aus der Gegend zu verschwinden. Leider hatte der Blizzard weite Teile des Trails mit Schnee überschüttet, sodass sie öfter als geplant von den Kufen musste und alle Hände voll zu tun hatte. Erst als sie weiter südlich auf einen gewalzten Trail wechseln konnte, wurden die Hindernisse weniger. »Heya, Chuck! Vorwärts, lauft, lauft! Jetzt wird es aber höchste Zeit, dass wir nach Hause kommen. Giddyup, vorwärts!«

Noch einmal heulten die Wölfe, aber es klang jetzt weiter entfernt, und die Laute stellten kaum noch eine Bedrohung dar. Anscheinend hatte ein Wolf eine mögliche Beute entdeckt und die anderen Mitglieder des Rudels gerufen und um Unterstützung gebeten. Die meisten Wölfe waren keine Einzelgänger, sie fühlten sich in der Gruppe wesentlich stärker, ähnlich wie die Menschen, und gingen auch zusammen auf die Jagd. Allein wären sie gar nicht in der Lage, große Tiere wie Elche zu reißen.

Das kann ja heiter werden, dachte Julie, wenn ich mit der Liotta unterwegs bin und die Wölfe fangen zu heulen an. Wir sollten die Szenen am Wonder Lake so schnell wie möglich drehen.

Aber auf den Drehplan der Produktionsfirma hatte sie keinen Einfluss. Ein Hollywoodproduzent ließ sich bestimmt nichts von einer Rangerin sagen, selbst dann nicht, wenn ein Wolfsrudel die Dreharbeiten stören könnte. Denn auch für diesen eher unwahrscheinlichen Fall hatten die Filmleute vorgesorgt. Sie hatten einen Jäger aus Fairbanks angestellt, der Schauspieler und Team mit einer Schusswaffe gegen Angriffe von Vierbeinern verteidigen würde. Rob Pierson hieß der Mann, ein stadtbekannter Wolfskiller und Bärenjäger, der im Sommer mit zahlungskräftigen Kunden auf Grizzly- und Elchjagd ging. Einige Rancher, die ihre Rinderherden durch streunende Wölfe bedroht sahen, hatten ihn als Wolfskiller engagiert – mit großartigem Erfolg, wie man hörte.

Im Eielson Visitor Center legte Julie eine kurze Rast ein. Sie begrüßte Shorty, der eigentlich Paul Short hieß und einer der größten Ranger am Denali war, und spendierte ihm einige ihrer Schokokekse. Sie teilten sich heißen Tee und sprachen über die bevorstehende Invasion der Filmcrew.

»Um die Liotta hätte ich mich auch gern gekümmert«, sagte Paul, »die würde ich sicher nicht von der Bettkante stoßen.«

»Macho!«, schimpfte Julie. »Haben denn alle Männer nur noch Sex im Kopf?« Sie verzog das Gesicht. »Außerdem glaube ich nicht, dass du an der deine Freude haben würdest. Angeblich soll sie ziemlich zickig sein.«

»So schlimm kann sie gar nicht sein.«

Julie lachte. »Ich stelle sie dir gern vor. Gibt's sonst was Neues?«

»Ja, klar«, fiel es Shorty ein, »das hätte ich beinahe vergessen. Ein Fan wird vermisst, einer aus der Meute, die an der Hauptstraße zelten und darauf warten, ein Selfie mit Jennifer Liotta oder Pete Cox zu schießen. Eine gewisse Mary-Jane Wickard. Sechzehn oder siebzehn. Aus Anchorage. Sie ist allein hier, aber ein junger Typ, der wohl hinter ihr her ist, schwört Stein und Bein, dass sie in den Park geflohen ist. Es gibt anscheinend Gerüchte, dass die Liotta mit dem Hubschrauber direkt zum Wonder Lake fliegt und gar nicht im Hauptquartier absteigt. Grund genug für die arme Kleine, sich abzusetzen und zu versuchen, zum Wonder Lake vorzudringen.«

»Zu Fuß?« Julie konnte es nicht fassen. »Das sind über achtzig Meilen!«

»Bei so was setzt der Verstand aus. Meine kleine Schwester wollte nach Los Angeles zu Leonardo DiCaprio schwimmen, als ›Titanic‹ herauskam.«

»Ganz schön mutig. Und … suchen sie schon nach der Kleinen?«

»Der Super lässt erst mal die nähere Umgebung des Hauptquartiers absuchen, bevor er die Pferde scheu macht. Und du sollst dich umsehen. Erst wenn es gar nicht mehr anders geht, will er Search-and-Rescue starten.«

»Als ob wir nicht schon Aufregung genug hätten«, seufzte Julie. Sie verabschiedete sich von Shorty und folgte der Park Road weiter nach Osten.

2

Nur weil Julie sich und den Huskys am Teklanika River eine Pause gönnte und einen Müsliriegel verspeiste, hörte sie das ängstliche Wimmern, das aus den Hügeln nördlich der Park Road zu kommen schien. Auch Chuck hatte es anscheinend gehört und war sofort aufgesprungen. Er zerrte an den Leinen.

»Ich bin gleich wieder hier«, sagte sie.

Sie schnallte die Schneeschuhe an und stapfte in den Tiefschnee abseits der Park Road. Ohne das Wimmern hätte sie niemals bemerkt, dass sich jemand in den Hügeln befand. Wenn jemand vom Trail abgekommen und in der Nähe verunglückt war, hatte wohl der Blizzard alle Spuren ausgelöscht.

»Ich höre Sie«, rief Julie. »Keine Angst, ich bin gleich bei Ihnen.«

Doch sie brauchte immerhin noch eine halbe Stunde, bis sie den tiefen Einschnitt zwischen den Hügeln erreichte, aus dem das Wimmern kam. Sie hatte ihre Stirnlampe eingeschaltet, um in dem Halbdunkel besser sehen zu können, und sah eine Gestalt neben einem umgestürzten Snowmobil liegen.

Sie beschleunigte ihre Schritte und glitt seitwärts den Hang hinab. Neben der Gestalt ging sie in die Hocke. Eine junge Frau, ein Mädchen fast noch, um die siebzehn, schätzte sie. Ihr Gesicht war von der Kälte gerötet, aus ihren Lippen das Blut gewichen. Mit großer Wahrscheinlichkeit war sie der vermisste Fan, von dem Shorty gesprochen hatte. Das Mädchen, das unbedingt ein Selfie mit Jennifer Liotta ergattern wollte. Sie litt unter starken Schmerzen und jammerte verzweifelt.

»Park Ranger Julie Wilson«, stellte sie sich vor. »Wer bist du? Die leichtsinnige junge Dame, die auf eigene Faust zum Wonder Lake fahren wollte?« Julie blickte auf das Snowmobil, das seitlich im Schnee lag. »Mit einer Maschine, die du wahrscheinlich gestohlen und damit gleich zwei Gesetze auf einmal gebrochen hast? Snowmobile sind im Denali National Park verboten.«

»Es … es tut mir leid, Ranger. Ich wollte doch nur …«

Julie war bereits dabei, die Verunglückte zu untersuchen. Wie alle Ranger besaß sie medizinische Grundkenntnisse, die sie zumindest befähigten, den Schweregrad einer Verletzung zu beurteilen. Als sie den linken Arm des Mädchens berührte, schrie es vor Schmerzen auf.

»Tut mir leid«, entschuldigte Julie sich, »dein Arm ist gebrochen. Eigentlich müsste ich ihn stabilisieren, aber dazu bräuchte ich Verbandszeug von meinem Schlitten und bis dahin ist es zu weit. Versuche, ihn nicht zu bewegen.«

»Er tut … er tut scheißweh!«

»Aber die Sache hätte wesentlich schlimmer ausgehen können. Du hattest Glück im Unglück. Du kannst froh sein, dass du hier unten einigermaßen gegen Wind und Kälte geschützt warst, sonst könnten wir vielleicht gar nicht mehr miteinander sprechen.« Sie zog ihren Anorak aus und breitete ihn über die Verletzte. Solange der Arzt kein grünes Licht gegeben hatte, war es besser, sie nicht zu bewegen, auch wenn sie im Schnee lag. Bis der Hubschrauber kam, würde Julie auch ohne Anorak auskommen. »Wie heißt du?«

»Mary-Jane Wickard. Mir … mir ist kalt, und … verdammt!«

»Das kriegen wir wieder hin«, tröstete Julie das Mädchen. Obwohl Mary-Jane selbst schuld an ihrem Unfall war, hatte sie Mitleid mit ihr. Sie griff nach ihrem Funkgerät und bat die Zentrale, einen Hubschrauber zum Teklanika River zu schicken. In knappen Worten schilderte sie den Sachverhalt. »Ganz recht, Mary-Jane Wickard, der vermisste Fan. Und richten Sie bitte Superintendent Green aus, dass ich in ungefähr zwei Stunden bei ihm bin.«

Der Ranger in der Zentrale erkundigte sich und teilte ihr mit, dass der Hubschrauber in einer knappen halben Stunde bei ihr wäre. Julie bedankte sich und steckte ihr Funkgerät weg. Sie hätte am liebsten einige Wolldecken aus ihrer Schlittentasche für die Verletzte geholt, war aber zu weit von der Park Road entfernt. In der Zeit, bis der Hubschrauber bei ihnen landete, hätte sie noch nicht einmal ihren Schlitten erreicht. Während es bei trockenem Wetter kein Problem gewesen wäre, konnten in diesem Tiefschnee selbst kurze Wege zur Tortur werden.

»Wie ist das passiert?«, fragte sie das Mädchen.

»Ich … ich wollte über die Hügel abkürzen … ich …«

»Abkürzen? Das hätte auch richtig schiefgehen können.«

»Tut mir leid. Ich wollte nicht … mein Arm!«

»Nicht bewegen«, erinnerte Julie sie. Sie fror trotz ihres Pullovers und der Skiunterwäsche, die sie bei ihren Wintereinsätzen trug, ließ sich aber nichts anmerken. »Wo hast du das Snowmobil her? Gestohlen, nicht wahr?«

»Ich wollte es zurückbringen, ehrlich!«

Julie betrachtete das Snowmobil näher und entdeckte den roten Schriftzug auf der schwarzen Motorhaube. »Das gehört dem Vermieter neben dem neuen Motel. Wenn du Pech hast, verklagt er dich. Das wird dich einiges kosten.«

»Meine Eltern bringen mich um.«

»Mach dir keine Sorgen, ich kenne den Vermieter«, erwiderte Julie. »Mal sehen, vielleicht lege ich ein gutes Wort für dich ein. Du bekommst schon genug Ärger.« Sie schüttelte den Kopf. »Wie kann man nur so leichtsinnig sein! Meinst du, wir haben die Straße im Winter umsonst gesperrt? Selbst erfahrene Wanderer und Bergsteiger müssen sich bei den Rangern abmelden, bevor sie in die Wildnis aufbrechen. Du hast wirklich unsagbares Glück gehabt. Hätte ich nicht zufällig gehalten und dein Wimmern gehört, hätten wir dich wahrscheinlich erst im Frühjahr gefunden, und du kannst dir ja sicher vorstellen, was dann noch von dir übrig geblieben wäre. Versprich mir, dass du so was nie wieder machst!«

»Ich verspreche es. Hoch und heilig.«

»Auch nicht für ein Foto mit dieser Jennifer Liotta.«

Mary-Jane zögerte ein wenig zu lange.

»Für keinen Filmstar, und sei er noch so berühmt.«

»Schon gut, ich verspreche es.«

Nach ungefähr einer halben Stunde landete der Hubschrauber auf einem Plateau, das der Wind vom Schnee blank gefegt hatte. Ein Arzt, den Julie flüchtig kannte, und zwei Sanitäter mit einer Trage stiegen aus und kletterten zu ihr in die Senke hinab.

»Hallo, Doc«, begrüßte Julie den Arzt. Sie zog ihren Anorak an und lächelte Mary-Jane aufmunternd zu, als die Sanitäter eine warme Folie über sie breiteten. In wenigen Worten erklärte Julie, wie es um das Mädchen stand.

Der Arzt stabilisierte den gebrochenen Arm und gab ihr ein Schmerzmittel. »Könnte sein, dass innere Verletzungen vorliegen«, sagte er, »aber das lässt sich erst im Krankenhaus feststellen. Wir bringen sie nach Fairbanks. Ist Ihr Vater dort nicht Chefarzt?«

»Schon seit einigen Jahren.« Ein Grund dafür, warum sie ihn so selten zu Gesicht bekam. Julies Mutter war nach der Scheidung nach Kalifornien gezogen und arbeitete in San Diego ebenfalls als Ärztin. Auch mit ihr telefonierte sie wenig. Es gab keinen Zoff zwischen ihnen, aber auch kein herzliches Verhältnis, wie es manche Freundinnen von der Highschool und dem College zu ihren Müttern hatten.

Als die Sanitäter die Trage mit der Verletzten anhoben, legte sie dem Mädchen eine Hand auf den rechten Unterarm. »Du bist in guten Händen, Mary-Jane. Und das mit dem Snowmobilvermieter kriege ich schon hin.«

»Vielen Dank, Ranger. Ich mach so was bestimmt nie wieder.«

Julie wartete, bis der Hubschrauber abgehoben hatte,

und funkte noch einmal die Zentrale an. Sie bat den diensthabenden Ranger, den Rücktransport des Snowmobils zu arrangieren, und ließ sich mit dem Superintendenten verbinden. Nachdem sie ihm einen vorläufigen Lagebericht gegeben hatte, bat sie ihn, Nachsicht bei Mary-Jane walten zu lassen. »Sie hat ihren Fehler längst eingesehen. Ich glaube nicht, dass sie noch mal versucht, allein in die Wildnis vorzudringen. Wenn Sie nichts dagegen haben, spreche ich mit dem Besitzer des Snowmobils und bitte ihn, von einer Anzeige abzusehen. Und wegen ihrer Fahrt in den Park lässt sich doch sicher auch einiges machen.«

»Warum setzen Sie sich so für das Mädchen ein?«, wunderte sich der Superintendent. »Eine deftige Strafe wäre vielleicht heilsam für sie und würde andere Jugendliche abschrecken. Sie ist nicht die Einzige, die sich wegen dieser Stars verrückt macht. Sie sollten die Ansammlung von Fans hier sehen.«

»Straffrei geht sie bestimmt nicht aus«, sagte sie. Sie wunderte sich selbst, wie sehr sie sich für das Mädchen einsetzte. »Dafür sorgen ihre Eltern schon.«

»Wir werden sehen, Ranger Wilson.« Er klang, als würde er auf ihren Vorschlag eingehen. »Jetzt kommen Sie erst mal nach Hause. Jennifer Liotta hat sich bereits für morgen Mittag angesagt, und ich brauche sie hier dringend.«

Julie steckte ihr Funkgerät weg und kehrte zum Schlitten zurück. Ihre Huskys warteten bereits ungeduldig. Sie liefen sofort los, als sie auf den Kufen stand, begierig darauf, den kühlen Wind in ihrem Fell zu spüren. Der Trail war in einem beinahe perfekten Zustand. Für die Filmleute, die eine beträchtliche Summe an den National Park Service zahlten, hatte man die Park Road etliche Kilometer weiter als in den vorangegangenen Wintern geräumt und mit Snowmobilen einen breiten Trail in den Schnee gefahren, ideal für die Außenaufnahmen des Films und eine Erleichterung für Musher und Huskys, die sich nicht erst durch den lästigen Tiefschnee zu kämpfen brauchten.

Julie erreichte die Park Headquarters am späten Nachmittag. Normalerweise hätten das Verwaltungsgebäude, das Duschhaus und die Blockhäuser der Ranger eher verlassen in der Dämmerung gelegen, und die einzigen Laute wären von den Hundezwingern gekommen, wo die zurückgebliebenen Huskys sofort unruhig wurden, wenn sie mit dem Gespann zurückkehrte. Auch sie wollten sich vor dem Schlitten beweisen und waren eifersüchtig und manchmal auch wütend auf ihre glücklichen Artgenossen in den Geschirren.

Doch diesmal herrschte eine ungewöhnliche Betriebsamkeit vor dem Verwaltungsgebäude und den Hundezwingern. Die blau-roten Warnlichter eines Streifenwagens leuchteten in der Dunkelheit. Seine Scheinwerfer waren auf den freien Platz unterhalb der Park Road gerichtet. In ihrem Licht sah sie mehrere Schaulustige hinter dem gelben Absperrband stehen, das die Ranger vom Law Enforcement vor der Böschung gespannt hatten. Sie erkannte Greg Erhart an seinem Bauch, der im Winter stets etwas dicker war, und Superintendent John W. Green. Beide Ranger redeten eindringlich auf die Leute ein.

Julie fuhr zu den Hundezwingern hinab, einem eingezäunten Gehege mit zwanzig festen Hütten, einem Geräteschuppen und einem Vorratshaus, das zum Schutz gegen Bären und andere wilde Tiere auf Stelzen gebaut war. Trotz der Scheinwerfer brannten auch die trüben Lampen über dem Eingang und bei den Schuppen. Freigeschaufelte Pfade führten zu den Hundehütten.

Wie so oft, wenn jemand von einer Tour zurückkehrte, begrüßten sie die zurückgebliebenen Hunde mit einem lauten Jaulkonzert. »Immer mit der Ruhe, ihr Lieben!«, rief sie den Huskys zu. »Ich weiß, dass ihr Hunger habt.«

Sie stieg vom Schlitten und befreite die Huskys von ihren Geschirren. Einen nach dem anderen band sie vor ihren Hütten an. »Das habt ihr toll gemacht!«, lobte sie jeden einzelnen, vor allem aber Chuck, der auch auf dieser Tour wieder bewiesen hatte, warum er als Leithund vor ihrem Schlitten lief. Sie kraulte ihm das dichte Fell über dem Genick. »Was würde ich nur ohne dich machen?«, sagte sie. »Heute hast du dir eine Extraportion verdient.«

Bronco, der stärkste Hund ihres Gespanns, hätte wohl noch hundert Meilen laufen können, ohne außer Puste zu geraten, und war wieder einmal schlechter Laune, als sie ihn festband. »Ich weiß, du bist noch viel zu munter, um dich schon zur Ruhe zu legen, aber besser wäre es, mein Lieber. Wer weiß, wie viel Arbeit uns diese Schauspielerin macht. Gleich gibt's Abendessen.«

Zu fressen gab es einen Eintopf aus Lachs und Reis, ein wahres Festessen für Huskys, besonders nach einem anstrengenden Tag wie diesem. Chuck bekam etwas mehr als alle anderen, ein Vorrecht, das alle Leithunde für sich in Anspruch nahmen. Bronco hatte nichts dagegen, solange genug Lachs in seinem Eimer war. Curly war besonders durstig und schlabberte außergewöhnlich viel Wasser, und auch der sonst so verspielte Bingo hatte sich verausgabt und rollte sich nach dem Fressen sofort in den Schnee. Blacky ließ es wie immer gemütlich angehen und fraß am längsten, und auch der junge Noatak ließ sich ungewöhnlich viel Zeit und wirkte ausgelaugt und erschöpft.

»So geht es uns allen mal«, tröstete Julie ihn, »wir können nicht immer in Höchstform sein.«

Der Superintendent kam ihr entgegen. »Das Krankenhaus hat angerufen, Ranger Wilson. Das Mädchen, das Sie gefunden haben, hat keine inneren Verletzungen. Sobald sie den Arm versorgt haben, schicken sie die Kleine nach Hause. Das letzte Wort ist allerdings noch nicht gesprochen. Die Eltern machen uns dafür verantwortlich, dass ihre Tochter verunglückt ist. Juristisch sind wir im Recht, schließlich gibt es Verbotstafeln, aber es könnte sein, dass wir einigen Ärger mit ihnen bekommen, und wenn es nur in den Medien ist.«

»Ihre Eltern sollten froh sein, dass Mary-Jane noch am Leben ist«, sagte Julie. »Ihren Unfall hat sie allein ihrem Leichtsinn und ihrer Dummheit zu verdanken.«

»Und es wird alles noch viel schlimmer werden, wenn die Filmleute erst hier sind. Morgen Jennifer Liotta und in ein paar Tagen ihr Co-Star und alle anderen. Ich weiß gar nicht, warum wir uns auf den Deal eingelassen haben.«

»Weil es keine bessere Werbung für den Denali National Park gibt. Auf einer großen Kinoleinwand macht sich unser Berg sicher besonders gut. Was meinen Sie, wie viele Besucher nur aufgrund dieses Films kommen werden.«

»Ist mir schon klar«, räumte der Superintendent ein, »deshalb habe ich ja auch dafür gestimmt. Wer konnte denn ahnen, dass die Leute so einen Wirbel um die Dreharbeiten machen werden.« Er drehte sich nach den Schaulustigen um, ungefähr zwanzig, meist jüngere Fans. »Sehen Sie sich diese Wahnsinnigen doch an. Die bleiben wahrscheinlich bis spätnachts in der Kälte stehen, weil sie uns nicht glauben, dass Jennifer Liotta erst morgen gegen Mittag eintrifft. Eine Schauspielerin, von der ich bis gestern nicht mal den Namen kannte.«

Julie musste schmunzeln. »Sie gehören auch nicht zur Zielgruppe.«

»Das mag sein«, erwiderte Green amüsiert, »aber ich finde es dennoch erstaunlich, dass es hier wie vor einer Konzertbühne zugeht. Da kommt einiges auf uns zu, Ranger Wilson. Auf mich als Verantwortlichen, aber auch auf Sie. Kommen Sie morgen am besten gleich nach dem Frühstück in mein Büro, dann können wir noch mal alles durchgehen, bevor Jennifer Liotta eintrifft.«

»Natürlich, Sir.«

Seine schmalen Lippen verzogen sich zu einem Lächeln. »Aber vorher schlafen Sie sich besser richtig aus. Wenn Miss Liotta tatsächlich lernen will, wie man einen Hundeschlitten durch die Wildnis steuert, haben Sie bestimmt einen anstrengenden Tag vor sich. Wir sehen uns morgen früh.«

»Ich werde pünktlich sein, Sir.«

Julie winkte Ranger Erhart zu und war bereits zu ihrem Blockhaus unterwegs, als ein junger Mann aus der Dunkelheit auftauchte und ihren Namen rief. Sie erkannte seine Stimme sofort.

»Steve! Wo kommst du denn her?«

Steve Morgan trat ins düstere Licht vor dem Duschhaus und wartete, bis sie herangekommen war. »Julie!«, begrüßte er sie freudestrahlend. »Ich dachte schon, du kommst überhaupt nicht mehr. Hattest du Ärger unterwegs?«

Steve und sie waren schon seit über einem Jahr miteinander befreundet. Ein bisschen mehr als befreundet, wenn man den Gerüchten im C-Camp des Nationalparks glauben durfte. So nannte man den Bereich der Headquarters, in dem die meisten Ranger wohnten. Steve war zwei Jahre älter als sie und arbeitete als Biologe an der University of Alaska in Fairbanks, ein attraktiver junger Mann mit den erstaunlichsten Augen der Männerwelt, wie Julie oft scherzhaft behauptete. Sie waren weder braun noch grün, eher etwas zwischendrin und mit einem humorvollen Funkeln, das entscheidend dafür sorgte, dass sie ihn noch immer liebte. Auch wenn ihre Beziehung nicht ganz störungsfrei ablief. Steve war äußerst eifersüchtig und beklagte sich ständig darüber, dass Julie zu wenig Zeit für ihn hatte. Einmal hatte er sogar laut darüber nachgedacht, wie es wäre, wenn sie als Hausfrau zu Hause bliebe, was eine wochenlange Funkstille zwischen ihnen zur Folge gehabt hatte. »So haben wir nicht gewettet!«, hatte sie ihn angefahren. »Ich liebe meinen Rangerberuf genauso wie du deine Biologie und werde ihn niemals aufgeben.«

Als sie ihn jetzt vor dem Duschhaus erreicht hatte, umarmte und küsste sie ihn flüchtig und berichtete von dem Zwischenfall mit dem Mädchen. Noch während sie sprach, spürte sie, dass er nur mit halbem Ohr zuhörte, und brach mitten im Satz ab. »Warum bist du hier, Steve? Gibt es Ärger an der Uni? Du bist doch nicht den weiten Weg von Fairbanks hierhergefahren, nur um mich zu umarmen und mich zu küssen?«

»Warum nicht? Wäre das so sonderbar?«

»Zumindest außergewöhnlich.«

»Ich wollte dich zum Essen einladen«, erwiderte er, »in das neue Steakhaus in Cantwell. Die haben ein neues Special mit Filetsteak und Hummer.«

»Hast du in der Lotterie gewonnen?«

»Nein, mein altes Smartphone verkauft.«

»Und das Geld müssen wir gleich verprassen?« Die Aussicht auf einen langen Abend mit Steve war zwar verlockend, aber nicht gerade hilfreich, wenn sie an ihre morgigen Aufgaben dachte. »Können wir das nicht bis nach dieser Filmsache verschieben? Ich bin ziemlich fertig, und morgen bin ich den ganzen Tag mit Jennifer Liotta unterwegs. Das wird sicher anstrengend.«

»Du gibst mir einen Korb?«

»Unsinn! Ich hab einen anstrengenden Tag hinter mir und fände es besser, wenn wir unser Date verschieben könnten. Du siehst doch, was hier los ist.« Sie erkannte, dass sie ihn verletzt hatte, wusste aber nicht, was sie ihm sonst sagen sollte. Wenn sie vor dem arbeitsreichen Tag mit der Schauspielerin zu wenig schlief, fehlte ihr in der

Wildnis vielleicht die nötige Konzentration, und sie brachte die Liotta unnötig in Gefahr. »Du bist mir doch nicht böse?«

»Natürlich nicht«, erwiderte er, doch seine Augen sagten etwas anderes. »Es ist nur … ich wollte dir was Wichtiges sagen, und jetzt … aber klar, der Job geht natürlich vor. Obwohl ich nicht verstehe, warum du um diese Zeit nicht für eine oder zwei Stunden … was soll's, wir holen das nach, okay?«

Julie berührte ihn an der Wange, zog ihre Hand aber gleich wieder zurück. »Sicher. Sobald ich mit der Liotta zurück bin, hab ich wahrscheinlich zwei oder drei Tage, bevor die Dreharbeiten beginnen. Ich rufe dich an, Steve.«

»Ist gut«, sagte er heiser. »War dumm von mir, auf gut Glück hierherzufahren, aber ich wollte dich überraschen. Ich liebe dich über alles, Julie.«

»Ich weiß«, antwortete sie nur.

3

Julie blieb noch einige Zeit in der Dunkelheit stehen, nachdem Steve gegangen war. Sie spürte weder den böigen Wind, der sich zwischen den Blockhütten verfing, noch die beißende Kälte, die er von den Bergen mitbrachte. Als ein Ranger aus dem Duschhaus trat, sie begrüßte und eine Bemerkung über das Wetter machte, beachtete sie ihn kaum und war froh, als er weiterging.

Sie wusste selbst nicht, warum sie Steve so kühl begegnet war und nicht mit ihm zum Essen gegangen war. Es war noch früh am Abend, und das Steakhaus war nur ein paar Minuten entfernt. Selbst wenn sie zwei Stunden weggeblieben wäre, hätte sie noch ausreichend Schlaf gefunden. Ihre Antwort musste wie eine Ausrede für ihn geklungen haben, und vielleicht war sie das ja auch. Sie hatte schon seit einigen Monaten das Gefühl, ihre Beziehung auf Eis legen zu müssen, um in Ruhe über ihre Zukunft nachdenken zu können.

Eigentlich war alles in Ordnung zwischen ihnen, das war ja das Komische. Sie mochte Steve, er war ein lieber und intelligenter junger Mann, der ideale Schwiegersohn, wie ältere Damen sagen würden, und rührend um sie besorgt. Einen besseren Ehemann konnte man sich kaum vorstellen. Erst auf den zweiten Blick hatte sie seine manchmal krankhafte Eifersucht kennengelernt. Er wollte sie nicht nur lieben, er wollte sie besitzen, so wie die Ehemänner vor sechzig, siebzig Jahren, die es niemals zugelassen hätten, dass die Ehefrau ihren Beruf über ihre Rolle als Hausfrau und Mutter stellte und ihm widersprach.

Immer wenn der Macho in ihm zum Vorschein kam, entschuldigte er sich wenig später, nur um ihr bei nächstbester Gelegenheit wieder Vorhaltungen zu machen. Oftmals lustig, manchmal peinlich setzte ihr dieses Verhalten doch mehr zu, als sie angenommen hatte. Und auch mit ihren Gefühlen war es nicht mehr so wie früher. Irgendetwas fehlte, dieses aufregende Kribbeln, wenn man sich gegenseitig berührte, die Leidenschaft, wenn sie zusammen waren, dieses Gefühl, sich auf ideale Weise mit dem anderen zu ergänzen.

Ein kalter Windhauch wehte ihr ins Gesicht und trieb Julie zu ihrer Blockhütte. Noch vor wenigen Wochen hätte sie sich darauf gefreut, mit Carol in der Küche zu sitzen und bei Tee und leckeren Schokokeksen über Gott und die Welt und auch ihren Kummer mit Steve reden zu können. Doch Carol Schneider hatte ihren Norweger geheiratet, einen Fabrikbesitzer aus Oslo, der seit einem Jahr zwischen Alaska und Norwegen pendelte und mit ihr in einem Haus am Stadtrand wohnte. Carol war vom Dienst freigestellt, wollte am Iditarod-Rennen teilnehmen und es wieder unter die Top Ten schaffen. Vor einigen Jahren war sie als Fünfte mit ihrem Schlitten durchs Ziel gegangen.

Bis zum Frühjahr, wenn eine neue Rangerin bei ihr einziehen würde, lebte Julie allein in der Hütte. Sie war gern allein, zumindest für eine Weile, vermisste Carol aber und hatte sich fest vorgenommen, beim Start des Hundeschlittenrennens in Anchorage dabei zu sein. Sie selbst hatte letztes Jahr teilgenommen und einen Achtungserfolg erzielt, wenn man berücksichtigte, dass sie es während des Rennens mit militanten Tierschützern zu tun bekommen hatte. Ausgerechnet. Es gab kaum eine Musherin, die so vehement für den Tierschutz eintrat wie sie und ihre Huskys so verantwortungsvoll behandelte.

Zum Abendessen begnügte sie sich mit einem Teller Hühnersuppe aus der Tüte und heißem Tee. Die Heizung lief auf Hochtouren. Sie hatte nur wenig Hunger, verzichtete sogar auf den Schokokeks, den sie sich an so unwirtlichen Abenden gönnte, und blickte nachdenklich durchs Fenster. Es hatte zu schneien aufgehört, aber der Wind rüttelte noch immer an den Schwarzfichten und ließ Schnee von den Ästen rieseln. Die trüben Lichter auf der Park Road gehörten zu einigen unermüdlichen Fans, die auf ihr Idol warteten.

Julie hielt mit dem Essen inne, blickte so angestrengt aus dem Fenster, dass die Bilder vor ihren Augen verschwammen. Was hatte Steve ihr so Wichtiges sagen wollen? Auch für ihn war es ungewöhnlich, ohne Vorankündigung bei ihr aufzutauchen. Eine Rangerin wie sie war oft über Nacht unterwegs und nicht jeden Abend in ihrer Blockhütte anzutreffen. Er musste schon einen triftigen Grund dafür haben. Wollte er ihr einen Heiratsantrag machen? Nicht auszudenken, wie sie reagieren würde, wenn er vor ihr niederkniete und feierlich ein Kästchen mit einem Verlobungsring aus seiner Tasche zog. »Gib mir noch etwas Zeit, Steve? Ich mag dich sehr, aber ich bin mir nicht sicher?«

Auch um sich abzulenken, begann sie ihren Rucksack für den Ausflug mit Jennifer Liotta zu packen. Zwei bis drei Tage wollte die Schauspielerin in der Wildnis verbringen. Und einige Grundkenntnisse über das Lenken eines Hundeschlittens hatte sie sich angeblich angeeignet. Julie war sehr gespannt, wie die Fahrt mit ihr verlaufen würde. Vor allem hatte sie Angst, dass ihnen die Medienleute in Hubschraubern und Flugzeugen folgten. Wenn die Liotta in dem geplanten Film wie eine echte Musherin wirken wollte, musste sie auch ein Gefühl für die Einsamkeit des Landes bekommen und durfte sich nicht ablenken lassen.

Julies Smartphone quakte. Eine Nachricht von Steve, was sonst? Die übliche Entschuldigung, wenn er wieder mal übers Ziel hinausgeschossen war. »Sorry, Julie! Wollte dir nicht auf die Nerven gehen. Nächstes Mal rufe ich an, bevor ich komme, und wir machen ein Date aus, okay? Du bist mir doch nicht böse? Ich liebe dich, Julie. Es fällt mir schwer, ohne dich zu sein. Steve.«

Sie dachte bereits über eine Antwort nach, als ihr einfiel, dass sie damit nur einen längeren Wortwechsel heraufbeschwören und sich vielleicht doch noch breitschlagen lassen würde, mit ihm wenigstens einen trinken zu gehen. Es reichte, wenn sie am nächsten Morgen darauf antwortete. Jetzt war es besser, ins Bett zu kriechen und zehn Stunden zu schlafen, um für den anstrengenden Trip mit einer Schauspielerin ausreichend gerüstet zu sein. Bei einem verwöhnten Hollywoodstar wie Jennifer Liotta war sie auf alles gefasst.

Doch an Schlaf war an diesem Abend nicht zu denken. Zu viele Gedanken schwirrten in ihrem Kopf herum. Normalerweise schlief sie sofort ein, nachdem sie Mr Green, ihrem Plüschfrosch, eine gute Nacht gewünscht hatte, und auch diesmal schloss sie die Augen, öffnete sie aber schon nach wenigen Minuten wieder und schaltete das Licht ein. Lass dich nicht verrückt machen, ermahnte sie sich innerlich, das mit Steve renkt sich wieder ein, und über diese Hollywoodtussi brauchst du dir sowieso keine Gedanken zu machen.

Sie setzte sich auf und dachte gerade daran, sich doch einen Schokokeks zu holen, als ihr Smartphone klingelte. Steve, dachte sie sofort, doch auf dem Display erschien der Name von Ranger Greg Erhart. Wenn der Polizeichef der Ranger anrief, konnte es sich nur um etwas Wichtiges handeln.

»Greg?«

»Sind Sie noch auf?«, erklang die dunkle Stimme des Rangers. »Ich bräuchte dringend Ihre Hilfe. Sind Ihre Huskys schon wieder einsatzfähig?«

»Warum?«

»Sie könnten mir helfen, einen verrückten Fernsehmann zu finden. Ich hatte gehofft, die Medien würden erst morgen früh auftauchen und uns wegen der Hollywoodtante das Leben schwer machen, aber die Streber von Channel 11 können es wieder mal nicht erwarten. Kennen Sie Earl Webber?«

»Den Klatschonkel? Der mit der Talkshow?«

»Genau der«, antwortete Erhart. »Er und sein Kameramann waren vorhin mit einem Hubschrauber hier. Einer der jungen Leute an der Absperrung will gehört haben, wie Webber zu seinem Piloten sagte, sie würden sich am Savage River auf die Lauer legen, um Jennifer Liotta dort abzupassen.«

Julie überlegte nur kurz. »Dann warten sie doch bestimmt neben der Brücke auf die Liotta. Wozu brauchen Sie dann mich und meinen Schlitten?«

»Weil sie nicht dort sind.« Erhart klang verärgert. »Sie müssen sich irgendwo anders auf die Lauer gelegt haben, und solange es so dunkel ist, finden wir ihr Versteck mit einem Chopper oder Flieger nie. Ihnen und Ihren Huskys traue ich das schon eher zu.« Er stöhnte. »Ausgerechnet Webber.«

Julie wusste, was er meinte. Webber galt als besonders skrupellos und trickreich und würde sicher alles daran setzen, an exklusive Bilder zu kommen. Wahrscheinlich hoffte er, die Liotta bei einem Sturz oder irgendeiner Peinlichkeit erwischen zu können.

»Okay«, sagte sie, »bin schon unterwegs.«

Keine halbe Stunde später traf sie Ranger Erhart bei den Hundezwingern. Er wartete in seinem Geländewagen und stieg sofort aus, als er sie kommen sah. Mit seinem dichten grauen Schnurrbart sah er wie ein Westernheld aus, der er sicher gern gewesen wäre. Keiner wusste so viel über Western wie er.

»Tut mir leid, wenn ich Sie geweckt habe«, entschuldigte er sich bei ihr, »aber Sie sind meine letzte Hoffnung. Wir suchen schon seit zwei Stunden nach dem Mistkerl und konnten ihn nirgendwo finden. Sein Smartphone hat er ausgeschaltet, darüber können wir ihn nicht orten. Er ist leider sehr clever.«

»Kann er denn viel Unheil anrichten? Und was ist, wenn ich querfeldein mit der Liotta fahre? Ich finde sicher eine Möglichkeit, ihm zu entkommen.«

Mit diesen Worten hatte Erhart gerechnet. »Mag sein, aber dann ist es vielleicht schon zu spät. Vielleicht hat Ihnen der Super nicht erzählt, dass wir uns dem Management gegenüber schriftlich verpflichtet haben, jeglichen Ärger von Jennifer Liotta fernzuhalten. Wenn ihr was passiert, kriegen wir Zoff.«

»Sie wissen, dass ich morgen früh zum Super muss?«

»Mit dem habe ich gerade telefoniert«, erwiderte Erhart. »Es reicht, wenn Sie um zehn Uhr bei ihm auftauchen. Die Liotta kommt erst gegen Mittag.«

Julie atmete auf. »Wenigstens etwas.«

»Nehmen Sie vor allem die Jagdtrails, die wir für die Filmleute gewalzt haben. Vielleicht versteckt er sich in einer der Trapperhütten am Teklanika River. Wir fahren inzwischen die Park Road rauf und runter. Funken Sie mich an, wenn Sie was gefunden haben. Wir müssen den Kerl unbedingt finden.«

»Wieso eigentlich? Die Liotta müsste sich doch über Publicity freuen.«

»Mag sein, aber nicht, wenn sie zeigen, wie sie vom Schlitten stürzt und hilflos wie ein Käfer auf dem Rücken liegt. Oder wie sie Rotz und Wasser heult, weil es bei uns einige Grad kälter ist als in L.A. …« Er deutete ein Grinsen an. »Oder wie sie einen wütenden Grizzly in seiner Winterruhe stört.«

»Ich dachte, Hauptsache Publicity, egal, ob gut oder schlecht.«

»Bis zu einem gewissen Grad, ja«, sagte Erhard. »Wenn die Publicity aber ihr Image beschädigt, hört die Gemütlichkeit auf. Weiß ich aus einem Buch über Gary Cooper.« Er sah, dass sie mit dem Namen nichts anzufangen wusste. »Der berühmte Westerndarsteller? *High Noon*? *The Westerner*? Als sie den mit einer entfernten Kusine ablichteten und sie der Öffentlichkeit als attraktiven Seitensprung verkauften, schaltete er sofort die Staatsanwaltschaft ein.«

»Was ist mit dem Piloten, der Webber in der Wildnis abgesetzt hat?«, wollte Julie wissen. »So kämen wir am einfachsten an seinen Aufenthaltsort.«

»Sie haben das Zeug zur Polizistin, das hab ich Ihnen doch schon vor ein paar Monaten gesagt.« Erhart grinste breit. »Ich hab natürlich auch daran gedacht und ihn sogar ans Telefon bekommen. Er denkt nicht daran, uns die Stelle zu verraten. Beruft sich auf das Recht, einen Informanten verschweigen zu dürfen. Als ob Webber sein Informant wäre. Der hilft uns nicht weiter.«

»Dann muss ich wohl ran.«

»Yul Brynner in *The Magnificent Seven*.«

»Wie bitte?«

»Das sagt Yul Brynner in *The Magnificent Seven*, als kein anderer den toten Indianer zum Friedhof fahren will. ›Dann übernehme ich die Fuhre‹, um ganz genau zu sein. Einer der besten Sprüche in einem der besten Western.«

»Dann muss ich ihn mir wohl doch mal ansehen.«

»Am besten gleich zwei Mal«, empfahl Erhart, »nur so können Sie die Feinheiten richtig genießen. Den alten Film von 1960 mit Yul Brynner und Steve McQueen wohlgemerkt. Die Neuverfilmung können Sie getrost vergessen. Billiger Abklatsch.«

»Ich werde daran denken.«

Nachdem Erhart sich verabschiedet hatte, überraschte Julie ihre Huskys mit der Ankündigung einer abendlichen Tour und spannte sie vor ihren Schlitten. »Ein Notfall«, erklärte sie den Hunden, als sie Chuck an die Führungsleine klinkte. »Wir suchen einen verrückten Klatschreporter, der sich irgendwo im Schnee versteckt.«

Sie verstaute eine Thermosflasche mit heißem Tee und einen Plastikbeutel mit Schokokeksen in ihrem Schlittensack und überprüfte den Revolver in ihrer Anoraktasche. Sie hatte die Waffe auf jeder Tour dabei, vor allem wegen Elchen, die Huskys besonders gefährlich werden konnten. Wenn sie sich in die Enge getrieben fühlten, reagierten sie noch aggressiver als Bären oder Wölfe. Auf einem der letzten Iditarods war einer der Leithunde von den Hufen eines ausschlagenden Elches getötet worden. Um ein weiteres Unglück zu vermeiden, hatte die Musherin den Elch mit ihrer 475 Magnum erschießen müssen.

Julie schaltete ihre Stirnlampe ein und trieb ihre Hunde an. Sie half ihnen, den Schlitten über die Böschung zu bringen, und brachte ihn in Schwung, bevor sie auf die Kufen sprang und das Gefährt auf die Park Road nach Westen lenkte. Inzwischen hatte auch der Wind etwas nachgelassen, und sie kamen gut voran. Nur noch vereinzelt rieselten Schneeflocken vom trüben Himmel herab.

Schon nach wenigen Minuten war Julie allein in der Wildnis. In der angespannten Stille war nur der Atem der Huskys und das Scharren der Kufen auf dem Schnee zu hören. Besser hätten die Bedingungen auf einem nächtlichen Ausflug nicht sein können, wäre ihre Aufgabe nicht so lästig und undenkbar gewesen. Earl Webber war ein prominenter Mann, zumindest in Alaska, und sie befürchtete, er könnte seinen Zorn an ihr auslassen, falls es ihr gelang, ihn aufzuspüren. Im Fernsehen wäre es ein Leichtes für ihn, sie fertigzumachen.

Sie schob die lästigen Gedanken beiseite und konzentrierte sich auf die Suche. Die Route, die sie mit Jennifer Liotta nehmen würde, war niemandem bekannt, aber Webber nahm sicher an, dass sie bis zum Savage River, vielleicht sogar bis zum Sanctuary River auf der Park Road bleiben und erst dann in unwegsamere Gefilde abbiegen würde. Sie vermutete, dass er in der Jagdhütte unterhalb des Mount Margaret übernachten würde, eine der bekannten Hütten, die in jedem Reiseführer erwähnt waren. Erst am frühen Morgen würde er sich einen Platz suchen, an dem er die Liotta überraschen konnte.

»Er muss ein Snowmobil dabeihaben«, rief sie ihren Hunden zu. »Anders kann es gar nicht sein. Er hat ein Snowmobil im Hubschrauber mitgenommen und lauert uns morgen irgendwo an der Park Road auf. Der bringt es fertig und jagt uns wie zwei flüchtige Hasen durch den Tiefschnee.«

Bis zur Brücke über den Teklanika River ließ sie den Huskys freien Lauf. Die Hunde freuten sich über die unerwartete Tour und genossen jeden Augenblick in vollen Zügen. Der Lichtkegel ihrer Stirnlampe bewegte sich flackernd über den Trail und streifte die Schwarzfichten zu beiden Seiten der Straße. Noch war sie von waldreicher Taiga umgeben, erst weiter westlich ging das Land in baumlose Tundra über. Am scheinbar endlosen Himmel leuchteten nur wenige Sterne, flankiert von einem blassen Dreiviertelmond.

Der Teklanika River kreuzte die Straße bei Meile 29, ein relativ breiter Fluss mit einer soliden Eisdecke. Ohne anzuhalten, lenkte sie ihr Gespann über einen gewundenen Pfad zum Fluss hinab und trieb sie über das verschneite Eis ungefähr drei Meilen flussabwärts. Eine Strecke, die sie auf beinahe jeder Inspektionstour nahm. Ihr Bauchgefühl sagte ihr, dass sie nicht lange nach dem Fernsehmann suchen müsste; um sich noch geschickter zu verstecken, war er viel zu selbstsicher und arrogant. Er glaubte wahrscheinlich, man hätte sein Verschwinden gar nicht bemerkt. »Irrtum, Mr Webber.«

Die Jagdhütte lag scheinbar verlassen im Schutz einiger Felsen. Nur wenn man genau hinblickte, sah man den schwachen Lichtschein hinter dem einzigen Fenster. Neben der Tür stand ein Snowmobil von derselben Mietstation, von der Mary-Jane Wickard ihre Maschine herhatte. Die letzte Gewissheit bekam sie, als Webber aus der Hütte trat und sein markantes Gesicht im blassen Mondlicht zu sehen war. Er stieg in den Sattel und startete den Motor.

»So haben wir nicht gewettet«, schimpfte Julie leise. Am liebsten hätte sie einen Warnschuss aus ihrem Revolver abgegeben, wie es ein Ranger in einem Actionfilm getan hätte, aber das hätte nur zusätzliche Schreibarbeit und anderen Ärger bedeutet. »Earl Webber! Bleiben Sie stehen!«, rief sie dem Fernsehmann zu. Hinter Webber erschien der Kameramann in der Tür und sagte etwas, das sie nicht verstand. »Ich bin Ranger Wilson. Sie sind verhaftet!«

Webber dachte nicht daran, sich zu ergeben, und drehte am Gas. Ohne daran zu denken, dass er den Kameramann mit seiner Ausrüstung zurückließ und nicht einmal seinen Anorak trug, lenkte er das Snowmobil auf den Fluss und raste ihr entgegen. Seine Miene wirkte verbissen, beinahe verzweifelt.

Julie war sofort klar, was er vorhatte: Er wollte sie mit Vollgas aus der Spur treiben und nach Süden fliehen. »So machen Sie alles nur noch schlimmer!«, rief sie, so laut sie konnte. »Seien Sie vernünftig, Webber! Halten Sie an!«

Die Huskys wurden bereits nervös und waren kurz davor, zur Seite auszubrechen und sich vor dem heulenden Snowmobil in Sicherheit zu bringen, als Webber ins Schleudern geriet. Er verlor den Halt und stürzte aus dem Sattel, dann blieb er benommen auf dem Eis liegen. Das Snowmobil krachte gegen einen Eisbrocken, überschlug sich ein paarmal und schlitterte dem Ufer entgegen.

Julie hielt den Schlitten an und blickte auf den stöhnenden Webber hinab. Der Fernsehmann war nicht schwer verletzt, hatte sich aber mehrere Knochen geprellt und würde einige Zeit mit zahlreichen blauen Flecken leben müssen.

»Das haben Sie sich selbst zuzuschreiben, Mr Webber«, sagte sie kühl. »Ich muss Sie verhaften. Das Fahren eines Snowmobils im Park ist verboten.«

»Scheißtag!«, schimpfte Webber.

4

Nachdem sie den Fernsehmann bei der Polizeitruppe abgeliefert hatte und in ihre Hütte zurückgekehrt war, war sie schon nach wenigen Minuten eingeschlafen. Von Ausschlafen konnte jedoch keine Rede sein, denn auch am nächsten Morgen musste sie wieder früh raus. Nach einem hastigen Frühstück und einer heißen Dusche machte sie sich zum Verwaltungsgebäude auf.

Dort war noch mehr los als am vergangenen Abend. Ungefähr doppelt so viele Neugierige, vor allem Jugendliche, drängten sich hinter dem gelben Absperrband, das zwei Ranger von Law Enforcement quer über die Park Road und die Zufahrt gespannt hatten. Der Polizeichef der Ranger stand mit Eddy Corwin zusammen, dem langjährigen Alaska State Trooper, der meist zwischen Fairbanks und Anchorage im Einsatz war.

»So einen Trubel gab's hier nicht mal, als wir die vielen Welpen im Hundezwinger hatten«, sagte Julie zu Erhart und Corwin. Sie deutete auf den Übertragungswagen von Channel 11 am Waldrand. »Mit Earl Webber alles okay?«

Erhart nickte. »Er muss sich ein paar Tage schonen, hab ich gehört, aber ich bezweifle, dass er hier weitermachen darf. Er kann froh sein, wenn er mit einer erträglichen Geldstrafe davonkommt. Der Sender hat Megan Stone geschickt, die ist mir auch wesentlich lieber.« Er grinste.

»Ist Ihnen schon mal aufgefallen, dass sie der jungen Angie Dickinson verblüffend ähnlich sieht?«

»Angie Dickinson?«, wunderte Julie sich.

»Die hübsche Lady in *Rio Bravo*«, klärte er sie auf. »Ich vergesse immer, dass Sie noch gar nicht geboren waren, als die guten Western ins Kino kamen. Aber der Film läuft sogar heute noch im Fernsehen, und auf DVD gibt's ihn auch. Einer der besten Western überhaupt. Das waren noch Stars. Oder meinen Sie, ein Sternchen wie diese Liotta würde eine glaubhafte Geliebte von einem Superstar wie John Wayne abgeben? Wo sind die guten Zeiten hin?«

»Sie sind ein hoffnungsloser Fall, Greg.«

»Das sagt meine Frau auch immer.«

Julie ging zum Hundezwinger weiter. Ihre Huskys warteten bereits ungeduldig und begrüßten sie ausgelassen. »Immer mit der Ruhe!«, rief sie ihnen zu. »Ihr bekommt ja euer Frühstück.« Sie schüttete Trockenfutter in die Eimer, die an die Hundehütten genagelt waren, und achtete darauf, dass jeder Husky genug Wasser bekam. Die Hunde machten sich heißhungrig über das Fressen her.

»Lasst euch Zeit!«, rief sie ihnen zu. »Es dauert noch ein wenig. Hab ich euch schon gesagt, dass wir heute mit einem bekannten Hollywoodstar spazieren fahren? Könnte sein, dass sich die Lady dumm anstellt. In Los Angeles gibt es keinen Schnee, und wenn sie jemals einen Schlitten gesteuert hat, dann als Kind in den Ferien. Vertragt euch mit ihr, habt ihr gehört?«

Ihre Hunde waren viel zu sehr mit ihrem Fressen beschäftigt, um auf ihre Worte zu reagieren. Lediglich Chuck hob für einen Moment den Kopf und blickte sie an, als wollte er sagen: Keine Angst, wir rücken ihr nicht zu dicht auf den Pelz, aber jetzt lass uns in Ruhe fressen, okay? Julie verstand seine stumme Botschaft und ließ sie allein. »Na, dann bis später, ihr Lieben.«

Superintendent John W. Green wartete bereits in seinem Büro auf sie. Sie setzten sich an den Besprechungstisch und nickten dankbar, als sie ein junger Ranger mit Kaffee und Keksen versorgte. »Jerry Lieberman hat angerufen«, berichtete Green. »Jennifer Liotta und er werden gegen elf Uhr hier eintreffen.«

»Jerry Lieberman?«

»Ihr Manager«, erklärte der Superintendent. »Leider ein sehr arroganter Bursche, zumindest am Telefon. Genau so, wie ich mir den Manager eines Hollywoodstars immer vorgestellt habe. Für ihn gibt es nur Jennifer Liotta. Um sie muss sich alles drehen. Er setzt alles daran, sie in das bestmögliche Licht zu setzen.« Er zuckte die Achseln. »Nichts dagegen, das ist sein Job, und meinetwegen kann er Jennifer Liotta eine goldene Krone aufsetzen, aber ich hab ihm auch gesagt, dass es in der Wildnis und in einem Nationalpark Regeln für ihn und seinen Schützling gibt. Ich bin mir nicht sicher, ob er mich verstanden hat. Woanders würden sie ihm kaum Contra geben.«

»Das kann ja heiter werden«, sagte Julie. »Und ausgerechnet ich soll mich mit der verwöhnten Lady abmühen? Wäre es nicht besser, Ranger Erhart oder ein anderer Ranger von Law Enforcement würde die Aufgabe übernehmen?«

»Ein Mann?« Green musste lachen. »Sie wissen wohl nicht, wie eine Frau wie Jennifer Liotta auf die meisten Männer wirkt. Die meisten würden ihr nach einer halben Stunde aus der Hand fressen. Sie würde doch ihren ganzen Charme einsetzen, um ihren Willen durchzusetzen, und das ist mir während eines Wildnisausflugs zu gefährlich. Nein, das schafft eine junge Frau wie Sie viel besser. Sie lassen sich bestimmt nicht von ihr für dumm verkaufen.«

»Da könnten Sie recht haben, Sir.«

»Noch dazu habe ich verhindern können, dass Sie ihren Manager auf die Tour mitnehmen müssen. Er wird uns hier unten die Hölle heißmachen und sicher alle paar Minuten mit Sonderwünschen bei mir auftauchen, aber das braucht Sie nicht zu interessieren. Darum kümmern wir uns. Bei den Dreharbeiten darf er sowieso nicht dabei sein, das hat ihm bereits die Produktionsfirma verboten. Die Leute dort kennen ihre Pappenheimer sicher am besten.«

»Das beruhigt mich«, sagte Julie. »Und ich hoffe, bei den Dreharbeiten geht es ziviler zu als im letzten Sommer, als ich den Dokumentarfilmer zu den Grizzlys begleiten musste.« Der Filmemacher hatte ihr das Leben schwer gemacht und war beinahe von einem Bären gefressen worden, weil er nicht auf sie gehört hatte. »Der hatte ein Ego, das war größer als der Mount Denali.«

»Diesmal gibt es ausführliche Verträge, die genau regeln, was den Filmleuten erlaubt ist«, versicherte ihr der Superintendent. »Die Kollegen vom National Park Service wollen nichts mehr dem Zufall überlassen und haben auch nur zugestimmt, weil sie gute Erfahrungen mit der Produktionsfirma gemacht haben.« Er trank einen Schluck von seinem Kaffee. »Und weil es diesmal weniger um Grizzlys und Wölfe geht. Der Film heißt *Das Monster vom Wonder Lake*, und ich bezweifle, dass es dieses Wesen wirklich gibt. Ich bin ihm jedenfalls noch nicht begegnet, und ich arbeite schon sehr lange am Denali.«

»Ich kann nicht behaupten, dass mir der Babysitterjob für die Filmleute besonders zusagt, aber ich werde natürlich tun, was in meiner Macht steht.«

»Ich habe nichts anderes erwartet, Ranger Wilson.«

Von draußen drang das laute Rattern eines Hubschraubers herein. Sie konnten durchs Fenster sehen, wie er innerhalb der Absperrung vor dem Verwaltungsgebäude landete. Unter den drehenden Rotorblättern wirbelte Schnee auf und hüllte die Maschine ein.

»Kommen Sie!«, forderte Green sie auf.

Sie traten vor das Gebäude und empfingen die Schauspielerin und ihren Manager wie einen hohen Staatsbesuch. Der Kameramann von Channel 11 war unter der Absperrung hindurchgekrochen und hatte die Tür des Hubschraubers sicher voll im Bild, als zuerst Jerry Lieberman und dann der Hollywoodstar ins Freie kletterten. Sie duckten sich unter den auslaufenden Rotoren hinweg und blickten den Superintendenten und Julie erwartungsvoll an.

Wow, dachte Julie, die Frau ist tatsächlich eine Schönheit. Selbst in ihrem pinkfarbenen Skianzug und der schneeweißen Wollmütze sah sie wie eine Lady aus. Schlank und rank, die Rundungen an den richtigen Stellen und lockiges blondes Haar, das unter ihrer Mütze hervorfloss. Obwohl der Himmel bedeckt war, trug sie eine Sonnenbrille. Ihr Manager war ein kräftiger Mann in den Dreißigern, der mit seiner platten Nase und dem blitzenden Brillanten im linken Ohrläppchen eher wie der Rausschmeißer in einem Nachtclub aussah.

»Willkommen im Denali National Park!«, begrüßte der Superintendent den prominenten Gast. »Ich bin John W. Green, der Superintendent dieses Nationalparks, und das ist Ranger Julie Wilson, die Sie während Ihres Besuchs betreuen wird. Wir freuen uns über Ihr Kommen und hoffen sehr, dass Sie sich bei uns wohlfühlen.« Er blickte den Manager an. »Das gilt natürlich auch für Sie, Mr Lieberman. Kommen Sie in mein Büro, dort sind wir ungestört.«

»Gerne«, antwortete Lieberman gönnerhaft, »aber zuerst müssen wir uns um die Medien und ihre Fans kümmern.« Er legte besitzergreifend einen Arm um die Schultern seines Schützlings. »Am besten schreibst du schon mal ein paar Autogramme, dann die Interviews mit Channel 11 und dem *Fairbanks Daily News-Miner.*« Zu Green sagte er: »Dauert maximal eine halbe Stunde.«

»Dann sehen wir uns nachher in meinem Büro«, sagte Green und gab Julie durch eine Kopfbewegung zu verstehen, bei der Schauspielerin zu bleiben.

Julie gehörte nicht zu den Frauen, die beim Anblick eines Hollywoodstars zu schreien anfingen oder in Ohnmacht fielen. Selbst als junges Mädchen hatte sie nie für einen TV-Star geschwärmt, die Simpsons mal ausgenommen. Ihre Stars waren Naturschützer gewesen, vor allem die Park Ranger in den Nationalparks, deren Abzeichen sie inzwischen selbst trug.

Jennifer Liottas Auftreten fand sie eher übertrieben. Den Fans gefiel es allerdings, wie sie sich in Szene setzte, ihre strahlend weißen Zähne zeigte und mit einem unvergleichlichen Hüftschwung, der wohl ihr Markenzeichen war, zu ihnen hinüberging. Ihr Manager blieb dicht hinter ihr und reichte ihr ein Päckchen mit Autogrammkarten und einen Filzstift. »Höchstens fünf Minuten«, hörte Julie ihn sagen, »und denk dran, dass Channel 11 schon draufhält.«

Die Schauspielerin beherrschte ihren Part. Sie stand strahlend vor ihrer teilweise gerührten Anhängerschar, schrieb Autogramme und ließ sich mit ihnen für Selfies ablichten. Nur Julie erkannte nach einiger Zeit, wie sehr sie unter der Kälte litt, als ein eisiger Windstoß von der Park Road herüberwehte.

»Ganz schön kalt hier«, sagte Jennifer Liotta zu ihren Fans. »Friert ihr denn nicht?«

»Wir sind schon seit sieben Uhr hier«, rief ein Mädchen stolz.

Als ihr ein männlicher Fan sein Handy hinhielt, hielt sie es nicht länger aus. »Noch ein Foto, dann muss ich aber weiter«, sagte sie und zog rasch ihren rechten Handschuh an. Lächelnd ließ sie die Knipserei über sich ergehen.

Weil die Fernsehleute einen stimmungsvollen Hintergrund brauchten, fand auch das Interview mit Channel 11 im Freien statt. Der Vertreter des lädierten Earl Webber, ein junger Mann im roten Anorak, wartete am Waldrand.

Julie brauchte ihn nur anzusehen, um zu erkennen, wie begeistert er von Jennifer Liotta war. Dies war sein großer Moment.

»Können wir?«, fragte er nervös.

»Schießen Sie los, junger Mann!«, forderte sie ihn auf.

Julie hatte Mitleid mit dem Interviewer. Er war der hübschen Schauspielerin hoffnungslos verfallen, hing wie gebannt an ihren Lippen, wenn sie antwortete, und war so nervös, dass er sich bei manchen Fragen verhaspelte und von ihr helfen lassen musste. Sie spielte mit ihm, kniff ihm lachend in die Wange, als er ein schüchternes Kompliment wagte, und nutzte die Gelegenheit, um schamlos für sich und ihren neuen Film zu werben: »Ich war sofort begeistert von dem Drehbuch. So was Spektakuläres bekommt man nicht alle Tage angeboten. Spannend, witzig und mit Tiefgang, einfach wundervoll!«

»Und jetzt sind Sie hier, um für Ihre Rolle zu recherchieren?«

»Ganz recht, und ich bin schon sehr aufgeregt. Ich bin zum ersten Mal in Alaska, ein beeindruckender Staat, und werde mir von den Rangern den Umgang mit einem Hundeschlitten zeigen lassen. Ich habe in Kalifornien schon fleißig geübt, allerdings nur auf dem Trockendock, und kann es gar nicht abwarten, endlich im Schnee zu trainieren. Nur hier in der Wildnis bekommt man das richtige Feeling dafür, deshalb bin ich auch jetzt schon vor Ort. Ich möchte im Film möglichst echt rüberkommen. Sobald ich von meinem Ausflug mit dem Ranger zurückkomme, werde ich mir von einem befreundeten Piloten die Schönheiten Ihres Landes zeigen lassen. Nächste Woche kehre ich dann mit dem Team zurück und die Dreharbeiten beginnen.«

»Werden Sie während Ihres Ausflugs im Park übernachten?«

»Oh ja, nur so erfahre ich doch, wie man sich in der Einsamkeit wirklich fühlt. In unserem Film geht es um eine Gruppe von Wanderern, die sich in der Wildnis verirrt und von einem sagenhaften Monster bedroht wird. Die spannendsten Szenen spielen in einsamen Blockhütten und an Lagerfeuern. Das Feeling, das man dabei hat, muss ich noch vor Beginn der Dreharbeiten kennenlernen, um mich besser in meine Rolle einfühlen zu können.«

Jennifer Liotta verabschiedete sich mit einem zärtlichen Wangenkuss von dem Interviewer und kicherte verstohlen, als sie bemerkte, wie er rot anlief.

Etwas schwerer tat sie sich mit dem Reporter des *Fairbanks Daily News-Miner*, einem abgebrühten Veteranen, der nicht zum ersten Mal einen Hollywoodstar interviewte und die Sache routiniert hinter sich brachte. Allerdings war auch er sichtlich beeindruckt von der charmanten und attraktiven Lady.

Die hat es faustdick hinter den Ohren, erkannte Julie. Auf gewisse Weise bewunderte sie die Schauspielerin, man musste wohl einen besonderen Sex-Appeal besitzen, um so mit Männern umgehen zu können. Aber selbst, wenn sie ihn gehabt hätte, wäre sie nicht zu solchen Spielchen bereit gewesen. Sie würde einem Mann niemals etwas vormachen und schon gar nicht Gefühle vortäuschen, die sie nicht für ihn empfand. Auch Steve hatte sie nie etwas vorgespielt. Doch nun musste sie sich so schnell wie möglich über ihre Gefühle zu ihm klar werden, wenn sie ein Unglück vermeiden wollte. Am besten gleich, nachdem sie von ihrer Schlittentour mit Jennifer Liotta zurückkehrte.

Bevor sie den Superintendenten in seinem Büro aufsuchten, gab der Hollywoodstar noch einige Autogramme. Ihr Manager war längst vor der Kälte ins Haus geflohen. »Und Sie gehen mit mir auf große Tour?«, fragte sie.

Julie nickte. »Sobald wir hier fertig sind.«

»Und ich dachte, ich fahre mit einem knackigen Naturburschen.«

»Die gibt's hier auch«, erwiderte Julie, ohne an einen bestimmten Ranger zu denken. Sie grinste leicht. »Aber wenn Sie mit dem so geflirtet hätten wie vorhin mit dem Fernsehmann, hätte sich der Mann unsterblich in Sie verliebt, und es hätte vielleicht Stress gegeben. Das wollten wir möglichst vermeiden.«

Jennifer Liotta fasste die Bemerkung als Kompliment auf. Ein Lächeln brachte ihre dunklen Augen zum Strahlen. »Wer weiß? Vielleicht angle ich mir während der Dreharbeiten einen Ranger? Naturburschen haben was für sich.«

»Aber sie sind keine Hillbillys. Sehen Sie sich vor.«

Julie musste an Ranger Erhart denken. Was wäre wohl passiert, wenn er mit der Liotta zum Wonder Lake gefahren wäre? Kein Zweifel, er hätte sie mit höchstem Respekt behandelt, wäre ihr höchstens auf die Nerven gegangen, indem er sie mit den Darstellerinnen in alten Westernfilmen verglich. Wenn es um Western ging, war er nicht zu bremsen. Eine Macke, die ihm niemand übel nahm. Im Gegenteil, auch einige junge Ranger waren durch ihn auf den Geschmack gekommen und hatten sich einige der alten Western angesehen.

»Haben Sie schon mal in einem Western mitgespielt?«, fragte Julie.

»In einem Western? Nein, wie kommen Sie darauf?«

»Ach, nur so.«

Als sie das Büro erreichten, war Jerry Lieberman bereits in seinem Element. »Und wie gesagt, Miss Liotta besitzt einen sehr empfindlichen Magen und sollte nur leichten Kräutertee, den ohne Koffein, und vegetarische Kost zu sich nehmen«, tönte er. »Auch keine Milch, die liegt ihr zu schwer im Magen. Während ihres Ausflugs sollte sie auf keinen Fall von Autogrammjägern belagert werden, die Decken auf dem Schlitten sollten bisher unbenutzt sein. Und nach ihrer Rückkehr möchte ich, dass sie von der Öffentlichkeit abgeschirmt wird, bis sie ihr Make-up erneuert und sich zurechtgemacht hat.«

»Manches davon halte ich zwar für übertrieben«, erwiderte der Superintendent, »aber mit einiger Mühe lässt sich das wohl arrangieren. Solange Sie von mir nicht verlangen, dass ich ihr einen roten Teppich in der Tundra auslege und die Tiere von ihr fernhalte. Das würde nämlich schwer gehen.«

Der Manager drehte sich zu ihr um. »Hab ich was vergessen, Jenn?«

»Die Massage«, sagte sie, ohne lange nachzudenken. »Sobald wir wieder in Fairbanks sind, brauche ich meine

Thai-Yoga-Massage. Du hast Fa Luang doch gesagt, dass sie nach meiner Rückkehr ins Hotel kommen soll?«

»Sie wird pünktlich da sein.«

»Das will ich doch hoffen.« Jennifer Liotta lächelte. »Und wenn ich ehrlich bin, würde ich noch gern ein Glas Prosecco trinken, bevor wir zu den Hunden gehen.«

»Prosecco?«, wunderten sich Julie und Green im Chor.

»Haben Sie denn keinen hier?«

»Wir könnten ihn aus dem Hotel kommen lassen.«

»Das wäre lieb.« Wieder dieses verführerische Lächeln.

»Aber das kann ein paar Minuten dauern«, sagte der Superintendent. Er rief den jungen Ranger herein, bestellte den Prosecco und gab ihm auch den Auftrag, in der Küche für den gewünschten Proviant zu sorgen. »Bei dem koffeinfreien Tee bin ich mir nicht sicher, aber wir tun, was wir können.« Nur Julie hörte den Spott in seiner Stimme. »Und Sie wollen wirklich mit dem Hundeschlitten fahren?«

»Unbedingt!«, antwortete der Hollywoodstar selbstbewusst.

»Aber nur nach einem Glas Prosecco?«

»Finden Sie das sonderbar?«, fragte sie.

Green grinste verstohlen. »Sonderbar? Wie kommen Sie denn darauf …«

5

Julie hatte bereits die Huskys angespannt, als Jennifer Liotta und der Superintendent aus dem Verwaltungsgebäude kamen. Die Schauspielerin hatte tatsächlich noch an einem Glas Prosecco genippt, dann aber missmutig das Gesicht verzogen. »Nichts für ungut, aber der schmeckt leider wie Spülwasser.«

Die schaulustigen Fans klatschten, als sie erschien, und riefen begeistert ihren Namen. Wo sah man einen Hollywoodstar schon mal aus nächster Nähe? Auch ohne ihren Manager wusste die Liotta, was sie ihnen schuldig war, winkte und warf ihnen Küsschen zu. Der Superintendent wartete geduldig, bis sie fertig war, und führte sie über einen geräumten Pfad zu den Hunden.

Beim Anblick der unruhigen Huskys zögerte sie. Erst nachdem Green ihr zugeredet und sie einigermaßen beruhigt hatte, näherte sie sich vorsichtig dem Schlitten. Ihr Blick blieb auf die Huskys gerichtet, die natürlich wussten, dass es gleich losgehen würde, und ungeduldig an den Leinen zerrten. Als sie die fremde Zweibeinerin kommen sahen, bellten und jaulten sie aufgeregt.

»Können Sie die Hunde nicht ruhiger halten?«, fragte Jennifer Liotta. Es klang vorwurfsvoll, aber auch ein wenig ängstlich. »Die benehmen sich ja, als hätte man ihnen was ins Fressen getan. Führen die sich immer so wild auf?«

»Sie freuen sich«, beruhigte Julie die Schauspielerin. »Die wissen genau, dass es wieder auf Tour geht, wenn ich sie vor den Schlitten spanne. Kommen Sie, ich stelle Ihnen die Hunde vor. Keine Angst, die tun Ihnen nichts.«

»Das sagen alle Hundebesitzer.«

»Huskys sind sehr intelligent. Sobald sie merken, dass ihnen ein Zweibeiner freundlich gesonnen ist, machen sie auch keinen Ärger.« Julie beugte sich zu Chuck hinab und schloss ihn in die Arme. »Das ist Chuck, mein Leithund. Ist er nicht ein prächtiger Bursche?« Sie sah, dass Jennifer Liotta noch immer zögerte, und winkte sie lächelnd heran. »Kommen Sie! Begrüßen Sie meinen Star! Gegen Chuck verblassen selbst berühmte Filmhunde aus Hollywood.«

Jerry Lieberman kam mit dem Rucksack seines Schützlings auf sie zu und winkte die Fernsehleute und Pressefotografen heran. »Fünf Minuten!«, rief er ihnen zu. »Sie haben fünf Minuten für Ihre Bilder mit Jennifer und den Hunden.«

Jetzt gab es kein Zurück mehr für den Hollywoodstar. Wenn sie vor den Medienleuten nicht wie ein Feigling dastehen wollte, musste sie ihre Wünsche erfüllen. Wie auf Eiern ging sie auf die Huskys zu, ihre Angst hinter einem künstlichen Lächeln verborgen. Lächeln konnten sie, die Movie-Stars, dachte Julie, man brauchte ihnen nur das Kommando zu geben, und sie zeigten ihre blendend weißen Zähne. Ein Talent, das ihr vollkommen abging.

»Nur Mut«, sagte Julie zu der Schauspielerin, »vor Chuck brauchen Sie keine Angst zu haben.«

»Weißt du, wer das ist?«, wandte sie sich dann an ihren

Leithund. »Das ist Jennifer Liotta, eine berühmte Schauspielerin aus Hollywood. Sie dreht einen Film in unserem Nationalpark und will uns näher kennenlernen.«

Chuck drehte sich zu Jennifer Liotta um, war auch wegen der Medienleute mit ihren Kameras irritiert. Seinetwegen hätte man sich den ganzen Rummel sparen können, er wäre wohl am liebsten sofort losgerannt. Er jaulte leise.

»Sie darf dich doch mal streicheln, oder?« Julie nickte der Schauspielerin aufmunternd zu. »Sehen Sie mal, wie dicht sein Fell ist. Damit friert man nicht mal bei vierzig Grad minus. Hab ich nicht recht, Chuck? Greifen Sie ruhig zu, Miss Liotta! Chuck ist kein Schoßhund, der ist einiges gewohnt.«

Jennifer Liotta spürte die Kameras hinter sich und ließ sich nicht länger bitten. Entschlossen legte sie eine Hand auf den Rücken des Huskys und begann ihn zu streicheln. Ihr Lächeln blieb, verschwand nur einmal kurz, als Chuck den Kopf drehte und seine raue Zunge über ihr Handgelenk gleiten ließ.

»Vergessen Sie nicht, seinen Namen zu erwähnen«, rief Julie den Fotografen zu. »Das ist Chuck, der beste und intelligenteste Leithund aller Zeiten.«

»So, das reicht«, mischte sich der Manager ein. »Jennifer muss sich jetzt auf ihre Tour konzentrieren. Morgen Abend nach ihrer Rückkehr wird sie Ihnen ausführlich von ihren Abenteuern berichten.« Er wartete, bis die Medienleute den abgesperrten Bereich verlassen hatten, und wandte sich dann an Julie: »Ich gehe davon aus, dass Sie Jenn keiner unnötigen Gefahr aussetzen«, sagte er. »Sie will ein Feeling für das Fahren mit einem Hundeschlitten und die Wildnis bekommen, mehr nicht. Ich verlasse mich auf Sie, Ranger Wilson.«

»Machen Sie sich keine Sorgen«, beruhigte ihn der Superintendent. »Julie ist eine sehr erfahrene und gewissenhafte Rangerin. Bei ihr befindet sich Miss Liotta in besten Händen.« Er wurde ungeduldig. »So, jetzt wird's aber Zeit.«

Julie verstaute ihr Gepäck und den Proviant im Schlittensack und breitete einige Wolldecken auf der Ladefläche aus. »Nehmen Sie Platz«, forderte sie ihre Passagierin auf. »Die ersten paar Meilen dürfen Sie sich ausruhen. Halten Sie sich gut fest! Wir sind spät dran und müssen zügig fahren.«

Nachdem sich die Schauspielerin gesetzt hatte, stieg Julie auf die Kufen und feuerte die Hunde an. »Vorwärts, Chuck! Jetzt könnt ihr laufen! Zeigt der Lady aus Hollywood mal, was ihr könnt! Auf die Park Road mit euch!«

Sie trieb ihr Gespann über die Böschung nach oben und folgte der Straße nach Westen. Der Himmel war verhangen und wölbte sich farblos über der waldreichen Taiga. Dunkel und unheilvoll wogten die Schwarzfichten im frischen Wind. Loser Schnee vereinte sich zu eisigen Wirbeln und tanzte über der festen Schneedecke der Park Road. Im dunklen Wald krächzten Raben.

Auf dem ebenen Trail hatte Julie wenig zu tun. Die Huskys legten ein konstantes Tempo vor, und der Schlitten lag sicher in der Spur. In den Kurven genügte eine leichte Körperdrehung, um das Gewicht zu verlagern und nicht von der Straße getrieben zu werden. Sie war froh, dem Trubel vor den Headquarters entkommen zu sein, obwohl sie spürte, dass die Tour mit dem Hollywoodstar nicht einfach werden würde. Wer auf einem Glas Prosecco bestand, bevor es auf Tour ging, war sicher nicht für die Wildnis geschaffen.

»So schwer kann die Fahrerei doch gar nicht sein«, rief Jennifer Liotta nach einigen Meilen. »Lassen Sie mich auch mal fahren, bevor ich hier noch festfriere. Im Film können wir viel tricksen, und bei vielen Aufnahmen muss ich nicht mal in die Kälte raus, aber wenn wir hier draußen drehen, will ich wenigstens einigermaßen professionell aussehen. Das bin ich meinen Fans schuldig. Oder trauen Sie mir vielleicht nicht zu, einen Schlitten zu steuern?«

Julie hütete sich, ihr die Wahrheit zu sagen. »Sie haben recht, wir sollten es wirklich mal versuchen. Deswegen sind wir doch hier. Ich wollte nur, dass Sie erst mal ein Gefühl für den Schlitten bekommen. Dass Sie sehen, wie sich die Hunde bewegen und auf was Sie alles achten müssen. Das ist eine ganz andere Welt hier draußen. Anders als L.A., aber auch anders als Anchorage.«

»Ich bin nicht zum ersten Mal im Schnee«, erwiderte der Hollywoodstar. »Letztes Jahr war ich mit einem Bekannten in Aspen, Colorado, beim Skifahren, und nur ein paar Stunden von L.A. entfernt geht es in die Sierras, da liegt im Winter auch eine Menge Schnee. Okay, ich bin nicht die beste Skifahrerin, aber mit einem Hundeschlitten komme ich auf jeden Fall zurecht.«

»Es ist nicht so leicht, wie es aussieht, Miss Liotta.«

»Sagen Sie Jenn zu mir. So nennen mich alle im Business.«

»Julie, ohne Ranger.« So war es wirklich einfacher.

Wenige Meilen vor dem Savage River hielt Julie den Schlitten an. »Keine Bange, Chuck«, rief sie dem Leithund zu, »es geht gleich weiter. Ich zeige Jenn nur, wie man einen Schlitten steuert und am besten mit euch zurechtkommt. Seid nicht so streng mit ihr, wenn es beim ersten Mal nicht klappt.«

»Das kriegen wir schon hin«, tönte die Schauspielerin. »Eigentlich brauchen Sie mir gar nicht so viel zu erklären, ich hab schließlich gesehen, wie Sie es machen. Nur die Kommandos hab ich vergessen. Wie hießen die noch mal?«

»Bei ›Haw!‹ geht es nach links, bei ›Gee!‹ nach rechts, und ›Whoaa!‹ rufen Sie, wenn Sie anhalten wollen. Beim Losfahren ist es eigentlich egal, was Sie rufen. ›Vorwärts!‹ oder ›Go!‹ oder was auch immer. Die meisten Hunde würden auch loslaufen, wenn Sie gar nichts sagen würden, so begierig sind die darauf, wieder auf die Piste zu gehen. Viel wichtiger ist es, sein Gewicht richtig zu verteilen. Immer locker in den Knien bleiben, wenn Sie auf den Kufen stehen, und in den Kurven so zur Seite lehnen, dass Sie auf dem Trail bleiben und nicht in den Tiefschnee sausen. Wollen Sie es mal versuchen? Eine Viertelmeile, okay? Ich warte hier so lange.«

Jenn war vom Schlitten geklettert und stieg auf die Kufen. »Das kriege ich hin«, behauptete sie. »Ein guter Bekannter hat mich mal mit seiner Harley fahren lassen, auf der musste man auch sein Gewicht verlagern, wenn man nicht aus der Kurve fliegen wollte, und ich bin immer im Sattel geblieben.«

»Passen Sie trotzdem auf! Und halten Sie hinter der Kurve!«

»Kein Problem.«

Die Schauspielerin glaubte wohl, relativ locker mit einem Hundeschlitten zurechtzukommen. Sie benahm sich beinahe schon wieder so arrogant wie bei ihrer Ankunft in den Headquarters. Als würde sie in L.A. in ihrem Porsche oder Edel-SUV nach dem Lenkrad greifen, legte sie ihre Hände um die Haltestange und rief voller Selbstbewusstsein: »Vorwärts, Chuck! Los geht's!«

Die Hunde rannten so plötzlich los, dass sie beinahe den Halt verlor. Die erste Lektion, die eine Musherin während ihrer ersten Fahrt lernte: Unterschätze auf keinen Fall die Power eines Huskygespanns. Wer die Herausforderung unterschätzte, der man auf Kufen ausgeliefert war, hatte schon verloren. Die Huskys nahmen keine Rücksicht, konzentrierten sich allein auf ihre Aufgabe, und die bestand darin, den Schlitten zu ziehen, in der Spur zu bleiben, auf Hindernisse zu achten und die Befehle der Musherin zu befolgen. Für ihr Wohl und ihre Sicherheit war die Zweibeinerin allein verantwortlich.

Julie sah, dass ihre Schülerin viel zu hektisch unterwegs war und schon jetzt in Gefahr lief, die Kontrolle über den Schlitten zu verlieren. »Chuck! Nicht so schnell!«, rief sie in dem verzweifelten Versuch, noch etwas zu retten, doch ihr Leithund war bereits voll bei der Sache und hörte sie nicht mehr.

Zu allem Unglück tauchte ausgerechnet in diesem Augenblick ein Hubschrauber über ihnen auf. Julie brauchte gar nicht erst den Kopf zu heben, um zu erfahren, wer ihnen gefolgt war. Natürlich die Fernsehleute von Channel 11, begierig darauf, spektakuläre Actionaufnahmen des Hollywoodstars zu bekommen. Die Bilder aus dem Hundezwinger und das Interview reichten ihnen nicht, das hätte Julie sich eigentlich denken können. Nur mit bewegten Bildern, die sie entweder in Höchstform oder bei einem peinlichen Sturz zeigten, lockte man das Publikum vor den Fernsehschirm oder auf die Website.

»Langsamer, Jenn!«, rief sie. »Sie sind zu weit links!«

Im Rattern des Hubschraubers, der in geringer Höhe über ihnen schwebte, hörte die Schauspielerin sie nicht. Dafür den Motorenlärm des Hubschraubers umso lauter. Sie blickte zum Himmel, sah die Kamera im offenen Fenster und reagierte wie wohl jede Schauspielerin mit einem Lächeln, ohne zu ahnen, in welcher Gefahr sie bereits schwebte. Schon beim Einfahren in die Kurve war sie viel zu schnell und glitt mit dem Schlitten aus der Spur. Sie schleuderte ein paarmal hin und her, bis sie den Halt verlor und in den Tiefschnee stürzte.

Die Hunde rannten noch eine Weile, dann kippte der Schlitten zur Seite und zwang sie zum Anhalten. Chuck blickte sich jaulend nach Julie und Jenn um.

»Jenn! Alles okay, Jenn?« Julie rannte zu ihr und atmete erleichtert auf, als sie erkannte, dass der Schauspielerin nichts passiert war. Der Tiefschnee hatte ihren Aufprall gebremst, und sie hatte nicht mal Prellungen abbekommen.

»Blöde Frage!«, prustete Jenn. Sie wischte sich den Schnee aus dem Gesicht und ließ sich von ihr aufhelfen. Kaum hatte sie wieder festen Boden unter den Füßen, stieß sie Julie unsanft von sich. »Das haben Sie mir eingebrockt! Sie und dieser Verdammte im Hubschrauber da oben! Wahrscheinlich machen Sie gemeinsame Sache. Wie viel hat er Ihnen bezahlt, um an diese Aufnahmen zu kommen? Sie haben ihm doch gesagt, dass Sie mich in dieser Kurve fahren lassen wollen. Das war doch alles abgekartet, oder etwa nicht?«

Julie ahnte, dass die Schauspielerin es nicht so meinte und nur über ihren Sturz erschrocken war. »Ich hatte keine Ahnung, dass der Hubschrauber kommen würde«, sagte sie so ruhig wie möglich. »Und ich wollte auch nicht, dass Sie stürzen. Im Gegenteil, ich habe Sie sogar davor gewarnt, zu schnell in die Kurve zu fahren. Das wäre auch ohne den Hubschrauber nicht gut gegangen.«

»Jetzt stehe ich doch wie eine Versagerin da!«, schimpfte Jenn weiter. Sie schien gar nicht gehört zu haben, was Julie gesagt hatte. »Wie das doofe Starlet aus L.A., das in der Wildnis scheitert. Und meine Versicherung wird sagen, dass ich solche Stunts gar nicht machen dürfte.« Ihre Züge hellten sich auf. »Hey, wir sagen ihnen einfach, dass der Sturz gewollt war. Dass so was im Film auch vorkäme, und Sie mir nur zeigen wollten, wie ich mich zu verhalten hätte.« Sie winkte dem Hubschrauber zu, bedeutete dem Piloten, auf der Park Road zu landen. Nach einigem Zögern folgte er ihrer Aufforderung.

Inzwischen holte Julie den Schlitten. »Nein, das war

nicht eure Schuld!«, beruhigte sie die jaulenden Huskys. Auch sie waren unverletzt. »Jenn steht zum ersten Mal auf einem Schlitten, da müssen wir nachsichtig sein, auch wenn es uns schwerfällt.« Sie stellte den Schlitten auf und ordnete die Decken und das Gepäck. »Wenn ich sie noch mal fahren lasse, bleibe ich zusammen mit ihr auf den Kufen.«

Als sie zum Hubschrauber zurückkehrte, beantwortete Jenn gerade die Fragen des Reporters. Sie konnte von Glück reden, dass der junge Mann im roten Anorak so begeistert von ihr war und ihre Erklärung bereitwillig schluckte.

»... deshalb haben wir uns diese Kurve für den Sturz ausgesucht«, sagte sie mit dem strahlendsten Hollywoodlächeln, zu dem sie fähig war. »Hier ist der Schnee besonders tief, und ich konnte sicher sein, weich zu fallen. Was anderes hätte mir meine Versicherung auch gar nicht gestattet.« Sie drehte sich nach dem Schlitten um, als könnte sie es gar nicht mehr erwarten, wieder auf die Kufen zu steigen. »Und jetzt fliegen Sie besser zurück, sonst kriegen Sie Ärger mit dem National Park Service. Wir sehen uns heute Abend, okay?«

Das klang beinahe wie die Aufforderung zu einem Date und ließ den jungen Mann vor Verlegenheit stottern. »Natürlich, Jenn ... vielen Da-dank.«

Jenn hielt ihr Lächeln durch, bis der Hubschrauber verschwunden war, dann kehrte ihr grimmiger Gesichtsausdruck zurück. »Sie können froh sein, dass ich das noch einigermaßen hinbekommen habe, sonst wäre es Ihnen schlecht ergangen. Versuchen Sie so was bloß nicht wieder, sonst hetze ich Ihnen meine Anwälte auf den Hals. Und das würde Ihnen schlecht bekommen.« Sie klang immer noch sehr verbittert und setzte sich wie ein trotziges Kind auf die Ladefläche. »Worauf warten Sie? Wollen Sie im Stehen übernachten?«

Julie platzte beinahe der Kragen. »Jetzt hören Sie mir mal gut zu!«, erwiderte sie scharf. »Sie können mich nicht für Ihre Fehler verantwortlich machen. Dass ich mit Ihnen durch die Gegend fahre, haben Sie dem Entgegenkommen meines Chefs zu verdanken. Er versteht, dass Sie sich vor den Dreharbeiten in der Wildnis kundig machen wollen. Aber Sie müssen schon auf uns hören. Hier draußen kenne ich mich besser aus, und wenn ich Ihnen einen Rat gebe, tue ich das nicht, um mich wichtigzumachen. Sie haben doch gesehen, wie schnell es zu einem Unfall kommen kann. In den Bergen kann so ein Sturz dramatische Folgen haben. Oder wollen Sie unbedingt im Krankenhaus landen, bevor Sie Ihr komisches Monster zu Gesicht bekommen?« Sie fühlte sich besser nach der Zurechtweisung und stieg zufrieden auf die Kufen. »Halten Sie sich fest, Jenn! Und passen Sie auf, wie ich die Kurve angehe. Also los!«

Ihre kurze Rede verfehlte ihre Wirkung nicht. Jenn hatte sich regelrecht unter ihren Worten geduckt und presste trotzig die Lippen zusammen, als Julie den Schlitten durch die Kurve gleiten ließ. Sie wusste genau, dass sie sich im Unrecht befand, war lediglich zu stolz, es zuzugeben. Leicht verkrampft saß sie in ihre Decken gehüllt da und senkte selbst dann nicht den Blick, als es wieder zu schneien begann und die Sicht zunehmend schlechter wurde.

»Wenn Sie wollen, kehren wir um«, rief Julie ihr zu.

»Wegen dem bisschen Schnee?«

»Ich frage nur. Wenn Sie in dem Film einigermaßen authentisch wirken wollen, müssen Sie auch in so einem Wetter zurechtkommen. So geht es hier im Winter meistens zu, die sonnigen Tage, an denen Sie den Denali in der Ferne leuchten sehen, können Sie an einer Hand abzählen.« Sie ging vor einer Bodenwelle in die Knie und fing sie gekonnt ab. »Sie wollten doch querfeldein fahren und in einer Blockhütte übernachten. Wie ein Trapper.«

»Das will ich immer noch. Was sollen die Fragen?«

»Ich will nur auf Nummer sicher gehen.«

»Lassen Sie mich lieber wieder fahren.«

»Sie geben nicht auf, was?«

»Wenn ich's täte, könnte ich mir meine Karriere abschminken.« Sie drehte sich nicht zu ihr um. »Gib niemals auf, selbst wenn du zehn Mal aus einem Casting geworfen wirst. Nur wenn du das verinnerlicht hast, schaffst du es in Hollywood. Oder meinen Sie, ich hätte meine Rollen nur bekommen, weil ich ganz nett aussehe? In Hollywood musst du kämpfen, und wenn ich in diesem Film auf einen Schlitten steige, dann soll es verdammt noch mal so aussehen, als hätte ich wenigstens einigermaßen Ahnung. Also, bin ich wieder dran?«

Julie musste grinsen. »So gefallen Sie mir schon besser.«

6

Jennifer Liotta hatte aus ihrem Fehler gelernt. Unterwegs zum Toklat River lenkte sie den Schlitten so sicher und gefühlvoll, wie man es von einer Anfängerin erwarten konnte. Julie empfahl ihr, sich lockerer zu geben und leicht in der Hocke zu fahren, um Bodenwellen wirkungsvoll abfedern zu können. Sie versprach ihr, sie auch während der Dreharbeiten genau zu beobachten.

Zwei Wochen waren für die Aufnahmen veranschlagt. Julie war nicht nur als Babysitter für Jennifer Liotta, sondern auch als begleitende Rangerin und als Double für einige Aufnahmen verpflichtet worden. Der Regisseur hatte einige rasante Fahrten mit ihr geplant. Die restlichen Aufnahmen würden in den Studios in Hollywood und auf dem Computer entstehen. Julies Gage würde dem National Park Service zugutekommen. Die Filmleute hatten jedoch auch versprochen, sich nach Abschluss der Dreharbeiten mit einem üppigen Festessen bei den Rangern des Nationalparks zu bedanken.

Am Ufer des Toklat River wechselten Julie und Jenn die Positionen. An der erschöpften Miene der Schauspielerin war zu erkennen, dass sie schon darauf gewartet hatte.

»Sie haben sich tapfer gehalten«, lobte Julie. »Höchste Zeit, zu der Hütte zu fahren und uns auszuruhen. Bis dahin ist es nicht weit.«

Über dem zugefrorenen Fluss hingen düstere Schatten. Wie überall in Alaska wurde es um diese Jahreszeit früh dunkel. Der Mond und die Sterne hatten sich hinter einer dichten Wolkendecke versteckt, und lediglich am westlichen Horizont war noch ein schmaler heller Streifen zu erkennen. Noch immer fielen dichte Flocken vom Himmel und wirbelten im böigen Wind.

In diesem Teil des Nationalparks gab es keine Bäume mehr, nur noch kniehohes Gestrüpp. Eine dichte Schneeschicht bedeckte die Tundra und den verzweigten Toklat River. Über dieser Weite konnte sich der Wind ungestört entfalten. Schneeschleier fegten über die Ebenen und verfingen sich im verfilzten Gestrüpp. Es war eisig kalt, und nur der Gedanke an die schützende Blockhütte in den Ausläufern der Berge schien Jenn noch wach zu halten.

Julie hatte längst die Stirnlampe übergestreift und eingeschaltet. Der Lichtkegel reichte bis zu Chuck und Bronco an der Spitze des Gespanns und brachte den Schnee zum Glitzern. Jenn hatte sich auf die Ladefläche zurückgezogen, wo sie relativ teilnahmslos und in mehrere Wolldecken eingehüllt saß, um die für sie ungewohnte Kälte besser ertragen zu können. Ihre Wollmütze hatte sie weit über die Ohren gezogen, der Schal bedeckte ihr halbes Gesicht. Ein Anblick, wie ihn ihre Fans sicher nicht gewohnt waren.

Bis zu der Hütte waren es nur wenige Meilen. Sie lag zwischen einigen Felsen, etwas abseits der verzweigten Wasserläufe, die den Toklat River ausmachten. Im Grunde genommen handelte es sich um ein einfaches Blockhaus, das ein unbekannter Fallensteller vor vielen Jahren errichtet hatte. Für die Ranger des Nationalparks war es eine willkommene Unterkunft während ihrer Patrouillenfahrten. Sie bot ausreichenden Schutz gegen die Kapriolen, die das Wetter in diesen Breiten so gern schlug. Julie hatte dort schon zahlreiche Nächte verbracht und einmal sogar einen mehrtägigen Schneesturm ausgesessen. Im Sommer schliefen dort Wanderer.

Nicht nur Jenn war erleichtert, als sie vor der Hütte vom Schlitten stiegen. Julie spannte die Huskys aus und band sie an die Holzpflöcke, die irgendjemand in den Boden geschlagen hatte, tätschelte jeden einzelnen und bedankte sich für den unermüdlichen Einsatz.

»Das habt ihr euch verdient«, sagte sie, als sie ihnen das Trockenfutter in die Tröge schüttete. Chuck kraulte sie freundschaftlich zwischen den Ohren. »Morgen geht's zum Wonder Lake.«

Sie stellte den Schlitten in den Windschatten der Hauswand und folgte der Schauspielerin in die Hütte. Im düsteren Halbdunkel stand Jenn wie erstarrt im einzigen Raum, den Blick auf die beiden Messingbetten gerichtet, die sich lediglich mit einem Vorhang vom Rest des Zimmers abtrennen ließen, und reagierte nicht einmal, als Julie in der Hütte auftauchte. Sie hatte weder die Petroleumlampe auf dem einfachen Holztisch noch die Kerze auf der Anrichte entzündet.

»Nicht zu fassen«, flüsterte sie entsetzt, »das ist einfach unglaublich!«

Julie zündete die Lampe an und schraubte den Docht so hoch, dass es einigermaßen hell in der Hütte wurde. Anschließend machte sie sich daran, ein Feuer in dem altmodischen Kanonenofen zu entfachen. Brennholz war neben dem Ofen auf dem Boden gestapelt. Im flackernden Licht der Lampe wirkte die spärliche Einrichtung besonders schäbig, als hätte man sie seit den Tagen des Fallenstellers, der die Hütte gebaut hatte, niemals ausgetauscht. Und so war es auch. Es waren immer noch dieselben Möbel, lediglich die Lampe, die Teller, das Besteck und die Plastikeimer waren neu.

»Okay«, sagte Julie, »es ist nicht das Grand Hotel.«

»Das ist einfach unglaublich!« Jenn wirkte regelrecht geschockt. »Das ist … Ich weiß nicht, was ich sagen soll. Und hier soll ich die Nacht verbringen? Sie wollen, dass ich mich in dieser muffigen Baracke auf eine schmutzige Matratze lege und schlimmer als ein Tier hause? Sind Sie denn von allen guten Geistern verlassen? Hier sieht's schrecklicher aus als in einer Drogenhöhle.«

»Das kommt Ihnen nur so vor«, versuchte Julie, sie zu beruhigen. »Gleich wird es warm, dann sieht die Sache schon anders aus. Sie werden sehen, wenn es draußen schneit, wirkt die Hütte umso gemütlicher.«

»Niemals.« Jenn konnte es noch immer nicht glauben. »Das ist eine … eine Rumpelkammer! Ich habe wirklich nicht viel erwartet, aber das geht entschieden zu weit.«

»Sie wollten doch ein Gefühl für die Wildnis bekommen. So eine Blockhütte gehört dazu. Viele Besucher reißen sich darum, hier zu übernachten.«

Jenn lachte trocken. »Das ist nicht Ihr Ernst.«

»Und Sie werden sich auch daran gewöhnen«, sagte Julie. Sie schloss die Ofentür und rieb sich die Hände. »Wenn draußen der Wind pfeift, wird es in der Hütte doppelt gemütlich. Sie werden sehen, sobald Ihr Film in den Kinos läuft, sehnen sich viele Fans danach, die Weihnachtstage hier zu verbringen.«

Die Hitze, die der alte, aber immer noch funktionstüchtige Kanonenofen ausstrahlte, breitete sich rasch aus. Nach einer Viertelstunde war es so warm, dass sie ihre Anoraks ausziehen konnten. Die Hütte machte tatsächlich nicht viel her, musste Julie zugeben, auf den ersten Blick wirkte sie wie eine Abstellkammer, aber wer so oft in der Wildnis unterwegs war wie sie, wusste eine solche Bleibe zu schätzen. Im Nationalpark lagen mehrere solcher Hütten, die allen Rangern auf Patrouillenfahrten offenstanden und auch an Urlauber vermietet wurden. Jeder Ranger, der dort übernachtete, verpflichtete sich, sie aufgeräumt zu verlassen und frisches Brennholz neben den Ofen zu legen.

Julie packte die Sandwiches aus, holte zwei Becher aus dem Küchenregal und schenkte Tee aus ihrer Thermosflasche ein. »Ihren organischen Kräutertee hatte ich leider nicht vorrätig, aber der ist auch nicht übel. Handgepflückt in den indischen Bergen, wenn man der Werbung glauben darf.« Sie grinste.

»Mit Milch und Zucker?«, fragte Jenn ernst.

»Milchpulver und Süßstoff«, antwortete Julie, »ist leichter zu transportieren.« Sie stellte beides auf den Tisch. »Ich denke, Sie dürfen keine Milch trinken?«

Jenn gewöhnte sich langsam an die ungewohnte Umgebung. »Das war gelogen. Jerry … mein Manager … er meint, das würde mich interessanter machen. Die Biografien von Schauspielern werden alle von ihren PR-Leuten und Managern aufgepeppt. Sie dürfen nicht zu langweilig klingen für die Fans.«

»Dann war das mit den Sandwiches auch gelogen?«

»Na ja …«, begann sie.

Julie packte den Proviant aus, in einem Papier die Sandwiches des Hollywoodstars mit Salatblättern, gekochten Eiern und Tomaten, im anderen ihre eigenen mit Schinken, Wurst und Käse. »Probieren Sie eines von meinen …«

Jenn griff zögernd nach einem Sandwich mit Käse und Schinken. Sie blickte sich verstohlen um, als hätte sie Angst, von irgendjemandem beobachtet zu werden, und biss gierig hinein. Das Brot schmeckte ihr anscheinend, sonst hätte sie beim zweiten und dritten Biss nicht so begeistert ausgesehen. »Das … das schmeckt ganz … ganz hervorragend!«, schwärmte sie mit vollem Mund. Zum ersten Mal, seitdem Julie sie kannte, wirkte Jenn aufrichtig und ungekünstelt.

»So gefallen Sie mir schon besser.«

»Nichts gegen Salat und Tomaten und das ganze gesunde Zeug«, sagte Jenn, »aber manchmal brauche ich was Herzhaftes. ›Denk an deine Figur‹, sagt Jerry immer, ›als fette Matrone kriegst du keine Rollen mehr.‹ Aber soll ich deswegen hungern? Ich verspeise ja nicht jeden Tag eine Pizza oder einen Cheeseburger, von was Süßem ganz zu schweigen, aber alle paar Tage was Verbotenes muss doch erlaubt sein. Wie schaffen Sie das? Sie müssen doch auch fit bleiben.«

»So wie Sie sagen«, stimmte ihr Julie zu. »Und mit viel Sport.«

Sie aßen eine Weile schweigend. Jenn war schon beim zweiten Sandwich angelangt und genoss ihre verbotene Mahlzeit sichtlich. Schon komisch, dachte Julie, wenn man sich in der Öffentlichkeit ständig verstellen muss. Jennifer Liotta war rund um die Uhr gezwungen, eine Rolle zu spielen, um dem Image zu entsprechen, das findige PR-Leute für sie entwickelt hatten. Wer in einer Realityshow wie *Rodeo Drive* mitspielte, musste zickig sein und alle Verrücktheiten mitmachen, ständig Schuhe kaufen, in Nagelstudios und Hair-Styling-Salons rumsitzen, die neuste Mode tragen – möglichst sexy und natürlich sündhaft teuer –, Prosecco trinken und essen wie ein Model. Salat, Gemüse, von allem nur einen Hauch, und bloß nichts Deftiges!

Von draußen drang das lang gezogene Heulen eines Wolfes herein. Es wurde vom Wind getragen und hing minutenlang in der Luft. Einige andere Wölfe antworteten ihm. Ihr Heulen klang verdächtig nahe, ein Konzert, wie es auch Julie nur selten hörte, weil die Wölfe meist in den Bergen blieben.

»Wölfe! Das sind Wölfe, nicht wahr?«, flüsterte Jenn entsetzt.

»Kein Grund zur Sorge.«

»Kein Grund zur Sorge?« Jenn war so geschockt, dass sie vergessen hatte, weiterzukauen und noch den halben Bissen im Mund hatte. »Aber Wölfe sind gefährlich! Ich hab genug Filme gesehen. Das sind Menschenfresser!«

»Unsinn!«, erwiderte Julie. »Natürlich leben in der Alaska Range etliche Wolfsrudel, aber uns Menschen gehen sie meist aus dem Weg. Nur wenn ein Winter ungewöhnlich kalt ist, was heute kaum noch vorkommt, und sie keine Beute mehr in den Bergen finden, würden sie einen Menschen angreifen.«

»Und wenn sie es doch tun?«

»Hab ich immer noch den hier.« Julie zog ihren Revolver hervor und zeigte ihn der Schauspielerin. »Aber keine Angst, den habe ich nur für Notfälle dabei. Auf ein Tier musste ich damit noch nie schießen.« Sie steckte die Waffe wieder weg. »Sie brauchen keine Angst zu haben. Hier sind Sie sicher.«

»Das sagen Sie so.«

»Mich hat noch nie ein Tier verletzt.«

»Ehrlich nicht?«

»Das Leben hier draußen ist ein Kampf, das stimmt schon. Aber wenn man sich täglich in dieser Natur aufhält und sich mit ihren Gefahren vertraut macht, verliert sie viel von ihrem Schrecken, und man lernt, ihre Herausforderung anzunehmen. Alaska ist wunderschön, manchmal sogar spektakulär, aber man darf sich nicht täuschen lassen: Um in dieser Wildnis überleben zu können, müssen viele Lebewesen bis an ihre Grenzen gehen. Dennoch haben wir keine Angst, weder vor gefährlichen Stürmen und Lawinen, noch vor Grizzlys und Wölfen. Wir haben Respekt. Das ist ein großer Unterschied.«

»Ich weiß nicht«, sagte Jenn. Die Wölfe hatten ihr einen solchen Schrecken eingejagt, dass sie plötzlich keinen Appetit mehr verspürte und ihr halbes Sandwich liegen ließ.

»Ich hab eher Angst. Vielleicht hätten wir doch im Hauptquartier bleiben sollen. Ich hatte ja keine Ahnung, wie es hier zugeht.«

»Sie werden sich daran gewöhnen«, beruhigte Julie die Schauspielerin. Sie machte sich nicht lustig über sie, nicht mal in Gedanken. Es war keine Schande und passierte häufig, dass Besucher die Wildnis falsch einschätzten, die Gefahren entweder auf die leichte Schulter nahmen oder so aufbauschten, als würde tatsächlich ein Monster am Wonder Lake lauern. Als Rangerin war sie täglich damit beschäftigt, Besucher darüber aufzuklären. »Am besten legen Sie sich hin und ruhen sich aus, damit Sie morgen fit sind. Ich bleibe noch ein wenig auf und halte Wache, wenn Sie das beruhigt. Einverstanden?«

Während Jenn sich langsam auszog und in einem brandneuen Trainingsanzug auf eines der beiden Betten legte, trat Julie ans Fenster und blickte in die Nacht hinaus. Die Wolkendecke war aufgebrochen, und der beinahe volle Mond und vereinzelte Sterne waren zu sehen. Der Schnee und das Eis auf dem Toklat River reflektierten ihr schwaches Licht. Das Schneetreiben hatte weiter nachgelassen, auch der Wind schien nicht mehr so stark und böig zu wehen. Am Fenster hatten sich Eisblumen gebildet und verteilten sich in komplizierten Mustern.

»Ich sehe noch mal nach den Huskys«, sagte Julie, als sie einige Schatten am Waldrand zu entdecken glaubte. »Keine Angst, ich bin gleich wieder zurück.«

»Ist das nicht zu gefährlich?«

»Ich passe auf.«

Sie schlüpfte in ihren Anorak und trat ins Freie. Eisige Kälte schlug ihr entgegen, nichts Besonderes für eine Rangerin, die ihr halbes Leben in Alaska zugebracht hatte und strenge Winter gewöhnt war. Sie ging zu den Hunden, die wie sie zum Waldrand blickten und dort auch etwas entdeckt hatten.

»Was meinst du, Chuck?«, fragte sie ihren Leithund. »Wölfe?«

Ihr Leithund war aufgesprungen und hatte die Ohren aufgestellt. Mit wachsamen Augen, jeder Muskel gespannt, blickte er zum Waldrand hinüber.

»Das Rudel von Clearwater Creek, nicht wahr? Die Burschen kommen ganz schön rum. Was wollen die am Toklat River?« Ihr Blick blieb eine Weile an den Wölfen hängen, die kaum weiter als einen Steinwurf entfernt von ihnen durch den Schnee stapften. »Jenn hat große Angst, Chuck. Ich glaube, die würde in Ohnmacht fallen, wenn sie wüsste, wie nahe die Wölfe sind. Was denkst du? Müssen wir uns Sorgen machen? Finden sie in Clearwater keine Beute mehr?«

Chuck ließ sich nicht stören. Er trat ein paar Schritte nach vorn, um noch besser sehen zu können und den Wind in der Nase zu haben, und begann qualvoll zu jaulen, vollkommen untypisch für ihn, denn so etwas wie Angst kannte er eigentlich nicht.

Julie folgte seinem Blick und erkannte, warum er heulte. Weiter nördlich, zwischen den schroffen Felsen oberhalb des Flusses, war ein weiterer Schatten aufgetaucht. Auch er war in der düsteren Nacht kaum zu erkennen. Kein Wolf, so viel ließ sich sagen. Ein Zweibeiner, ein Mensch mit einem Gewehr.

Ein Wilderer, mitten im Nationalpark?

Oder hatte sie sich geirrt?

Denn kaum hatte sich der Schatten des Mannes zwischen den Bäumen blicken lassen, war er auch schon wieder verschwunden, und nichts deutete darauf hin, dass er tatsächlich dort gewesen war. Wer sollte sich dort auch herumtreiben? Wenn Wilderer auftauchten, dann im Frühjahr oder im Herbst, wenn kein Schnee lag und sie leichter vorankamen. Der Winter war etwas für erfahrene Fallensteller.

Die Wölfe verschwanden, und auch der geheimnisvolle Mann mit dem Gewehr ließ sich nicht wieder blicken. Zufrieden beobachtete sie, wie Chuck sich entspannte und auf seinen Schlafplatz zurückkehrte. Er rollte sich ein.

»Blinder Alarm, was?«, vergewisserte sich Julie.

Sie bekam keine Antwort, blieb deshalb noch mehrere Minuten in der Kälte stehen, bis sie sicher sein konnte, dass sie wirklich allein waren. Die Wölfe hatten sie wohl gewittert und waren rasch verschwunden, weil sie wussten, wie gefährlich ihnen Zweibeiner werden konnten. Und falls der Mann mit dem Gewehr jemals die Absicht gehabt hatte, in der Blockhütte zu übernachten, war er durch das flackernde Licht hinter dem Fenster vertrieben worden.

Julie kehrte in die Hütte zurück und zog den Anorak aus. Vor dem Ofen blieb sie stehen und hielt ihre kalten Hände über die heiße Herdplatte. Sie hatte gehofft, dass die Schauspielerin inzwischen eingeschlafen war, aber Jenn war viel zu nervös und empfing sie mit den Worten: »Alles in Ordnung?«

»Sicher«, antwortete Julie, »in L.A. ist es gefährlicher.«

»Nicht da, wo ich herkomme«, widersprach Jenn.

»Rodeo Drive?«

»Da bin ich nur für unsere Realityshow«, gestand Jenn. »Ehrlich gesagt, finde ich die Straße eher langweilig. Sicher, da gibt es die angesagten Läden und Boutiquen, aber auch so viele Schaulustige, dass man ständig unter Beobachtung steht. Ich wohne in Bel Air, südwestlich von Beverly Hills in der Nähe des Sunset Boulevard. Das Haus hab ich einem Scheich abgekauft.«

»Einem richtigen Scheich?«

»Sein Dritthaus«, erklärte sie lächelnd. »Sein Ersthaus, wie er es nennt, ist ein Palast in Beverly Hills, größer als der Buckingham Palace in London.«

»Wollten Sie schon immer Schauspielerin werden?«

»Ich wollte berühmt werden, so wie die Mädels in *Sex and the City*. Ich komme aus einem kleinen Nest in Nebraska, ziemlich finstere Gegend und unendlich langweilig. Zum Date traf man sich samstags in der Mall oder bei Walmart. Ich wollte nach New York oder L.A., und ich wollte vor allem viel Geld verdienen, auch für meine Mutter, die ist sehr krank und muss alle paar Jahre operiert werden. Also bin ich nach L.A. und hab dort als Bedienung angefangen, so wie tausend andere jedes Jahr. Und bei einem Marilyn-Monroe-Lookalike-Wettbewerb hat mich dann der Regisseur von *Rodeo Drive* entdeckt. Ich hätte etwas von der echten Monroe, behauptete er. Irre, was?«

»Von Marilyn Monroe, der berühmten Schauspielerin?«

Ihre Antwort ging in einem erneuten Wolfsheulen unter, doch diesmal klang es nur noch leise durch die Nacht. »Keine Angst, das ist weit weg«, sagte Julie.

7

Als Julie am nächsten Morgen die Hunde fütterte, lag eine gespenstische Stille über dem Land. Kein Windhauch war zu spüren, lediglich vom Fluss klang ein gelegentliches Knacken und Bersten herauf. Das Eis war ständig in Bewegung. Noch war es dunkel, und der Schnee lag bleich auf den Hängen.

»Ich weiß, ihr seid ein bisschen nervös, weil eure Verwandten heute Nacht in der Nähe waren«, sagte sie zu Chuck, »aber vor denen habt ihr nichts zu befürchten. Die hatten es nicht auf uns abgesehen. Wahrscheinlich hatten sie hier was Jagdbares entdeckt, oder sie haben uns gewittert und waren neugierig.«

Der Mann mit dem Gewehr, den sie zu sehen geglaubt hatte, bereitete ihr viel mehr Sorgen. Während sich die Huskys über ihr Fressen hermachten, ging sie hinters Haus und funkte die Zentrale an. So leise, dass Jenn sie nicht hören konnte, berichtete sie von ihrem Verdacht, bei dem Mann könnte es sich um einen Wilderer handeln. Jenn brauchte von ihrem Verdacht nichts zu wissen, auch wenn ein Wilderer sicher alles tun würde, um ihnen aus dem Weg zu gehen. Sie bat den Ranger, dem Superintendenten mitzuteilen, dass sie mit der Schauspielerin zum Wonder Lake fahren und gegen Abend zurückkehren würde.

Nach dem Frühstück, das aus frischem Tee und einigen

Schokokeksen bestand, brachen sie auf. Jenn hatte sich anscheinend an ihre neue Rolle gewöhnt und lachte sogar, als sie sich das Gesicht mit geschmolzenem Schneewasser wusch. Nicht einmal das Make-up, das sie noch vor dem Frühstück entfernt und bis auf eine Fettcreme nicht erneuert hatte, schien ihr zu fehlen.

Julie ließ sie auf dem Fluss fahren und freute sich über die zunehmende Begeisterung ihrer Schülerin. Aus Jenn würde vielleicht nie eine professionelle Musherin werden, aber sie stellte sich einigermaßen geschickt an und würde auch in dem Film gut rüberkommen. Die Szenen auf dem Hundeschlitten waren überschaubar, da sie die meiste Zeit zu Fuß vor dem Monster floh, das aus den Bergen kam und sie in den eisigen Norden entführen wollte. Die Geschichte basierte auf einer indianischen Legende, die in unterschiedlichen Versionen kursierte.

Als sie die Park Road erreichten, um die Plätze zu tauschen, wagte sich Jenn sogar an die Huskys heran. Es kostete sie allerdings große Überwindung, ihnen aus nächster Nähe zuzureden und sie sogar zu streicheln.

»Auch Huskys brauchen ihre Streicheleinheiten«, erklärte Julie. »Besonders nach einem arbeitsreichen Tag vor dem Schlitten oder einer besonderen Anstrengung wollen sie gelobt werden.« Sie ging neben Chuck in die Knie und kraulte ihn zwischen den Ohren. »Stimmt doch, Chuck? Ihr braucht das?«

Sie beugte sich zu den anderen Huskys hinab und reagierte sorgenvoll, als sie Noatak berührte. Er machte einen schlaffen Eindruck, als wäre er weiter als seine Artgenossen gelaufen und deshalb so erschöpft. »Hey, Noatak«, sagte sie. »Ist dir nicht gut, Kleiner? Du wirst mir doch nicht schlappmachen?«

Noatak war erst spät zu ihrem Gespann gestoßen, hatte sich aber schnell eingelebt und einen festen Platz in ihrem Team gesichert. Obwohl er erst drei Jahre alt war, gehörte er bereits zu ihren wertvollsten Hunden. Er musste nur noch robuster und widerstandsfähiger werden. Er schüttelte den Schnee ab, als wollte er sagen: »Keine Angst, so schnell werfe ich nicht das Handtuch.«

»Das will ich doch hoffen, Kleiner. Ich brauche dich.«

Julie beschloss, den Hund während der Fahrt aufmerksam zu beobachten. Sie wartete, bis sich Jenn auf der Ladefläche eingerichtet hatte, und fuhr weiter nach Norden, dem Ende der Park Road entgegen. Dort wartete der Wonder Lake, ein lang gestreckter See, im Film die Heimat des geheimnisvollen Monsters, im wirklichen Leben ein Aussichtspunkt mit dem spektakulären Panoramablick auf den Mount Denali und die umliegenden Berge. Allerdings nur bei klarem Wetter, und das war äußerst selten in diesen Breiten.

An diesem Morgen klarte es rechtzeitig auf. Mit der Sonne, die sich hinter ihnen am östlichen Horizont zeigte, verschwand auch ein Großteil der Wolken und gab den Blick auf den Mount Denali frei.

»Whoaa!«, rief Julie den Huskys zu. Sie hielten an und blickten staunend auf das gewaltige Massiv des Berges. Wie ein König im weißen Mantel ragte er aus der verschneiten Tundra, so beschrieben sie den höchsten Berg der USA in den Broschüren des Nationalparks. Auch Julie, die dieses Bild schon viele Male gesehen hatte, erstarrte immer noch in Ehrfurcht, wenn sich der Berg so freizügig zeigte wie an diesem Morgen. Allein für diese Aussicht lohnte sich ein Besuch des Parks.

Jenn war vom Schlitten gestiegen und zeigte sich genauso beeindruckt wie sie. Bilder wie diese würden sich auch in ihrem Film gut machen, abgesehen von dem haarigen Monster natürlich, das ihr und den anderen Darstellern ordentlich zu schaffen machen würde.

»Wow!«, staunte Jenn. »So schön hab ich's mir nicht vorgestellt. Der Berg ist viel größer, als ich dachte.« Sie beschattete ihre Augen mit einer Hand. »So eine tolle Kulisse. Die Leute wird es von den Sitzen reißen, wenn in dieser Umgebung das Monster auftaucht.«

Sie fuhren dichter an das Ufer des zugefrorenen Wonder Lake heran, bis sie eine geeignete Stelle zum Rasten gefunden hatten. Die Huskys waren gar nicht einverstanden mit der Pause, wären am liebsten gleich weitergerannt und fügten sich nur widerstrebend. Nur Noatak gehorchte bereitwillig. Irgendetwas nagte an ihm, das merkte sogar Jenn und sagte: »Stimmt was nicht mit ihm? Er benimmt sich so seltsam. Als wäre er jetzt schon müde. Meine Schwester hatte mal einen Cocker Spaniel, der benahm sich genauso. Der Tierarzt meinte, er hätte was Falsches gefressen.«

»Kann sein«, erwiderte Julie. »Sobald wir die Headquarters erreichen, lasse ich ihn untersuchen. Wenn alle Stricke reißen, nehme ich Sonny zu den Dreharbeiten mit, der war schon einige Male in meinem Gespann.« Sie blickte Noatak an. »Aber du schaffst das schon, Kleiner. Du bist nur ein wenig müde, nicht wahr?«

Auf dem Rückweg ließ Julie die Schauspielerin noch einmal fahren, die restlichen Meilen aber stand sie selbst auf den Kufen. Sie wollte vor Einbruch der Dunkelheit zu Hause sein. Jenn war noch erschöpfter als Noatak und schlief unterwegs ein, Julie war hellwach und hielt die Augen nach allen Seiten offen. Auch wenn es die Wölfe vom Clearwater Creek nicht auf sie abgesehen hatten, verspürte sie keine große Lust, ihren Weg zu kreuzen. Ihr Respekt vor den intelligenten Tieren war groß. Besorgter war sie jedoch wegen des Mannes mit dem Gewehr. Sie war beinahe sicher, ihn sich nicht eingebildet zu haben. Ein Wilderer? Ein Jäger, der sich verirrt hatte? Einer dieser jugendlichen Troublemaker, die sich und ihren Kumpanen beweisen wollten, was für tollkühne Kerle sie waren, wenn sie bewaffnet in den Nationalpark eindrangen? Je mehr sie über den Mann nachdachte, desto mulmiger wurde ihr Gefühl. Sein Auftauchen konnte nichts Gutes bedeuten. Sie berührte den Revolver in ihrer Anoraktasche. Obwohl sie ziemlich sicher war, damit nicht auf einen Menschen schießen zu können, vermittelte er ihr ein Gefühl von Sicherheit.

Als sie den Savage River erreichten, hingen bereits dunkle Schatten über dem Land. Jennifer Liotta kauerte erschöpft und verschlafen in ihren Decken, und auch Julie war froh, wieder nach Hause zu kommen. Zu ihrem Erstaunen sah sie den Geländewagen von Ranger Erhart am Straßenrand stehen. Sie hielt den Schlitten an und rief: »Greg! Was machen Sie denn hier? Ärger?«

Der Ranger war ausgestiegen und deutete in den Wagen. Erst jetzt sah sie Jerry Lieberman, den Manager der Schauspielerin, auf dem Beifahrersitz sitzen. »Ich musste wieder mal Taxi spielen. Er ging mir so lange auf die Nerven, bis ich nachgab und ihn hierherfuhr. Es ist angeblich äußerst wichtig.«

Lieberman stieg aus und umarmte sich selbst, so fröstelte er. Anscheinend vertrug er die Kälte nicht besonders. »Jenn! Wie siehst du denn aus? So verschlafen hab ich dich noch nie gesehen. Und Make-up gab's da draußen wohl auch nicht. Mein Gott, so würden dich viele Fans gar nicht erkennen. Da müssen wir ran.«

»Ich fühle mich gar nicht so schlecht ohne das ganze Zeug im Gesicht.«

»Mag sein, aber so kannst du auf keinen Fall unter die Leute treten. Vor dem Verwaltungsgebäude warten wieder etliche Fans auf dich, und die Fernsehleute und Fotografen sind auch noch da. Dein Outfit lasse ich mir ja noch gefallen, aber ohne Make-up … Damit würden wir uns nur üble Kommentare einhandeln.«

»Muss sie denn immer wie gemalt aussehen?«, fragte Julie.

»Als Filmstar musst du immer so aussehen, wie dich deine Fans von der Leinwand oder vom Fernsehen her kennen. Oder hat man die Monroe damals jemals verschlafen oder ungeschminkt gesehen? Das würde sich ein Star ihrer Größenordnung niemals erlauben. Jenn ist noch nicht ganz so weit, aber sie rangiert bereits im oberen Drittel und muss aufpassen, wenn sie weiter nach oben will.« Er ließ seinen Schützling nicht aus den Augen. »Komm in den Wagen und mach dich ein wenig zurecht. Dein Beautycase hab ich dabei.«

Jenn gehorchte widerspruchslos und machte sich an die Arbeit. »Schlimm genug, dass wir keine Stylistin dabeihaben«, sagte Lieberman und folgte ihr in den Wagen.

Julie und Erhart warteten etwas abseits und grinsten sich an.

»Wie hieß die Lady in *Rio Bravo*?«, fragte Julie.

»Angie Dickinson. Sie spielte Feathers, eine Falschspielerin.«

»Und wäre die ungeschminkt unter die Leute gegangen?«

»Auch nicht«, räumte Erhart ein. »Als Falschspielerin war ihr gutes Aussehen für ihren Erfolg ausschlaggebend. Je verführerischer sie aussah, desto leichter ließen sich die Männer beim Pokern ablenken. Ungeschminkt traten überhaupt keine Ladys in Western auf, egal, ob sie tagelang in der Wüste herumgeirrt oder bei Indianern gefangen gewesen waren.«

»Das wäre kein Job für mich.«

»Sie sehen auch ohne Make-up gut aus«, machte ihr Erhart eines seiner seltenen Komplimente. »Da fällt mir ein: Bei den Headquarters wartet Steve Morgan auf Sie. Er rief heute Mittag an und erkundigte sich, wann Sie zurückkämen. Er müsste Sie unbedingt sehen. Ich hab ihm verraten, dass Sie am frühen Abend wieder zurück wären. Ich hab doch nichts Falsches gesagt?«

»Nein, es ist nur …«

»Er kommt nicht besonders gut damit klar, dass der Job eine so wichtige Rolle in Ihrem Leben spielt, habe ich recht? Ranger wird man nicht, um viel Geld zu verdienen. Ranger wird man, weil man die Natur liebt und sie erhalten will. Und das ist kein normaler Job. Wir sind oft tagelang in der Wildnis unterwegs, da bleibt das Privatleben schon mal auf der Strecke.« Erhart zog einen Zigarillo unter seinem Mantel hervor und zündete ihn an. »Aber ich bin der Letzte, der Ratschläge in Liebesdingen geben sollte. Sie werden schon selbst wissen, was Sache ist.«

»Das ist ja mein Problem … ich hab nicht die geringste Ahnung.«

Jenn war mit frischem Make-up zurückgekehrt und wieder beinahe die Alte. Sogar ihr Blick änderte sich, war jetzt wieder stolz und ein wenig hochnäsig und passte zu dem Hollywoodstar, den sie in der Öffentlichkeit verkörperte. Denn das hatte Julie auf der gemeinsamen Tour gelernt: Eine Schauspielerin wie Jennifer Liotta spielte nicht nur im Fernsehen und im Kino, sie war auch an drehfreien Tagen im Einsatz. Für die Medien und ihre Fans musste sie eine ebensolche Kunstfigur sein wie in ihren Filmen. Mit dem Aussehen, das man von einem Star erwartete, mit der Biografie, die eine PR-Firma für sie geschönt und zurechtgezimmert hatte, mit den Worten, die man von ihr hören wollte. Mit der privaten Jenn hatte das wenig zu tun, die hatte Julie für ein paar Stunden in der Blockhütte und auf dem Trail kennengelernt, dort waren ihre Gefühle echt und unverfälscht gewesen. Nicht so angestrengt wie in der Öffentlichkeit.

Bis zu den Headquarters fuhr Jenn bei Erhart mit. Julie folgte ihnen mit dem Schlitten und kam gerade rechtzeitig, um sich von der Schauspielerin und ihrem Manager zu verabschieden. Der Hubschrauber würde die beiden ins beste Hotel von Fairbanks bringen, wo sie noch einige Pressetermine wahrnehmen und auf das Filmteam warten würden.

»Wir sehen uns«, rief Jenn Julie und dem Superintendenten, aber auch den zahlreichen Fans zu, bevor sie in den Hubschrauber stieg und davonflog.

»Anstrengend?«, fragte Green, als sie nicht mehr zu sehen war.

»Das kann man wohl sagen«, antwortete Julie.

Der Superintendent lächelte. »Das hab ich mir gedacht. Nehmen Sie sich morgen einen Tag frei, Sie haben es sich verdient. Und tanken Sie neue Kraft, denn wenn erst das Filmteam hier ist, wird es sicher noch anstrengender.«

»Zuerst mal muss ich mich um die Huskys kümmern«, erwiderte sie. »Ich glaube, Noatak hat sich den Magen verdorben. Er ist sehr anfällig für so was. Ich bringe ihn besser zum Tierarzt, nur um auf Nummer sicher zu gehen.«

»Tun Sie das, Ranger Wilson. Ich verlasse mich auf Sie.«

Julie fuhr den Schlitten zu den Zwingern und spannte die Hunde aus. Jeden einzelnen belohnte sie mit einem freundschaftlichen Klaps oder einer flüchtigen Umarmung. Chuck schloss sie etwas länger in die Arme. »Na, war das eine schöne Fahrt? Ist schon was Besonderes, wenn der Trail bis zum Wonder Lake geräumt ist, was? Ihr habt euch toll gehalten, und so schlimm, wie wir alle dachten, war

Jenn gar nicht. Unterwegs war sie ganz normal und sehr nett.«

Sie belohnte das Gespann und auch die zurückgebliebenen Hunde mit einem leckeren Abendessen und sparte nur Noatak aus, der sowieso keinen Appetit zu haben schien und eher traurig durch die Gegend blickte.

»Dir geht's nicht besonders, was?«, sagte sie zu ihm. »Ich glaube, wir beide fahren am besten mal zu Doc Martin. Der soll dich mal gründlich untersuchen. Okay, Kleiner?«

Sie trug den kranken Hund zu ihrem Chevy, öffnete die Heckklappe und bereitete ihm ein sanftes Lager aus einigen Wolldecken. Als sie einsteigen wollte, sah sie Steve in den trüben Lichtschein vor dem Duschhaus treten.

»Steve«, sagte sie. »Ich hab schon gehört, dass du hier bist.«

»Das klingt nicht gerade erfreut.«

»Noatak geht es nicht besonders«, erwiderte sie. »Sieht so aus, als hätte er sich den Magen verdorben. Ich bringe ihn zum Tierarzt.« Sie hatte bereits eine Hand am Türgriff, aber irgendetwas hinderte sie daran, die Tür zu öffnen und einzusteigen. Sie seufzte leise. »Steve … ich hatte dich doch gebeten, mich anzurufen, bevor du den weiten Weg von Fairbanks hierherkommst.«

»Ich hab Ranger Erhart angerufen und ihn gebeten, dir Bescheid zu sagen, dass ich auf dich warte. Von ihm wusste ich, dass du heute kommst.« Er hatte Tränen in den Augen und klang weinerlich. »Hat er denn nichts gesagt?«

»Sicher, vor ungefähr einer Stunde. Warum hast du nicht gewartet, bis ich zurück bin, und mich auf dem Handy angerufen? Du hättest dir doch denken können, dass ich heute viel zu müde zum Ausgehen bin. Morgen vielleicht.«

»Morgen? Willst du mir wieder einen Korb geben?«

»Morgen bin ich in Fairbanks. Da hätte ich Zeit.«

»Und jetzt nicht?«

»Wenn du unbedingt willst, kannst du mich zu Doc Martin nach Healy begleiten«, gab sie ein wenig nach. »Aber dann muss ich nach Hause. Ich bin todmüde. Du glaubst ja nicht, wie anstrengend diese Hollywoodstars sind.«

Steve war nicht gerade begeistert von ihrer Antwort, stieg aber ein und versuchte, gute Miene zum bösen Spiel zu machen. »Tut mir leid, wenn ich dir auf die Nerven gehe«, versuchte er sich von seiner besseren Seite zu zeigen, »ich habe dich eben vermisst. Das ist doch nichts Schlimmes und ganz natürlich, wenn man sich liebt. Und wir lieben uns doch?« Er schien glücklicherweise keine Antwort zu erwarten. »Ich weiß, dass dir dein Job wenig Zeit lässt. Ich habe dieses Jahr auch mehr zu tun, glaub mir. Keine Angst, ich komme damit klar.«

Sie wusste nicht, ob sie ihm glauben konnte, und sagte nichts. Den Blick starr geradeaus gerichtet, fuhr sie auf den Highway und die wenigen Meilen nach Healy. Bei Doc Martin brannte noch Licht. Sie parkte vor dem Haus und trug den kranken Noatak zur Tür. Der Tierarzt hatte sie durchs Fenster gesehen und öffnete. »Ranger Wilson! Bringen Sie ihn ins Behandlungszimmer!«

»Steve Morgan, mein … ein Freund«, stellte sie Steve vor. »Noatak benimmt sich schon den ganzen Tag so schlapp und lustlos. Wir waren am Wonder Lake, und ich hätte ihn beinahe aus dem Gespann nehmen müssen.«

»Dann will ich ihn mir mal ansehen«, sagte der Arzt.

Julie und Steve warteten nebenan, beide nervös, aber aus unterschiedlichen Gründen. Er suchte den Kontakt mit ihr, legte eine Hand auf ihren Unterarm, nur um sie gleich wieder wegzunehmen, als sie nicht reagierte. Sie sorgte sich um Noatak, der schon früher anfällig für Infekte gewesen war und sich auch jetzt wieder angesteckt haben könnte. Gerade er war ihr besonders ans Herz gewachsen, vor allem wegen seines freundlichen Wesens, aber auch, weil er über vielversprechende Anlagen verfügte und das Zeug zum Leithund hatte.

Nach ungefähr einer Viertelstunde kehrte Doc Martin aus dem Sprechzimmer zurück. Er wirkte besorgt. »Eine Magenverstimmung, wie es aussieht, und leichtes Fieber. Nichts Lebensbedrohliches, aber ich würde ihn doch gern ein, zwei Tage zur Beobachtung hierbehalten. Nur für alle Fälle.«

Julie war nicht wirklich erleichtert. »Dann melde ich mich morgen.«

Sie bedankte sich bei Doc Martin und ging mit Steve zum Wagen. Schweigend kehrten sie zu den Park Headquarters zurück. Julie schaltete den Motor aus und blickte Steve an. »Okay, was wolltest du mir Wichtiges sagen?«

Er schaute fragend zurück.

»Vorgestern hast du gesagt, es gäbe was Wichtiges zu besprechen.«

»Ich weiß nicht, ob das noch aktuell ist, ob ich …«

»Nun sag schon«, forderte sie ihn auf.

Steve kramte sein Smartphone hervor und öffnete einige Fotos. »Ich liebe dich, Julie, und du hast auch mal gesagt, dass du mich liebst. Immerhin sind wir schon lange zusammen. Ich weiß, wir haben nie darüber gesprochen, aber ich dachte, wir könnten uns vielleicht eine gemeinsame Wohnung nehmen. Ein Kollege an der Uni zieht um, und wir könnten seine … nun ja, sieh sie dir am besten mal an. Drei Zimmer in einer Siedlung am Stadtrand …«

Julie starrte auf sein Smartphone, ohne es in die Hand zu nehmen, und wusste nicht, was sie sagen sollte. Was war bloß in ihn gefahren? Was war in sie gefahren? Hatte sie plötzlich Zweifel? Warum musste plötzlich alles so kompliziert sein? Warum?

»Oh, Steve«, sagte sie nur.

8

Ein Schuss peitschte durch die Nacht. So weit entfernt, dass er kaum zu hören und sein dumpfes Echo schon nach wenigen Augenblicken verklungen war.

Julie schreckte hoch und starrte in die Dunkelheit. Sie war beinahe sicher, dass der Schuss aus dem Nationalpark gekommen war. Kurz nach vier Uhr, zeigte ihr Wecker an. Nur ein Betrunkener oder ein Wilderer feuerte um diese Zeit einen Schuss ab. Oder Jugendliche, die sich wichtigmachen wollten.

Oder hatte sie sich getäuscht? Hatte sie den Schuss nur geträumt?

Sie dachte an den Mann mit dem Gewehr und zog sich in Windeseile an. Ihr Revolver steckte griffbereit in ihrer Anoraktasche. Keine zehn Minuten, nachdem sie den Schuss gehört hatte, rannte sie nach draußen und sah den Superintendenten aus seinem Wohnhaus kommen. Ranger Erhart hielt in seinem Geländewagen neben ihm. Beide unterhielten sich aufgeregt, als Julie zu ihnen stieß.

»Ranger Wilson«, rief Green, »gut, dass Sie kommen. Hatten Sie auf Ihrer Tour mit Jennifer Liotta nicht einen Mann mit einem Gewehr beobachtet?«

»Ich war mir nicht ganz sicher, Sir.«

»Ein Wilderer vielleicht?«

»In letzter Zeit gab's wenig Ärger mit ihnen. Und übermütige Kids, die uns auch schon mal Ärger machen, bleiben bei der Kälte eigentlich lieber zu Hause. Vielleicht ein Betrunkener, obwohl ich mich frage, wie der in den Park gekommen sein soll. Der Schuss kam aus dem Westen, etliche Meilen von hier.«

Der Superintendent brauchte nicht lange, um eine Entscheidung zu treffen. »Ranger Erhart, Ranger Wilson, ich möchte, dass Sie sich einen Hubschrauber oder eine Cessna schnappen und in der Gegend suchen, in der Wilson den Mann mit dem Gewehr gesehen hat. Sie wissen noch, wo das war, Wilson?«

»Am Toklat River, wenige Meilen nördlich der Park Road.«

»Dann los. Halten Sie mich auf dem Laufenden.«

Julie stieg zu Erhart in den Wagen und fuhr mit ihm zum nahen Flugfeld. Übers Handy klingelte Erhart den befreundeten Inhaber eines Flugdienstes aus dem Schlaf und bekam zu hören, dass er leider nur mit einer kleinen Cessna dienen könne. Nachdem ihm Erhart versprochen hatte, auch den fälligen Nachtzuschlag zu zahlen, versprach der Freund, seinen besten Piloten aus dem Schlaf zu klingeln. »Weil du es bist.«

Eine Viertelstunde später waren sie in der Luft. Die Nacht war einigermaßen klar, und der Pilot hatte keine Schwierigkeiten, der Park Road nach Westen zu folgen und den Toklat River ausfindig zu machen.

»Bis zu der Blockhütte ein paar Meilen flussabwärts«, dirigierte Julie ihn nach Norden. Wenig später entdeckte sie die Hütte. »Da ist sie! Da unten muss er irgendwo sein.

Können Sie auf dem Fluss landen? Vielleicht finden wir noch seine Spuren.«

Der Pilot, ein wortkarger Bursche, flog ein paar Schleifen über der näheren Umgebung der Blockhütte und landete schließlich auf dem festen Eis des Flusses. Zu Fuß machten sich Julie und Erhart auf den Weg. Julie führte den Chef der Polizeitruppe zu der Stelle, an der sie die Wölfe und den Mann mit dem Gewehr gesehen hatte. Sie suchten beinahe eine Stunde lang nach Spuren, ohne jedoch etwas Brauchbares zu finden. Obwohl es seitdem kaum geschneit hatte, waren die Abdrücke fast nicht mehr zu sehen. Der Wind, der inzwischen wieder von den Bergen herabwehte, hatte sie unkenntlich gemacht. Menschliche Spuren waren überhaupt nicht zu erkennen. Hatte sie sich den Mann doch nur eingebildet?

Erhart hatte ungefähr zwei Kilo über die Feiertage zugelegt und tat sich schwer. »Das erinnert mich an *Jeremiah Johnson*. Der Film mit Robert Redford? Er spielt einen einsamen Trapper in den Rocky Mountains. Damals wurde mir schon vom Zusehen elend. Er rächte den Tod seiner Frau und bekam es mit den Cheyenne zu tun. Zumindest die Sorge bleibt uns erspart.«

»Dafür gibt's hier bald ein Monster.« Julie hätte beinahe gelacht.

Sie stiegen zur Blockhütte empor und waren froh, für ein paar Minuten dem böigen Wind zu entgehen. Mit ihren Taschenlampen suchten sie das Innere der Hütte ab und fanden auch dort keinen Hinweis auf den Mann. Sollte er nach Julie und Jenn in der Hütte gewesen sein, hatte er nichts verändert. Alles war noch genau so, wie sie es verlassen hatten.

»Nichts«, sagte Erhart, während sie in den Wind und in die Kälte zurückkehrten. »Und Sie haben sich nicht geirrt?«

»Keine Ahnung«, antwortete sie ehrlich. »Bei den Wölfen bin ich mir vollkommen sicher, die waren auf alle Fälle hier. Das Clearwater-Creek-Rudel. Den Mann mit dem Gewehr kann ich mir auch eingebildet haben. Aber wer hat dann geschossen? Als wollte jemand den Filmleuten Angst machen.«

»Die lassen sich nicht aufhalten.« Erhart war stehen geblieben und verschnaufte eine Weile. »In dem Unternehmen steckt schon zu viel Geld, als dass man noch groß etwas ändern könnte. Die drehen auf jeden Fall hier.«

Sie waren schon beim Flugzeug, als Julie in einiger Entfernung einen dunklen Fleck auf dem Eis zu sehen glaubte. »Warten Sie!«, hielt sie ihren Kollegen auf. »Sehen Sie den dunklen Fleck da hinten? Bei den Bäumen?«

»Sieht wie ein Kadaver aus.«

»Ein toter Wolf!«

Sie liefen hin und blickten entsetzt auf den Wolf hinab. Er lag mit ausgestreckten Beinen auf dem Eis, die Augen starr und leer, das Maul weit geöffnet, das dunkle Fell mit Eis verkrustet. Unter seinem Kopf war eine große Blutlache ins Eis gesickert. Er war weder von einem anderen Tier gerissen, noch von einem seiner Artgenossen in die Enge getrieben und getötet worden.

Erhart brauchte nicht lange, um den wahren Grund für

den gewaltsamen Tod des Wolfes herauszufinden. Er war erschossen worden. Das Einschussloch am Hals war deutlich zu sehen, und wahrscheinlich steckte auch noch die verhängnisvolle Kugel in seinem Körper. Die Blutspur auf dem zugefrorenen Fluss verriet, dass er nach dem Aufprall nur wenige Schritte gelaufen war. Ein perfekter Schuss, von einem Profi im Schutz der Bäume abgefeuert.

»Warum?«, fragte Julie. »Warum erschießt jemand einen Wolf? Außerhalb des Nationalparks würde ich es ja noch verstehen, da gibt es genug Rancher und Farmer, die wütend auf die Wölfe sind, weil sie ihre Rinder und Schafe reißen. Aber hier? Wem nützt ein toter Wolf im Park?« Sie ging vor dem Wolf in die Hocke und schüttelte den Kopf. »Wie krank muss man sein, um ein so schönes Tier zu töten? Und warum geht jemand das Risiko ein, dafür bestraft zu werden? Weiß er denn nicht, wie teuer das für ihn werden kann?«

»Sie haben sich anscheinend doch nicht geirrt«, sagte Erhart. Er hatte sich die Wunde genau angesehen. »Das Tier wurde durch einen Gewehrschuss getötet. Ich werde sofort eine Fahndung einleiten und auch die Troopers alarmieren.«

»Ich bleibe hier und helfe Ihnen suchen.«

»Nein«, widersprach Erhart, »diesmal nicht. Sie haben eine anstrengende Fahrt mit dieser Jennifer Liotta hinter sich und müssen in ein paar Tagen schon wieder ran und sind dann wahrscheinlich Tag und Nacht im Einsatz. Ich hab schon gehört, dass Ihnen der Super freigegeben hat, also nehmen Sie sich den freien Tag und lassen Sie ein wenig die Seele baumeln, bevor es wieder losgeht. Wir kommen schon allein mit diesem Wolfskiller zurecht.«

Julie dachte an ihre privaten Probleme, und wie gut ihr ein Gespräch mit ihrer Freundin tun würde. Sie würde Brandy in Fairbanks besuchen und sich einen Café Latte bei Starbucks gönnen, vielleicht sogar eine fette Pizza oder Spaghetti bei Luigi. Das würde vieles ins Lot bringen. »Wenn Sie meinen?«

Sie kletterten in die Cessna und flogen zu den Headquarters zurück. Während Erhart mit dem Superintendenten sprach und die Fahndung nach dem Wolfskiller organisierte, gönnte Julie sich eine heiße Dusche und schlug ihre letzten Eier in die Pfanne. Beim Anblick des ansonsten fast leeren Kühlschranks fiel es ihr leicht, eine Einkaufsliste zu schreiben. Im Supermarkt in Fairbanks war es wesentlich billiger als in den Läden in Cantwell oder Healy.

Ihr erster Weg führte sie jedoch zum Tierarzt nach Healy. Ihre Sorge um den kranken Noatak war groß, vor allem, weil sie wusste, wie empfindlich er manchmal reagierte.

Doc Martin saß gerade mit seiner Frau beim Frühstück, wiegelte aber ab: »Kein Problem, Ranger Wilson. Ich weiß doch, wie sehr Sie sich um Noatak sorgen.« Er wischte sich den Mund mit einer Serviette ab. »Aber ich kann Sie beruhigen. Noatak geht es den Umständen entsprechend gut. Ich habe ihn noch vor dem Frühstück untersucht und bin zuversichtlich, dass er schon in ein paar Tagen wieder einsatzbereit sein wird. Sie können ihn gerne besuchen, kommen Sie doch rein! Möchten Sie eine Tasse Kaffee?«

»Nein, danke. Und es bleibt nichts zurück?«

Sie folgte dem Arzt in eines der Behandlungszimmer, wo Noatak in einem Körbchen lag und friedlich schlief. Er sah schon wesentlich gesünder aus.

»Nein, aber ich behalte ihn sicherheitshalber noch bis morgen hier. Er hat noch ein bisschen Fieber, und ich möchte kein unnötiges Risiko eingehen.«

»Dann sehe ich morgen wieder nach ihm«, sagte Julie. Sie winkte dem schlafenden Husky zu und flüsterte: »Mach's gut, Noatak! Hast du gehört? Du wirst wieder gesund! Aber der Doc möchte, dass du noch bis morgen früh bei ihm bleibst. Du bist in guten Händen, das weißt du ja. Bis morgen, okay?«

Sie bedankte sich bei dem Tierarzt und fuhr weiter nach Norden. Bis Fairbanks brauchte man knapp zwei Stunden, eine relativ eintönige Fahrt, die durch endlose Wälder führte und nur von wenigen Siedlungen flankiert war.

Normalerweise ließ sie während langer Autofahrten die Lieder ihrer Songlist oder ein Hörbuch laufen, doch diesmal war sie nicht in der Stimmung dafür und begnügte sich mit dem Motorengeräusch ihres Pick-ups und dem Surren der Räder auf der geräumten Straße. Der ideale Hintergrund für die quälenden Gedanken, die sie seit ihrer letzten Begegnung mit Steve belasteten. Was war nur mit ihr los? Warum war plötzlich alles anders als bisher?

Seit über einem Jahr war sie mit Steve zusammen. Schon im letzten Winter hatte es Probleme mit ihm gegeben, weil er sich nur schwer daran gewöhnen konnte, dass sie einen Beruf ausübte, der ihr nur wenig Freizeit ließ. Er hätte sie wohl am liebsten als Hausfrau, falls sein Verdienst für beide gereicht hätte, oder in einem Neun-bis-fünf-Job gesehen, aber das war mit ihr nicht zu machen. Sie liebte ihren Beruf und hätte ihn für keinen Mann der Welt aufgegeben. »Wach auf, Steve, wir leben im 21. Jahrhundert!«, hatte sie ihm vorgehalten. Er hatte sich tatsächlich zusammengerissen und einigermaßen durchgehalten. Bis jetzt, bis vor ein paar Tagen.

Vor ihr tauchten die ersten Häuser von Fairbanks auf. Inzwischen war die Sonne aufgegangen, und die Stadt lag in dem seltsamen Zwielicht, das man nur in den nördlichen Breiten fand. Ein bläulich grauer Schimmer, der wie ein Schleier über dem Land lag, bevor es endgültig hell wurde, und auch in Fairbanks die Straßenlampen abgeschaltet wurden. Allerdings nur, wenn es nicht schneite und sich der Tag so klar wie an diesem Morgen ankündigte.

Mit Brandy hatte sie bereits unterwegs telefoniert. Ihre Freundin arbeitete bei Walmart, einem Kaufhaus, das rund um die Uhr geöffnet hatte, und war an diesem Montag glücklicherweise für die Frühschicht eingeteilt. Zeit genug für Brandy, um sich noch für ein paar Stunden aufs Ohr zu hauen und gegen zwölf Uhr bei Luigi zu erscheinen. Dort gab es die beste Pizza der Stadt, und das schon seit vielen Jahren. Julie mochte Pizza noch lieber als Steak oder Lachs.

Julie verbrachte den Morgen mit Einkaufen und einem kurzen Besuch im Fairbanks Memorial Hospital, wo ihr Vater als Chefarzt arbeitete. Sie erwischte ihn zwischen zwei Operationen und wechselte ein paar belanglose Worte mit ihm, wie immer hatte er kaum Zeit. Daran war auch die Ehe ihrer Eltern gescheitert. Ihre Mutter war ebenfalls Ärztin, und die beiden hatten sich kaum gesehen. Hatte sie deshalb bei Steve kalte Füße bekommen, als sie spürte, dass er ihre Beziehung verfestigen wollte?

Brandy saß schon im Lokal, als sie bei Luigi eintraf. Sie war kleiner und fülliger als Julie und fiel allein schon durch ihre feuerroten Strubbelhaare und ihr meist extravagantes Outfit auf. Auch diesmal trug sie superenge Jeans, in denen sich ihre Figur abzeichnete, und eine extralange Strickjacke im grellen Rot. Ihre Stiefel waren schwarz.

»Hallo, Ranger«, sagte sie, als sie sich umarmten, »ich hab schon für dich bestellt. Vier Jahreszeiten mit extraviel Käse, stimmt's? Und einen heißen Tee für die Nerven.«

»Die Nerven? Bist du Hellseherin?«

»Ich sehe dir doch an, dass du nervös bist.«

Julie deutete auf ihr Outfit. »Deine rote Phase?«

Brandy grinste. »Pink wurde langsam langweilig.«

»Etwas gewöhnungsbedürftig, wenn du mich fragst.«

»Den Männern gefällt's.«

Brandy war keine Modelschönheit, hatte aber etwas an sich, das viele Männer begeisterte. Niemand hatte ihr bisher sagen können, was es war, am allerwenigsten sie selbst. Vielleicht ihre Unbekümmertheit und der lockere Ton, in dem sie selbst schwerwiegende Probleme anging. Sie wechselte ihre Lover wie andere Frauen ihre Schuhe, ständig auf der Suche nach ihrem Mr Perfect und bei jedem neuen Lover überzeugt, ihn endlich gefunden zu haben.

»Hast du etwa …« Julie wagte es nicht, den Satz zu Ende zu sprechen.

Brauchte sie auch nicht, wie Brandys fröhliche Miene bewies.

»Und ob. Ich hab endlich meinen Traumprinzen gefunden. Einen Mann, wie man ihn sich eigentlich nur malen kann. Und ob du's glaubst oder nicht: Er kommt aus Hollywood und ist ein waschechter Filmstar. Nein, es ist nicht George Clooney, der ist in festen Händen und auch viel zu alt, und Ryan Gosling würde zwar altersmäßig passen, ist mir aber zu langweilig und kann meinetwegen ewig in *La La Land* bleiben. Mein Auserwählter heißt Jonah Stark.«

»Jonah Stark …« Der Name kam Julie bekannt vor.

»Okay, bisher hatte er nur kleinere Rollen. In *Law & Order SVU* durfte er einen bestechlichen Geschworenen und in *Chicago, P.D.* einen Gangster spielen. Seinen richtig großen Auftritt hatte er aber erst in diesem Abenteuerfilm. *Manhunt*. Da spielte er einen von mehreren Bankräubern, die auf Snowmobilen in die Rocky Mountains fliehen und in einer Blockhütte unterkriechen.«

»Jonah Stark.« Auch Julie wusste jetzt Bescheid. »Na klar, den sollte ich eigentlich kennen. Der spielt in *Das Monster vom Wonder Lake* mit. Ich bin als Mädchen für alles bei den Dreharbeiten dabei, muss den Stars zeigen, wie man einen Hundeschlitten fährt und in der Wildnis einigermaßen natürlich rüberkommt. Mit Jennifer Liotta hatte ich bereits das Vergnügen.« Sie ersparte ihrer Freundin die Details. »Jonah Stark? Ehrlich? Ist der schon hier?«

»Seit vorgestern«, erwiderte Brandy, »und das Schicksal trieb ihn gleich am ersten Tag in meine Arme. Kostete mich eine Beule in meiner Prachtkarre und den üblichen Ärger mit der Versicherung, weil das Taxi, in dem er saß, ebenfalls eine Beule hatte, aber was soll's? Wir wussten nach dem ersten Blick, dass wir füreinander geschaffen sind, und hatten am selben Abend unser erstes Date.« Sie trank einen Schluck von ihrem Wasser und schwelgte in Erinnerungen. »Es war einfach herrlich, Julie. Du weißt, dass ich, was Männer betrifft, schon einiges mitgemacht habe, aber Jonah ist der netteste, einfühlsamste und raffinierteste Lover, den ich jemals kennengelernt habe. Wir sind füreinander bestimmt. Ich bin verrückt nach ihm, und er ist verrückt nach mir. So was gibt's nicht alle Tage. Wir sind perfekt füreinander.«

»Soll das heißen, dass du mit ihm nach Hollywood gehst?«

»Über unsere gemeinsame Zukunft haben wir bisher nicht gesprochen«, räumte sie ein. »Keine Zeit. Wir hatten mehr … na, du weißt schon. Aber wer weiß? Ich hab nie behauptet, mein ganzes Leben hier in Alaska zu bleiben.«

»Du könntest in L.A. wohnen?«

»Warum nicht? Wenn alles so läuft, wie Jonah sich das vorstellt, der Monster-Film ein Erfolg wird und er eine Hauptrolle in der neuen TV-Serie mit den Zombie-Cops bekommt, haben wir genug Kohle für ein Apartment in Beverly Hills. Ich könnte Schmuck designen oder irgendwas mit Mode machen, und wenn die Kohle fließt, in den Läden am Rodeo Drive einkaufen.«

»So wie Jennifer Liotta? Das glaube ich nicht.«

»Okay, vielleicht ziehen wir auch nach Monterey oder Carmel.«

»Du würdest die Kälte vermissen.«

»Dich würde ich vermissen«, widersprach Brandy, »dich und die gute Pizza bei Luigi. Nicht mal am Sunset Strip machen sie so gute Pizza wie hier.«

Als hätte sie damit das Stichwort gegeben, erschien die Bedienung mit der Pizza. »Frisch aus dem Ofen«, zitierte sie das Motto des Lokals.

Julie und Brandy hatten beide einen Riesenhunger, und jetzt, da die dampfenden Pizzen endlich vor ihnen standen, machten sie sich heißhungrig darüber her. Sie merkten kaum, wie die Bedienung zurückkehrte und ihre Gläser nachfüllte.

»Und du und Steve?«, fragte Brandy. »Irgendwas Neues?«

»Uns gibt es nicht mehr.«

»Wie bitte?« Brandy fiel beinahe der Bissen aus dem Mund. »Ihr habt Schluss gemacht?« Sie konnte es nicht fassen. »Und ich war schon am Überlegen, was ich euch zur Hochzeit schenke. Ehrlich? Das gibt's doch nicht.«

»Leider«, sagte Julie.

»Erzähl!«

9

Julie wollte sich den Appetit nicht verderben lassen, aber der Gedanke an ihre letzte Begegnung mit Steve hinterließ einen bitteren Geschmack. Sie ließ die letzten beiden Stücke ihrer Pizza liegen und trank einen Schluck Wasser.

»Es ist einfach so passiert«, sagte sie zu Brandy. »Ich hatte eigentlich gar nicht vor, mit ihm Schluss zu machen, aber dann tauchte er, ohne mich vorher anzurufen, vor meiner Blockhütte auf und war beleidigt, dass ich keine Zeit für ihn hatte.«

»Und das war natürlich gelogen.«

Julie blickte sie verwundert an. »Woher weißt du das?«

»Ich kenn mich mit Beziehungen aus. Schon vergessen?«

»Ich hatte einen anstrengenden Tag hinter mir und war tatsächlich hundemüde«, sagte Julie, »aber es war noch keine sechs Uhr, und mir wäre kein Zacken aus der Krone gebrochen, wenn ich mit ihm zum Steakessen gefahren wäre. Ich weiß nicht, warum ich's nicht getan habe. Aus Trotz, nehme ich an. Um ihm zu zeigen, dass er nicht ständig das Kommando übernehmen kann.«

»Steve ist doch kein Macho.«

»Das dachte ich auch immer. Und es stimmt ja auch, er ist der beste Mann, den man sich vorstellen kann. Der einen auf Händen trägt und einem jeden Wunsch von den Augen abliest. Der aber schwer damit zurechtkommt, dass die Arbeit einer Frau genauso wichtig sein kann und sie nicht jedes Mal sofort bereitsteht, wenn er mit den Fingern schnippt. Am liebsten würde er wohl haben, dass ich meinen Job aufgebe und das Hausmütterchen spiele.«

»Nicht im 21. Jahrhundert.«

»Hab ich ihm auch gesagt.« Julie war froh, mit jemandem über ihre Probleme sprechen zu können. »Je länger wir zusammen waren, desto schlimmer wurde es. Er liebt mich, er liebt mich über alles, aber er will mich auch kontrollieren, und das kann ich gar nicht vertragen. Verstehst du das, Brandy?«

»Der gute Steve ist ein Kontrollfreak. So was gibt's.«

»Ich weiß, aber ich hab gehofft, es würde irgendwann aufhören. Er bräuchte nur ein bisschen Zeit, um sich daran zu gewöhnen, dass ich auch ein eigenes Leben habe. Im letzten Winter dachte ich, es wäre alles in Ordnung und er hätte sich endlich ein wenig lockerer gemacht, aber so war's nicht. Was wir hatten, war super, aber sobald es um unsere Zukunft ging, waren wir wie Feuer und Wasser. Nur weil wir uns so selten sahen, fiel das nicht groß auf.«

»Du hast deinen eigenen Kopf.« Brandy schob ihren leeren Teller zurück. »Wenn mir einer sagen würde, ich soll mich anständig anziehen und mir endlich einen neuen Job suchen, weil Walmart das Allerletzte sei, wäre ich sofort weg.«

»Ich frag mich ehrlich gesagt auch manchmal, warum du dir keinen besseren Job suchst. Bei Walmart versauerst du doch. Du warst auf dem College, oder nicht?«

»Zwei Jahre.«

»Damit würdest du etliche andere Jobs bekommen.«

»Ich hab noch Zeit.« Brandy griff nach ihrem Glas. »Irgendwann finde ich schon den richtigen Job, der zu mir passt. Wer weiß? Stylistin wäre cool. In Hollywood brauchen sie an jeder Ecke eine. Oder Achterbahntesterin. So was gibt's tatsächlich. Ich könnte bei Disney oder Universal anfangen.«

»Als Daisy Duck oder Bugs Bunny.«

Sie kicherten beide und wurden gleich wieder ernst.

»Mach dir keine Sorgen um mich«, sagte Brandy. »Im Moment fühle ich mich bei Walmart wohl. Ich gehöre zu den Typen, die immer wieder auf die Füße fallen. Ich nehme das Leben nicht so tragisch. Solltest du auch mal versuchen. Steve ist ein Netter, das stimmt schon, und optisch würde er gut zu dir passen, aber das ist nicht alles, oder? Wenn du nur den leisesten Zweifel hast, lass ihn laufen. So hab ich's immer gehalten. Ich will Mr Perfect und nicht Mr Fast-Perfect. Keine halben Sachen.«

»Deshalb hast du auch ständig einen anderen.«

»Besser als dauerhaft den Falschen.«

Julie musste ihr recht geben. Es hatte keinen Sinn, an einem Partner rumzubasteln, das hatte schon bei ihren Eltern nicht geklappt. Die Menschen ändern sich nicht oder nur ganz selten. Das galt auch für sie. Sie wusste selbst, wie stur sie sein konnte, wenn es um ihren Job ging. Sie hatte jahrelang darauf hingearbeitet, ihren Traumjob als Park Ranger zu bekommen, und würde ihn weder für einen Traumprinzen noch für viele Millionen aufgeben.

»Hey, warum kommst du nicht mit?«, schlug Brandy vor,

als sie gezahlt hatten. »Ich bin mit Jonah im Westmark verabredet. Wir wollen zusammen einkaufen. Ein angesagtes Winteroutfit für ihn. Trink einen Kaffee mit uns.«

»Als drittes Rad am Wagen?«

»Quatsch! Damit du weißt, von wem ich dauernd schwärme.«

»Okay, einen Kaffee.«

Sie folgte Brandy in ihrem Pick-up und parkte vor dem Hotel. Das Westmark war das größte Hotel der Stadt, ein riesiger Kasten, der von außen wenig hermachte, innen aber alles bot, was man sich von einer Luxusherberge wünschte. Nicht gerade ein Hotel, das sie und Brandy sich leisten könnten.

Jonah Stark wartete in der Hotelbar, ein untersetzter Bursche in Jeans und edler Strickjacke, darunter ein T-Shirt mit dem Logo der L.A. Rams. Auf den sorgfältig gescheitelten Haaren trug er eine Schirmmütze mit dem gleichen Logo. Er hatte einen ähnlich hochnäsigen Blick, wie sie ihn schon bei Jenn vor ihrer Tour bemerkt hatte, schien aber ehrlich erfreut zu sein, Brandy zu sehen: »Hey, Sweety!«

»Mein Superstar!«, erwiderte Brandy, schlang die Arme um seinen Hals und küsste ihn ausgiebig. »Das ist Julie, meine beste Freundin. Sie arbeitet als Park Rangerin im Denali National Park und ist bei den Dreharbeiten dabei.«

»Freut mich«, grüßte er. »Sie waren mit Jenn unterwegs, nicht wahr?«

»Ist sie auch hier?«

»Sie ist nach Anchorage durchgebrannt. Fairbanks sei ihr zu klein, sagt sie, und nach ihrem Ausflug mit Ihnen bräuchte sie eine Großstadt. Nicht dass Anchorage eine Großstadt nach ihrem Geschmack wäre. Da können nur New York und L.A. mithalten, vielleicht noch Chicago. Sie ist ein Luxusweib.«

»Und Sie?«, wollte Julie wissen. »Sind Sie ein Naturbursche?«

»Abenteurer. Ich wohne nur in L.A., weil sich dort das Business abspielt und ich näher am Ball bin. Aber ich verbringe jede freie Minute in den Sierras, im Sommer mit dem Mountain Bike, dem Kanu oder auch zu Fuß, im Winter mit dem Snowmobil oder auf Skiern. Einmal sogar mit dem Hundeschlitten.«

»Jonah würde gut nach Alaska passen«, sagte Brandy. »Er ist sportlicher als die meisten Männer in Fairbanks.« Sie setzten sich an einen Tisch, und Brandy und Julie bestellten Café Latte. »Erzähl ihr von dem Rennen, Jonah.«

»Das interessiert sie bestimmt nicht.«

»Nun mach schon, Jonah!«

»Also gut«, gab er nach, »das war in Aspen, Colorado. Ein Snowmobilrennen mit Prominenten, vor allem Actionstars, fast alle Superhelden, die gerade angesagt sind. Die behandelten mich wie einen Aussätzigen. Der Möchtegernstar, der vor allem Nebenrollen in irgendwelchen TV-Serien spielte und glaubte, im Konzert der Großen mithalten zu können.« Er trank grinsend von seinem Drink. »Aber da hatten sie sich geschnitten. Ich ließ sie alle hinter mir und hatte im Ziel einen Vorsprung von zehn Minuten.«

»Dann sind Sie genau richtig in Alaska«, sagte Julie.

Das schien ihn nur noch mehr in seinem Ego zu bestärken. »Das stimmt. Nach den Dreharbeiten will ich Brandy auf eine Schneeschuhwanderung mitnehmen. Es reicht, wenn ich Mitte März nach L.A. zurückfliege. Vorher lass ich mich sowieso auf kein Casting ein, und die Rolle in *Criminal Minds* hab ich ohnehin sicher.«

»Er spielt einen Serienmörder«, warf Brandy ein.

Jonah nippte an seinem Drink, irgendwas mit Orangensaft und Sekt. Er wirkte plötzlich nachdenklich und verstimmt. »Eigentlich hätte ich den Buck Miller spielen sollen. So heißt der Held in unserem Film *Das Monster vom Wonder Lake*. Er ringt das Monster in einem Blizzard nieder und reißt ihm das Herz aus der Brust. Die Actionszenen in der Wildnis wären genau mein Ding gewesen. Aber der Regisseur meinte, der biedere Buchhalter, der seiner Frau weggelaufen ist und deshalb an der Wanderung teilnimmt, würde besser zu mir passen. Meinetwegen, ich werde ihm schon zeigen, was ich draufhabe, dann gibt er mir beim nächsten Mal die Hauptrolle. So was wie *Indiana Jones in Alaska*, das wär's doch.«

Immer hoch hinaus, dachte Julie. Waren eigentlich alle Filmstars so? Sie mochte Jonah nicht. Er war ein selbstverliebter Angeber, der Brandy wahrscheinlich nur als attraktiven Zeitvertreib sah, aber sie würde sich hüten, ihr das zu sagen. Sie war keine Expertin in Beziehungsfragen, weiß Gott nicht, und konnte sich irren. Und Brandy war intelligent genug, um den Geheimnissen ihrer Männer selbst auf die Spur zu kommen. Sie würde sich zu wehren wissen. Außerdem bezweifelte Julie, dass es jemals zu der gemeinsamen Schneeschuhwanderung kommen würde. Brandy war alles, nur keine Sportlerin und Abenteuerin. Bevor sie in die Wildnis zog, musste einiges passieren.

Ein Mann betrat die Bar. Ein sportlicher Typ in Jeans und Pullover, die Haare wirr frisiert, ob absichtlich oder weil er keine Lust zum Kämmen hatte, ließ sich nicht sagen. Selbst im schwachen Licht der Bar erkannte Julie seine blauen Augen, ein gelungener Kontrast zu seinen dunklen Haaren und der gebräunten Haut, die sie aber erst aus der Nähe sah. Ein Mann, nach dem sich fast jede Frau heimlich umdrehte und dabei an verbotene Dinge dachte.

»Hey«, grüßte er in die Runde, »ich bin Pete Cox. Was dagegen, wenn ich mich zu Ihnen setze?« Sein Lächeln ließ eigentlich keine Widerrede zu. »Ich hab heute meinen freien Tag und würde Sie gern zu einem Drink einladen.«

Nicht gerade die originellste Anmache, aber sympathisch.

»Eine heiße Schokolade. Mit viel Sahne!«, bestellte Julie.

»Wow! Du gehst aber ran!«, sagte Brandy. »Für mich das Gleiche bitte.«

Die Schokolade schmeckte himmlisch. Genau das Richtige, auch wenn Julie nach der Pizza eigentlich noch satt war. »Pete Cox«, sagte sie. »Sie erledigen das Monster am Wonder Lake.«

»Im Alleingang und mit bloßen Händen.« Er grinste breit.

»Ganz schön mutig.«

Er grinste immer noch. »Aber nur, weil das Monster seine Zauberkräfte nicht abrufen kann und wir unbedingt ein Happy End für unseren Film brauchen.« Er hatte eine Cola bestellt und trank einen Schluck. »Und Sie? Sie haben einen Ranger-Anorak an. Arbeiten Sie im Nationalpark? Als Ranger?«

»Park Ranger Julie Wilson. Sie dürfen mich Julie nennen.«

»Pete«, erwiderte er.

Erst als Julie wieder nach ihrem Becher mit der Schokolade griff, bemerkte sie das Augenzwinkern ihrer Freundin. Ihr wurde bewusst, dass sie während der letzten Minuten nur Augen für Pete gehabt hatte und ihre Freundin und Jonah Stark beinahe vergessen hatte. Als wäre sie mit Pete zu einem Date verabredet.

»Hey, hey, hey«, sagte Brandy unnötigerweise.

Julie errötete.

Jonah hatte ganz andere Sorgen. Offensichtlich fühlte er sich in Petes Gegenwart nicht genug beachtet und wirkte beleidigt. »Du wirst dich ganz schön anstrengen müssen, wenn du die Dreharbeiten heil überstehen willst. Mit dem Monster kommst du zurecht, weil es so im Drehbuch steht. Aber da draußen warten noch andere Gefahren. Einer aus der Großstadt tut sich da schwer.«

»Ich komme aus San Diego«, widersprach Pete, »da wohnen die sportlichsten Menschen der Welt. Ich halte schon einiges aus. Und du wirst lachen, ich weiß sogar, wie Schnee aussieht. Mein vorletzter Film spielte in Montana.«

»In einem herrenlosen Zug.«

»Stimmt, aber an den freien Tagen waren wir mit den

Snowmobilen unterwegs. Ich komme schon klar. Und wenn alle Stricke reißen, werden uns die Ranger oder dieser Wolfsjäger, dieser Rob Pierson, aus der Patsche helfen.«

»Ein Wolfsjäger?«

»Piersons Job, hab ich mir sagen lassen. Ein rauer Bursche, der im Sommer mit Großwildjägern auf Bärenjagd geht und die Herden der Farmer vor hungrigen Wölfen beschützt. Er ist bei den Dreharbeiten dabei – für alle Fälle.«

»Ich hab von ihm gehört«, sagte Julie. »Ein zwielichtiger Bursche. Tierschützern ist er ein Dorn im Auge. Gutes Benehmen hat er auch nicht gepachtet. Unser Superintendent hätte ihn niemals verpflichtet, aber die Produktionsfirma wollte ihn wegen der Versicherung dabeihaben. Die wird etliche Dollar billiger, wenn ein bewaffneter Jäger dabei ist. Auch wenn ihn niemand mag.«

Jonah bemühte sich verzweifelt, wieder die Oberhand zu gewinnen. »Meinetwegen hätten sie sich den sparen können. Ich komme auch ohne ihn in der Wildnis zurecht. Aber Pete und Jenn haben sicher weniger Erfahrung.«

»Du haust ja ganz schön auf den Putz«, sagte Pete.

»War nur eine Feststellung.«

Brandy erkannte, dass Jonah und Pete kurz davor standen, wie zwei Alphatiere aufeinander loszugehen, wenn nicht jemand Einhalt gebot, und sagte: »So, ich glaube, Jonah und ich müssen jetzt gehen. Heute ist Wildnisshopping angesagt.«

Die beiden verabschiedeten sich von Julie und Pete. »Bleib am Ball!«, flüsterte Brandy ihrer Freundin ins Ohr, als sie sich umarmten.

»Du spinnst doch!«, antwortete Julie, wurde aber dennoch rot. Sie bemühte sich, Pete nicht anzusehen, und versuchte, sich nichts anmerken zu lassen, als Brandy und Jonah verschwunden waren. »Shopping … da bin ich aber gespannt.«

Pete lachte. »Und ich erst. Die beiden sehen nicht so aus, als würden sie in den gleichen Läden einkaufen.« Er blickte Julie an. »Und wir? Wollen wir auch shoppen? Oder hätten Sie Zeit, mir Ice Alaska zu zeigen? Ich hab schon so viele Bilder von den Eisskulpturen gesehen, dass ich unbedingt hinmuss.«

»Ich hab nicht viel Zeit, aber die zeige ich Ihnen gerne.«

»Okay, ich hole nur schnell meinen Anorak.«

Julie wartete in der Lobby. Sie verspürte den Drang, das Hotel zu verlassen, bevor Pete auftauchte, und wusste gleichzeitig, dass sie dazu gar nicht in der Lage sein würde. Obwohl sie sich wie eine fremdgehende Ehefrau vorkam, blieb sie stehen, zupfte an ihren Haaren herum und lächelte nervös, als Pete aus dem Aufzug trat. Sein Anorak war dunkelblau und trug das Logo eines Sportclubs, von dem sie noch nie gehört hatte.

»Mein Bruder ist Quarterback in der College-Mannschaft«, erklärte er, als er ihren neugierigen Blick bemerkte. »Er wäre ziemlich sauer, wenn ich für die NFL werben würde.«

Julie hatte mit Football nicht viel im Sinn, wusste gerade mal, dass NFL für National Football League stand. »Gehen wir«, sagte sie. »Ich hoffe, Sie haben nichts gegen Pickups. An meinem hat noch Henry Ford mitgebaut.«

»Hauptsache, Sie fahren keine Stretchlimo. Ich hab die Kisten satt.«

»Zu viel Luxus?«

»Es ist anstrengend, wenn jeder gleich merkt, dass da ein Promi fährt.«

Bei Julies altem Pick-up dachte man eher an einen Farmer. Er lief zwar einwandfrei, aber bei der Heizung wusste man nie, und auch deshalb hatte Julie immer einen Stapel Wolldecken auf der Rückbank liegen. Gleich neben dem Verbandskasten. Modern waren nur Navi, Radio und WiFi-Verbindung.

»Todschick«, lobte Pete, ohne eine Miene zu verziehen.

Ice Alaska lag auf halbem Weg zum Flughafen im Westen der Stadt. Auf einem weiten Areal abseits der Schnellstraße wetteiferten die besten Eiskünstler der Welt um die schönsten und fantasievollsten Skulpturen. Im März gab es wertvolle Preise für die Gewinner. Einige der Gebilde wurden angestrahlt und leuchteten in fantasievollen Farben, als sie auf dem Parkplatz hielten.

»Eindrucksvoll«, staunte Pete, als sie über das Gelände schlenderten.

»Sogar aus Japan kommen Künstler zu uns«, sagte Julie.

Sie fühlte sich wohl in der Gegenwart von Pete, hätte beinahe nach seiner Hand gegriffen, als sie vor einer der Skulpturen standen, einem Schwertkämpfer, der auf einen riesigen Drachen losging. Vielleicht hielt der Anblick der erbitterten Kampfszene sie zurück, vielleicht auch nur die eisige Kälte, die von diesem und anderen Kunstwerken ausging.

Bau keinen Mist, rief sie sich zur Ordnung, du kannst nicht mit deinem Freund Schluss machen und dich im nächsten Augenblick einem Promi an den Hals werfen. Der Kerl kann sich vor Angeboten nicht retten und würde dich im Vorbeigehen vernaschen.

Doch Pete schien anders zu sein, als man es in den Klatschforen zu lesen bekam. Er wurde in keiner Weise aufdringlich, legte ihr nicht mal einen Arm um ihre Schultern, als sie durch den Eispark schlenderten und die Kunstwerke bestaunten. In seinem Anorak mit der übergestülpten Kapuze erkannte ihn niemand, eine seltene Abwechslung, die er woanders nicht erfahren hätte. Er zeigte großen Respekt ihr gegenüber, fragte sie über ihren Job aus und war gespannt auf die Dreharbeiten im Nationalpark.

»Wollten Sie schon immer Schauspieler werden?«, fragte Julie.

»Als kleiner Junge wollte ich Rennfahrer werden und die Indy 500 gewinnen. Das hab ich später auch geschafft, allerdings nur im Film. Seitdem spielen Autos in jedem meiner Filme eine Rolle. *Das Monster vom Wonder Lake* ist der erste Film, in dem ich ohne Autos auskommen muss. Wird auch Zeit, dass ich mal was anderes zeigen darf. Ehrlich gesagt, bin ich kein besonders guter Autofahrer. Bei den gefährlichen Szenen fährt ein Stuntman, und die Crashs und Tricks entstehen meist auf dem Rechner. Da ist viel Fake dabei.«

»Seien Sie nicht so bescheiden.«

Er lächelte. »Sie sind nicht der Typ, der sich durch große Sprüche beeindrucken lässt. Als Rangerin haben Sie wahrscheinlich mehr drauf als wir alle.« Er blieb stehen und blickte ihr in die Augen. »Sie sind eine tolle Frau.«

Julie war kurz davor, in seinen Augen zu versinken, als sie ein bekanntes Gesicht zwischen den Eisskulpturen zu entdecken glaubte. Steve, war das nicht Steve? Oder sah sie schon Gespenster? Sie blickte noch einmal hin, diesmal genauer und wurde durch einen der bunten Scheinwerfer geblendet, die ein Künstler auf seine Skulptur richtete. Als sie wieder klar sehen konnte, konnte sie Steve nirgendwo entdecken.

»Ist irgendwas?«, wunderte sich Pete.

»Ich glaube, ich gehe jetzt besser«, antwortete sie, »sonst wird es zu spät für mich. Ich hab zwei Stunden Fahrt vor mir und muss morgen früh raus.«

Sie gingen zu ihrem Wagen und fuhren schweigend zum Hotel zurück.

10

In dieser Nacht fand Julie kaum Schlaf. Die Gedanken an Steve ließen ihr keine Ruhe, und eine vorwurfsvolle innere Stimme beschimpfte sie als hinterhältige Verräterin, die ihren Freund beim ersten Anzeichen von Schwierigkeiten verließ und sich einem anderen an den Hals warf. Kaum versuchte sie, die Vorwürfe abzustreifen, tauchte Pete auf, schloss sie fest in die Arme und ließ sie alle Probleme vergessen.

Doch jedes Mal, wenn er sie küssen wollte, wachte sie verstört auf und starrte minutenlang in die Dunkelheit, bis sie erkannte, dass alles nur ein Traum gewesen war und weder Steve noch Pete in der Nähe waren. Sie wurde wütend auf sich selbst. Was bildete sie sich eigentlich ein? Wie konnte sie Steve für sein Verhalten verurteilen, wenn sie selbst nicht viel besser war: ihn einfach eiskalt fallen ließ und schon einen Tag später mit einem Hollywoodstar um die Häuser zog? Hatte die vorwurfsvolle Stimme nicht recht, wenn sie Steve verteidigte und sie zum Teufel wünschte?

Wie so oft, wenn sie irgendwelche Probleme abschütteln wollte, nahm sie eine ausgiebige heiße Dusche. Auf den paar Schritten von ihrer Blockhütte zum Duschhaus wehte ihr kalter Wind ins Gesicht und erinnerte sie endgültig daran, dass es noch etwas anderes als ihre Beziehungsprobleme gab und arbeitsreiche Tage im Nationalpark vor ihr lagen. Anschließend fütterte sie die Huskys, gönnte sich selbst Kaffee und eine Scheibe Toast mit Marmelade und fuhr los, um Noatak vom Arzt abzuholen. Sie machte sich Sorgen um ihren Jüngsten.

Doch kaum hatte Doc Martin die Tür geöffnet, stürmte Noatak ihr entgegen und sprang so begeistert an ihr hoch, als hätte er sie wochenlang nicht gesehen.

»Er hat sich gut erholt«, berichtete der Tierarzt. »Das Fieber ist auch zurückgegangen. Er hatte sich nur den Magen verdorben. Nichts Schlimmes.«

»Dann muss er unterwegs oder neben der Hütte irgendwas Verdorbenes gefressen haben. Ich habe ihm nur Trockenfutter gegeben.« Julie umarmte den Husky und drückte ihn fest an sich. »Hast du gehört, Noatak? Hab ich dir nicht tausend Mal gesagt, dass es sich nicht lohnt, fremdes Zeug zu fressen?«

»Er hat einen starken Magen«, sagte Doc Martin.

Julie verabschiedete sich und ließ Noatak auf die Ladefläche ihres Chevy springen. Über den Highway fuhr sie zum Nationalpark zurück. Sie war keine Meile mehr von der Abzweigung entfernt, als sie einen Pick-up auf dem Parkplatz am Nenana River stehen sah. Nichts Besonderes, in der Umgebung des Nationalparks gab es viele Pick-ups, die man selbst bei Tageslicht kaum auseinanderhalten konnte, aber dieser trug mehrere Aufkleber mit dem Schriftzug »*No Wolves!*« auf der Heckklappe. Im Licht der Straßenlampe, die neben dem Wagen emporragte, waren sie deutlich zu erkennen.

»Was tut der denn hier?«, fragte Julie sich selbst und lenkte ihren Chevy neben den parkenden Wagen. »Warum parkt er nicht im Nationalpark?«

Der Pick-up gehörte Rob Pierson, dem Wolfsjäger, den die Produktionsfirma zum Schutz gegen wilde Tiere verpflichtet hatte. Kein anderer Pick-up trug so viele Aufkleber gegen Wölfe wie seiner. Da sie ihn ein paarmal wegen überhöhter Geschwindigkeit und anderer geringer Vergehen verwarnt hatte, kannte Julie sein Nummernschild auswendig.

»Bleib liegen!«, rief sie Noatak auf der Ladefläche zu. Er hatte es sich auf den Decken bequem gemacht. »Ich will nur mal nach dem Rechten sehen.«

Sie ging um den Pick-up des Wolfsjägers herum, zog ihre Taschenlampe aus der Anoraktasche und leuchtete ins Fahrerhaus hinein. Auf dem Beifahrersitz lagen zerknülltes Papier von einem Cheeseburger und einige Strafzettel, ebenfalls mit Fettflecken. Von Pierson keine Spur. Sie checkte die Motorhaube mit der flachen Hand. Eiskalt. Der Wagen stand schon länger hier.

Sie leuchtete den Waldrand ab. Scheinbar nervös flackerte der Lichtkegel ihrer Taschenlampe über die Bäume.

»Rob Pierson!«, rief sie. »Wo stecken Sie? Sind Sie hier irgendwo in der Nähe? Ranger Julie Wilson vom Denali National Park. Ich habe einige Fragen an Sie. Melden Sie sich, Rob Pierson!«

Sie wartete vergeblich auf Antwort. Der Wald blieb stumm. Die einzigen Laute waren der Motorenlärm eines Trucks, der in diesem Augenblick an dem Parkplatz vorbeifuhr, und das Heulen einer fernen Sirene. Alaska State Trooper Eddy Corwin oder sein Kollege waren ebenfalls frühmorgens im Einsatz.

Julie war schon auf dem Rückweg zu ihrem Chevy, als sie ein Geräusch hörte. Jemand kam auf Schneeschuhen aus dem Wald. Sie schaltete ihre Taschenlampe wieder ein und erfasste eine dunkle Gestalt, die erschrocken stehen blieb, als der Lichtkegel ihr Gesicht traf.

»Rob Pierson«, erkannte Julie den Mann sofort. »Ranger Julie Wilson. Ich hab Sie schon gesucht. Sie kommen doch aus dem Nationalpark? Warum parken Sie auf einem verlassenen Parkplatz und nicht bei den Headquarters?«

»Ist es verboten, hier zu parken?«, entgegnete er.

Sie hatte eine schnippische Antwort erwartet. »Natürlich nicht. Aber es wundert mich, weil der Wagen dort viel sicherer wäre und Sie die Park Road nehmen könnten, um in den Park zu fahren. Soweit ich informiert bin, arbeiten Sie für das Produktionsteam aus Hollywood. Warum die Heimlichtuerei?«

»Ich hab's nicht so mit den Rangern. Ich bin lieber allein.«

»Mit Ihrem Gewehr?« Sie deutete auf die Waffe in seiner Hand.

»Das hab ich nur zu meinem Schutz dabei.«

»Im Nationalpark?«

»Könnte doch sein, dass ein Grizzly aus seinem Winterschlaf aufwacht und mir an den Kragen will.« Er grinste frech. »Ich hab nicht gewildert, falls Sie das meinen. Oder trag ich vielleicht einen Elch über den Schultern?«

»Wäre nicht das erste Mal, dass Sie gegen das Gesetz verstoßen.«

Er winkte ab. »Kleinkram. Zu schnell gefahren und so.«

»Und was haben Sie dann im Park gemacht? Sie wissen doch sicher, dass man sich bei den Rangern abmelden muss, wenn man ins Hinterland will.«

»Ich hab einen Vertrag mit der Filmproduktion, Ranger.« Sein Grinsen blieb, ließ ihn überheblich und selbstgerecht erscheinen. »Soll ich mich vielleicht jeden Morgen abmelden? Melden sich die Filmfritzen jedes Mal ab?«

Julie ließ nicht locker. »Die Dreharbeiten haben noch nicht begonnen.«

»Aber ich muss vorher wissen, was sich im Park tut. Nach Spuren suchen, erkunden, wo sich die Wolfsrudel rumtreiben … gehört alles zu meiner Arbeit. Ich hab gar keine Zeit, was Verbotenes zu tun. Oder warum verhören Sie mich wie einen Schwerverbrecher? Ich weiß, dass mich die Ranger auf dem Radar haben, weil ich Wölfe abknalle, aber das passiert nur außerhalb des Nationalparks, wie es im Gesetz steht, und auch nur dann, wenn mir ein Rancher oder Farmer den Auftrag dazu gibt, weil die Wölfe seine Tiere reißen.«

»Gestern ist ein Wolf im Nationalpark erschossen worden«, sagte Julie, »von einem Schützen, der genau wusste, was er tat. Gegen vier Uhr morgens am Toklat River. Darf ich fragen, wo Sie um diese Zeit waren, Mr Pierson?«

»Dürfen Sie«, antwortete er kein bisschen nervös. »Ich war in meiner Hütte am Healy Creek und hab geschlafen. Nein, ich habe keinen Zeugen. Meine Frau ist mir schon vor drei Jahren weggelaufen, und mein Hund kann nicht reden.« Er spuckte zu Boden. »Ich hab den Wolf nicht erschossen, Ranger.«

»Dann haben Sie ja sicher nichts dagegen, dass wir uns Ihr Gewehr mal näher ansehen. Wenn die Kugel, die den Wolf getötet hat, aus einem anderen Gewehr stammt, sind Sie aus dem Schneider und haben Ihre Ruhe.«

Aus seinem Grinsen wurde ein überlegenes Lächeln. »Kein Problem. Tun Sie, was Sie nicht lassen können, und bringen Sie mir die Knarre so schnell wie möglich zurück.« Er reichte ihr die Waffe. »Kann ich jetzt gehen?«

»Meinetwegen.«

Julie wartete, bis Pierson verschwunden war. Dann verstaute sie sein Gewehr auf dem Rücksitz und fuhr weiter. Im Osten wurde es bereits hell. Vereinzelte Sonnenstrahlen kämpften sich durch die Wolkendecke und brachten die verschneiten Berghänge zum Leuchten. Die Gipfel lagen hinter dunstigen Schleiern verborgen. Ein typischer Wintertag, wolkenverhangen und düster.

Vor dem Verwaltungsgebäude traf sie den Superintendenten und Ranger Erhart. Beide unterhielten sich angeregt, kamen ihr aber entgegen, als sie aus dem Pick-up stieg. Sie begrüßte die beiden, verriet ihnen, dass Noatak wieder gesund war, und berichtete von ihrer Begegnung mit Rob Pierson.

»Ich wollte Ihnen nicht ins Handwerk pfuschen, Greg. Aber es kam mir verdächtig vor, dass er seinen Pick-up auf einem einsamen Parkplatz abgestellt hatte und mit seinem Gewehr aus dem Park kam.« Sie nahm die Waffe aus dem

Wagen und gab sie ihm. »Falls die Kugel aus seinem Gewehr stammt, haben wir ihn, nicht wahr?«

Erhart nickte. »Gute Arbeit, Julie. Besser als Mattie Ross.«

»Mattie Ross?«

»Das Mädchen aus *True Grit*. Mattie nimmt es in dem berühmten John-Wayne-Western mit Banditen auf. Vor einigen Jahren gab es ein Remake.«

»Sorry, Greg. Ist an mir vorbeigegangen.«

»Kümmern Sie sich um den Wolfsjäger«, sagte der Superintendent zu Ranger Erhart. »Ob mit oder ohne Waffe, es würde mich nicht wundern, wenn er was mit der Erschießung des Wolfes zu tun hätte. Wir hätten verhindern müssen, dass ihn die Filmleute verpflichten. Der tötet Wölfe nicht nur, weil er dafür bezahlt wird, sondern weil er sie aus tiefster Seele verabscheut.«

»Ich bleibe dran, Sir.«

»Und Sie lassen die Detektivarbeit sein und bereiten sich auf Ihre Arbeit mit dem Filmteam vor«, sagte Green zu Julie. »Fahren Sie die Trails ab und checken Sie, ob alles okay ist. Die Filmleute bauen heute ihr Camp auf.«

»Heute schon?«

»Nur die Vorhut«, erklärte er. »Sie bringen einige Camper und die Ausrüstung und die Vorräte zum Riley Creek. Dort wird ihr Hauptlager sein. Alle Handlanger schlafen in Wohnwagen und Containern, die Schauspieler schlafen im McKinley Resort. Außer Jennifer Liotta, die bleibt in Fairbanks wohnen und wird jeden Morgen mit dem Hubschrauber eingeflogen. Gehört anscheinend dazu, wenn man ein gefeierter Superstar werden will. Angeblich braucht sie die städtische Umgebung, um einen Ausgleich zu haben. Verrückt, nicht wahr? Aber was ist nicht verrückt bei einem solchen Projekt.«

Nachdem der Superintendent in sein Büro zurückgekehrt war, brachte Julie den immer noch schwächelnden Noatak in den Zwinger zurück. Die anderen Huskys begrüßten ihn aufgeregt und freuten sich anscheinend, dass er wieder bei ihnen war.

»Aber wir wollen nichts überstürzen«, sagte Julie. Sie blieb neben Noatak hocken und streichelte ihn. »Du bist noch ein bisschen zu schwach, um wieder auf Tour zu gehen. Ist besser, wenn du noch ein paar Tage kürzer trittst und erst mal bei der Schonkost bleibst. Du bist mir doch nicht böse, wenn ich dich zu Hause lasse und Sonny mitnehme? Sonny ist doch dein Freund. Er will auch mal den Schlitten ziehen. Also sei nicht beleidigt, wenn du die nächsten Tage nicht dabei bist. Versprichst du mir das?«

Sein leises Jaulen konnte alles bedeuten.

»Ich wusste, dass ich mich auf dich verlassen kann. Nach so einer Magenverstimmung hättest du sowieso keine Freude an der Tour. Gute Besserung!«

Julie kehrte für eine halbe Stunde in ihre Hütte zurück, packte Proviant für einen Tag ein und knabberte an einem Schokokeks, bevor sie die Huskys vor den Schlitten spannte. Sie sagte ein paar aufmunternde Worte zu Chuck und tätschelte Sonny freundschaftlich den Rücken.

»Jetzt kannst du zeigen, was du draufhast, Sonny! Du gehörst genauso zur Familie wie Noatak, das weißt du hoffentlich. Und du bist genauso gut. Du verstehst dich doch mit Blacky, oder? Er läuft wieder neben dir. Ich lasse es die ersten Meilen etwas langsamer angehen, okay?«

Sonny hielt sich besser als erwartet. Schon nach einer Meile war er wieder voll im Rhythmus und ließ den Ausfall von Noatak vergessen. Normalerweise fiel er weder durch besonderen Fleiß noch durch große Faulheit auf, lief nicht besonders kraftvoll, aber hinkte auch nicht hinterher. Doch diesmal fühlte er sich offenbar herausgefordert und gab sein Allerbestes.

Wie bei einem Fußballteam war es auch bei einem Hundegespann wichtig, immer gleichwertigen Ersatz zu haben. Gerade in einem riesigen Gebiet wie dem Denali National Park, das den Hunden alles abverlangte. Auf der Park Road kam ein Musher auch mit einem durchschnittlichen Gespann zurecht, besonders wenn sie geräumt war wie während der Dreharbeiten. Abseits der Straßen, auf den einsamen Trails im Hinterland, fanden sich nur erstklassige Huskys zurecht. Huskys wie Chuck, Bronco, Bingo, Curly, Blacky und Sonny.

Am Teklanika River bog Julie von der Straße ab und lenkte den Schlitten über den gefrorenen Fluss nach Süden. In einiger Entfernung ragten die zerklüfteten Massive des Cathedral und des Double Mountain empor. Im fahlen Licht des Tages wirkte das Land noch verlassener und einsamer als sonst, bedrohlich für Menschen, die das Leben in Eis und Schnee nicht gewohnt waren, von erhabener Schönheit für jemanden wie Julie, die dankbar war, die Wildnis in ihrem Urzustand erleben zu dürfen.

»Vorwärts!«, trieb sie die Huskys an, »hier könnt ihr so schnell laufen, wie ihr wollt!« Der Trail führte über raues Flusseis, war aber frei von Hindernissen, und sie hatten freie Bahn.

Vor einer Biegung störten fremde Laute die friedliche Umgebung. Gleich zwei Hundeschlitten tauchten in der Ferne auf. Sie waren in dem düsteren Licht zuerst nur schemenhaft zu erkennen, und doch erkannte Julie sofort, um wen es sich handelte. So rasant und sicher fuhren nur zwei ihrer besten Freunde.

»Carol! Henrik!«, rief sie, als sie sie eingeholt hatte und ihre Schlitten standen. Julie rammte den Holzpflock, der ihr als Anker diente, in den Schnee und umarmte beide. »Was macht ihr denn hier? Ich dachte, ihr trainiert weiter nördlich in den Wäldern.«

»Wir hatten Heimweh nach dem Denali«, erwiderte Carol.

Carol Schneider, ihre Freundin und Kollegin und bis vor einigen Wochen auch ihre Mitbewohnerin, war sieben Jahre älter als Julie, aber sportlicher und fitter als die meisten Ranger im Nationalpark, die Männer eingeschlossen. Sie hatte sich von ihrem frischgebackenen Ehemann überreden lassen, noch einmal beim Iditarod mitzumachen. Henrik Arnesen, ein norwegischer Fabrikbesitzer, der inzwischen die meiste Zeit des Jahres in Alaska wohnte, nahm zum ersten Mal teil, war aber nicht unter den Favoriten wie seine Ranger-Ehefrau.

»Läuft alles nach Plan?«

»Beim Training oder in der Ehe?«, fragte Carol lachend.

»Dass ihr euch liebt, sieht man doch. Beim Training.«

»Alles im grünen Bereich«, antwortete Henrik. Seit der Hochzeit wirkte er zehn Jahre jünger. »Carol schlägt einen Rekord nach dem anderen, und ich versuche, einigermaßen mit ihr Schritt zu halten. Ich würde meine Fabrik in Norwegen und meine kostbare Münzsammlung auf ihren Sieg verwetten.«

»Und die nächsten Jahre von mir leben müssen«, sagte Carol.

»Dann kündigst du auf keinen Fall?«

»Wie kommst du denn darauf?« Carol blickte sie verwundert an. »Ich tauge nicht zur Hausfrau. Du weißt doch, wie schlecht ich koche. Putzen gehört auch nicht zu meinen Talenten. Ich muss die Natur um mich haben.« Sie drehte sich zu ihrem Mann um. »Außerdem würde Henrik das nicht zulassen, stimmt's? Nichts gegen Hausmütterchen, aber er mag selbstständige Frauen.«

»Na, wenigstens einer«, erwiderte Julie.

»Steve?«

Sie nickte zerknirscht. Sie berichtete in ein paar Worten, was zwischen Steve und ihr vorgefallen war, und zuckte betrübt die Achseln. »Verstehst du das? Monatelang war alles okay, und plötzlich habe ich das Gefühl, dass wir eigentlich gar nicht zusammenpassen.« Ihren Flirt mit dem Filmstar verschwieg sie wohlweislich.

»Er hat doch auch keinen Neun-bis-fünf-Job.«

»Ich versteh's ja auch nicht, Carol.«

»Er tut sich schwer, weil du so erfolgreich bist. Manche Männer kommen mit starken Frauen nicht zurecht. Henrik war schon erfolgreich, als wir uns kennenlernten. Steve muss sich erst beweisen. Gib ihm etwas Zeit, Julie.«

»Ich weiß nicht.«

»Und lass dich durch so was nicht von deinem Weg abbringen.«

»Ich werd's versuchen, Carol. Schade, dass du nicht mehr bei mir in der Hütte wohnst. Jetzt hab ich keinen mehr, bei dem ich mich ausweinen kann.«

»Du hast meine Nummer.«

Henrik grinste. »Und wer weiß? Vielleicht heuerst du nach den Dreharbeiten bei einem Filmstudio an und gehst als Schauspielerin nach Hollywood.«

»Das fehlte noch«, sagte Julie.

Sie wollte sich bereits von ihren Freunden verabschieden, als Unruhe unter Carols Huskys entstand. Skipper, ihr Leithund, bemühte sich vergeblich, für Ordnung zu sorgen. Einer der Hunde, die weiß gefleckte Lady, musste sich übergeben. Sie würgte verzweifelt und schien Tränen in den Augen zu haben.

»Lady!«, erschrak Carol. »Was ist mit dir?«

»Sie hat Fieber!«, erkannte Henrik.

Carol beugte sich zu der Hündin hinab und streichelte sie sanft. »Sie hat sich den Magen verdorben. In dem Erbrochenen ist Blut, es sieht sehr ernst aus. Wie kann das sein, Henrik? Wir haben ihr doch nur Trockenfutter gegeben.«

»Wart ihr in einer Hütte?«, fragte Julie.

»Gestern Nacht, in der Blockhütte am Stony Creek.«

»Dann wundert mich nichts mehr.« Julie griff nach ihrem Funkgerät und ließ sich mit Ranger Erhart verbinden. Sie berichtete, was geschehen war. »Genau, die gleichen Anzeichen wie bei Noatak, nur noch etwas schlimmer.«

»Dann haben wir ein Problem«, kam es aus dem Funkgerät.

11

Während Carol und Henrik mit der kranken Lady zum Tierarzt fuhren, traf Julie sich mit Ranger Erhart und dem Superintendenten.

»Ich habe gerade das Ergebnis aus der Ballistik bekommen«, meldete Erhart, »die Kugel, die den Wolf getötet hat, stammt nicht aus Piersons Gewehr. Die Troopers habe ich bereits informiert, sie aber gleichzeitig gebeten, den Fall nicht an die große Glocke zu hängen. Wenn wir Glück haben, können wir die Sache ein, zwei Tage vor den Medien geheim halten, länger sicherlich nicht. Die Dreharbeiten, der Wolfsmord, die möglichen Giftanschläge ... das gäbe ordentlichen Wirbel.«

»Und den wird es während der nächsten Tage ohnehin reichlich geben«, sagte Green. »Solange wir nicht wissen, ob tatsächlich jemand Gift vor den Hütten gestreut hat, sollten wir wenigstens darüber Stillschweigen bewahren. Kein Wort zu den State Troopers, auch nicht zu den Filmleuten und schon gar nicht zu den Medien, solange nicht hundertprozentig sicher ist, dass die Huskys tatsächlich vergiftet wurden. Spekulationen können wir nicht gebrauchen.«

»Ich habe Doc Martin schon Bescheid gesagt«, erwiderte Erhart, »er wird uns so schnell wie möglich darüber informieren, an was sich die Huskys den Magen verdorben haben. Ich schlage vor, wir sehen uns in der Zwischenzeit noch mal bei der Hütte um. Ich bin sicher, wir haben dort was übersehen.«

»Einverstanden, aber gehen Sie diskret vor. Wegen der Filmleute haben wir schon Wirbel genug. Ein Verrückter, der Huskys vergiftet, fehlte uns gerade noch. Sehen Sie sich auch bei den anderen Hütten um. Falls wir es wirklich mit einem Verrückten zu tun haben, war er vielleicht auch dort aktiv. Um ganz sicherzugehen, werde ich aber auch das gelagerte Futter in den Zwingern untersuchen lassen.« Er wandte sich an Julie. »Verwenden Sie so lange bitte nur eigenes Futter, Ranger Wilson. Wir sollten jegliches Risiko vermeiden.«

»Natürlich, Sir«, gehorchte Julie.

Erhart zupfte an seinem Schnauzbart. »Zur Hütte am Toklat River würde ich Ranger Wilson gern mitnehmen, Sir. Sie sieht dort sicher mehr als wir.«

»In Ordnung«, stimmte Green zu, »aber danach möchte ich Sie nur noch bei den Filmleuten sehen, Ranger Wilson. Ich denke, dass Sie dort genug zu tun haben werden.« Er seufzte leise. »Ich bereue jetzt schon, der Produktionsfirma zugesagt zu haben. Wenn der National Park Service nicht so große Geldsorgen hätte ...«

»Daran ist nur die Regierung schuld«, sagte Erhart. »Wenn sie mehr Geld in den Naturschutz investieren würde, ständen wir ganz anders da. Aber die investiert ihr Geld ja lieber in unsinnige Prachtbauten und solchen Blödsinn.«

»Sagen Sie so was nicht zu laut, Ranger Erhart.«

Diesmal gelang es dem Polizeichef, einen Hubschrauber zu organisieren. Damit brauchten sie nur ein paar Minuten bis zu der Blockhütte am Toklat River. Unterwegs aß Julie eines der Sandwiches, die sie als Proviant für ihre Inspektionsfahrt eingepackt hatte. Besonders wohl war ihr nicht zumute. Der unruhige Flug durch teilweise böigen Wind machte ihr kaum etwas aus, daran war sie gewöhnt, aber der Verdacht, es könnte sich ein Verrückter im Park herumtreiben, der es auf unschuldige Huskys abgesehen hatte, machte ihr schwer zu schaffen. Und die Frage, ob der geheimnisvolle Schütze, der den Wolf getötet hatte, und der Huskyvergifter ein und dieselbe Person waren.

Ranger Erhart quälten ähnliche Gedanken. »Wenn wir es mit so 'ner militanten Gruppe zu tun haben, die mit dem Mord an Wölfen und Huskys irgendein krankes Ziel verfolgt und die Dreharbeiten dazu benutzen will, besonders viel Aufmerksamkeit zu erregen, können wir uns auf einiges gefasst machen. Da wäre mir ein Wirrkopf wie Rob Pierson schon lieber gewesen.«

Unter ihnen schimmerte der Toklat River im fahlen Tageslicht. Der Pilot ging mit dem Hubschrauber nach unten und setzte vor der Hütte im Schnee auf. Julie und Erhart duckten sich unter den Rotoren hinweg und kniffen die Augen gegen den hochwirbelnden Schnee zusammen. Der Motor des Hubschraubers verstummte. Nur das Schwirren der Rotoren war noch zu hören.

Danach trat beinahe vollkommene Stille ein, nur der Wind und das Rauschen der Bäume hing noch in der Luft. Sie gingen auf die Hütte zu. Nachdem sie den erschossenen Wolf gefunden hatten, hatten sie die ganze Gegend nach einem Hinweis auf den Schützen abgesucht, ohne eine Spur zu finden. Wenn Noatak und Lady tatsächlich etwas Giftiges gefressen hatten, musste es bei der Hütte passiert sein. Nur dort hatten sie gerastet und die Gelegenheit gehabt, etwas Verbotenes aus dem Schnee zu fischen. Unterwegs waren sie ständig in Bewegung gewesen.

»Wenn ich einen unserer Huskys vergiften wollte, würde ich das Gift auf keinen Fall hier draußen auslegen. Viel zu umständlich und gefährlich. Vergiftetes Fleisch in den Zwinger zu werfen, ist doch viel einfacher. Oder was denken Sie?« Julie blickte Erhart an. »Warum ausgerechnet hier draußen?«

»Keine Ahnung«, erwiderte er, »aber wir müssen nachsehen.«

Sie trennten sich und suchten den Boden neben der Hütte ab. Alles, was vor dem ersten Schneefall auf der Erde gelegen hatte, lag inzwischen unter einer dichten Schneedecke verborgen.

Julie suchte den Platz, an dem ihre Huskys geschlafen hatten, systematisch ab. Mit beiden Händen grub sie im Schnee, stieß bis zur Erde durch, ohne etwas Verdächtiges zu finden.

»Nichts«, sagte sie zu Erhart, der ebenfalls unverrichteter Dinge zu ihr zurückkehrte. »Dann muss jemand vergiftetes Fleisch in den Zwinger geworfen oder ins Futter gegeben haben. Aber wo hat Lady das Gift erwischt? Hat sie was von unserem Futter gefressen?«

»Das haben wir gleich«, erwiderte Erhart. Er zog sein Funkgerät hervor und bat die Zentrale, sich mit Ranger Schneider in Verbindung zu setzen. Zu Julie sagte er: »Bisher waren wir davon ausgegangen, dass Carol und Sie nur die Rast in dieser Hütte als gemeinsamen Berührungspunkt hätten. Aber wenn Carol …« Das Funkgerät knackte, und Carol war dran. »Hallo, Greg. Wir waren in den Zwingern, das stimmt. Wir haben die Hunde nicht gefüttert, nur eine schadhafte Leine ausgetauscht, aber es könnte natürlich sein, dass sie irgendwas Giftiges in den Eimern gefunden haben. Mein Gott, glaubst du wirklich, da hat es jemand auf unsere Huskys abgesehen? Ein Konkurrent beim Iditarod-Rennen? Das kann ich mir fast nicht vorstellen. Aber welche Gründe könnte jemand sonst haben?«

»Das werden wir herausfinden, Carol. Am besten fährst du gar nicht mehr durch den Park. Hier wird es in nächster Zeit sowieso ziemlich ungemütlich.«

»Aye, Greg. Richte Julie einen schönen Gruß aus. Ich melde mich.«

»Alles klar, Carol. Wir drücken die Daumen.«

Erhart war schon zum Hubschrauber unterwegs, als Julie durch eine plötzliche Bewegung abgelenkt wurde. Wieder ein dunkler Schatten, diesmal oberhalb der Blockhütte zwischen einigen Felsen: die Umrisse eines Mannes, die sich für den Bruchteil einer Sekunde gegen den Fels abzeichneten und gleich darauf mit der Dunkelheit des dahinter liegenden Waldes vermischten.

»Was ist?«, rief Erhart, der gerade in den Hubschrauber kletterte.

»Nichts«, antwortete Julie, blieb aber noch eine Weile stehen, ohne den Blick vom Waldrand zu nehmen. »Ich dachte, ich hätte jemanden gesehen.«

»Sind Sie sicher?«

»Nein … nein«, antwortete sie. »Ich hab mich wohl geirrt.«

Sie stieg zu Erhart in den Hubschrauber und bat den Piloten, dicht über die Felsen zu fliegen, falls sich dort doch jemand versteckte. Als sie auch aus der Luft keine verdächtige Bewegung ausmachen konnten, zuckte sie nur hilflos mit den Schultern. Inzwischen hatte es wieder zu schneien begonnen, aber der Wind hatte nachgelassen, und sie hatten einen relativ ruhigen Flug zu den Headquarters.

Superintendent Green kam aus seinem Büro, als sie aus dem Hubschrauber stiegen. »Wir haben Reste von vergiftetem Fleisch in den Zwingern gefunden«, empfing er sie. »Jemand muss es über den Zaun geworfen haben. Ich habe sicherheitshalber die gesamten Vorräte austauschen lassen.«

»Dann werden wir die Sache wohl nicht länger geheim halten können«, sagte Erhart. »Ich nehme an, die Filmleute können die Dreharbeiten nicht verschieben oder lässt sich da was machen? Wenn die Versicherung von den Anschlägen und dem Wolfsmord hört, bläst sie vielleicht zum Rückzug?«

»Das dachte ich auch, aber sie ziehen die Sache durch. Ich habe bereits mit den Troopers gesprochen, sie haben sich bereit erklärt, bei der Absicherung der Dreharbeiten zu helfen, und die Produzenten haben außer Rob Pierson noch andere Securityleute aus der Gegend angeheuert. Die sind Schwierigkeiten gewohnt. Bei einem Drehtermin auf Hawaii hätte es mal Hai-Alarm gegeben, und in Afrika hätten sie es mit aufständischen Rebellen zu tun gehabt.

Hat alles nicht ausgereicht, um die Dreharbeiten zu verschieben.«

»Weil es um Millionen geht«, sagte Julie.

»Ich sehe zu, dass wir den oder die Täter so schnell wie möglich erwischen«, versprach Erhart. »Am einfachsten wär's, wir hätten es nur mit übermütigen Jugendlichen zu tun. Die begehen am schnellsten einen Fehler und lassen sich leichter einfangen. Den Wolf muss allerdings ein Profi erledigt haben.«

Green zeigte sich zufrieden. »Sorgen Sie bei Ihren Ermittlungen für so wenig Aufsehen wie möglich, Ranger Erhart. Keine Pressemitteilungen, keine Interviews. Das Interesse der Medienleute soll sich auf die Hollywoodstars konzentrieren.«

»Sind sie schon in der Gegend?«, fragte Julie.

»Sie müssten jeden Augenblick hier auftauchen.«

Die erste Abordnung der Filmleute erschien bereits eine Viertelstunde später: ein nagelneuer Cadillac Escalade mit Kevin Brentwood, dem Regisseur des Films, dem Kameramann, dem Produktionsleiter und der PR-Chefin, einer jungen Lady im modischen Wintermantel und mit russischer Pelzmütze.

Gleichzeitig bewegte sich ein gewaltiger Tross mit Trucks, Wohnmobilen, zahlreichen Geländewagen mit dem Team und Technikern und Handlangern auf Snowmobilen über die geräumte Park Road nach Riley Creek, wo über Nacht ein riesiges Camp entstehen würde. Die Stars, allen voran Pete Cox und Jennifer Liotta, würden gegen Abend mit dem Hubschrauber einfliegen.

Kevin Brentwood war knappe vierzig, ein aufstrebender Regisseur, der bisher vornehmlich mit Fernsehfilmen von sich reden gemacht hatte und mit *Das Monster vom Wonder Lake* auf seinen ersten Blockbuster hoffte. Sein Anorak, seine Hose, seine Stiefel und die Schirmmütze mit den Ohrenschützern waren schwarz, ein deutlicher Kontrast zu seiner hellen Haut und seinen blauen Augen. Er wirkte ständig nervös und in Eile, hastete auch beim Treffen mit Superintendent Green von Thema zu Thema. Neben den Neuankömmlingen aus Hollywood und Green war auch Julie vor Ort dabei.

»Ranger Wilson kennt sich in der Wildnis aus«, stellte Green sie vor, »wenn Sie eine Stuntfrau oder ein Double für Ihre Hauptdarstellerin brauchen, ist sie die Richtige. Außerdem ist sie Ihre Ansprechpartnerin, wenn es um Belange des Nationalparks oder der Ranger geht. Wenden Sie sich vertrauensvoll an sie, falls es Probleme gibt.«

»Das freut mich, Julie. Ich bin Kevin«, stellte sich der Regisseur vor. »Und natürlich sind Sie und alle anderen Ranger heute Abend zu unserem großen Eröffnungsdinner eingeladen. Wir haben das Steakhaus in Cantwell gemietet.« Er lächelte der PR-Frau zu. »Natürlich auch mit dem Hintergedanken, den Medien ein wenig Honig ums Maul zu schmieren. Karen ist die beste ihres Fachs.«

Nachdem sie vor allem organisatorische Dinge besprochen und den erschossenen Wolf und den Giftanschlag auf die Huskys vollkommen ausgeklammert hatten, ging Julie zu ihren Huskys.

»Da haben wir uns ganz schön was eingehandelt«, sagte sie. »Habt ihr gesehen, wie viele Leute zum Riley Creek gefahren sind? Mehr, als wir Touristen im ganzen Sommer haben. Ob die Leute vom National Park Service wussten, auf was sie sich einlassen?«

Chuck und seine Artgenossen hatten den Hollywoodtross zwar bemerkt, ließen sich aber durch die Anwesenheit so vieler Zweibeiner nicht aus der Ruhe bringen. Im Sommer fanden regelmäßig Huskyvorführungen vor vielen Zuschauern statt, das war auch nicht anders. Interessant würde es erst werden, wenn die Kameras auf sie gerichtet waren und sie selbst im Film auftreten würden.

»Aber ihr macht das schon«, hoffte Julie. »Wer weiß? Vielleicht drehen sie eine ganze Serie mit dir, Chuck. *Chuck, der treue Husky* oder so. So wie *Lassie* in den 1960er-Jahren oder Brian aus *Family Guy*.«

Zum Abendessen im Steakhaus erschien Julie in Uniform. Eine Anweisung des Superintendenten, der damit den offiziellen Charakter der Einladung unterstreichen wollte, besonders den Medien gegenüber. Julie stieg gerade rechtzeitig aus ihrem Pick-up, um die Ankunft von Jennifer Liotta zu bestaunen, die sich von ihrem Manager aus dem Hubschrauber helfen ließ und mit einem strahlenden Lächeln zum Restaurant stöckelte. Als wäre vor dem Steakhaus ein roter Teppich ausgerollt, blieb sie kurz für Selfies und Autogramme sowie ein Interview mit Channel 11 stehen, bevor sie im Lokal verschwand. Pete Cox gab sich volksnaher, er blieb deutlich länger bei den Fans stehen und winkte Julie heran, als er sie vor ihrem Pick-up erspähte.

»Hey, Julie!«, rief er. »Setzen Sie sich zu mir! Und keine Angst, solange Sie Ihre Uniform tragen, dichtet uns sicher keiner ein Verhältnis an.«

»Da wäre ich mir nicht so sicher.«

»Und ich muss mir nicht dauernd anhören, was für ein toller Kerl ich bin. Sie glauben nicht, wie einem das auf die Nerven gehen kann. Nur weil man in einigen Filmen mitgespielt hat, halten einen manche Mädels für Superman. Sie scheinen mir nicht der Typ zu sein, der sich durch so was leicht beeindrucken lässt.«

»Ich hab immer für Forscher und Entdecker geschwärmt.«

»Amundsen? Scott? Lindbergh?«

»Und eine Frau wie Susan Butcher, die in fünf Jahren vier Mal das Iditarod-Rennen gewonnen hat. Schon mal von ihr gehört? Sie war die erste Musherin, die den Machos gezeigt hat, dass Frauen genauso stark sein können.«

»Und Sie? Haben Sie auch schon mal gewonnen?«

»Nein, aber ich war dabei und hab durchgehalten. Das ist auch was.«

»Dann sollten Sie vielleicht das Monster besiegen.«

»Das fehlte noch«, sagte sie.

Julie wurde tatsächlich um ihren Platz neben Pete beneidet, vor allem von den jungen Damen, die als Scriptgirls und Assistentinnen für die Produktion arbeiteten und sich selbst Hoffnungen gemacht hatten. Julie amüsierte sich insgeheim über sie. Sie würde niemals einem Star hinterherlaufen oder sich an ihn heranmachen, um etwas von seinem Glanz abzubekommen. Sie hätte sich mit Pete genauso gut verstanden, wenn er Fahrer oder Kabelträger gewesen wäre.

Noch vor dem Hauptgang wandte sich der Regisseur an alle Versammelten. Nach der Anrede und den üblichen Scherzen, die bei einer solchen Ansprache nicht fehlen durften, sagte er: »Wir versuchen, Geschichte zu schreiben. Mit einem Film, der vor allem spannend und unterhaltsam sein, aber auch über dieses großartige Land mit seinen atemberaubenden Ausblicken informieren soll. Gibt es eine großartigere Kulisse als den Denali National Park? Ein fantastischeres Abenteuer, als sich in Eis und Schnee gegen ein unheimliches Monster verteidigen zu müssen? Wir brauchen keine Superhelden, keinen Superman und keinen Captain America. Bei uns kämpfen Menschen aus Fleisch und Blut gegen die geheimnisvollen Kräfte der Wildnis. Ich darf Ihnen unsere Hauptdarsteller vorstellen, die unvergleichliche Jennifer Liotta, durch *Rodeo Drive* in allen Haushalten bestens bekannt, und Pete Cox, den tapferen Cop aus *Highway Patrol*.« Er wartete den Applaus ab, stellte auch die anderen Schauspieler vor, erwähnte den Kameramann, den Tonmann und den Chef der Techniker und bedankte sich bei allen, die bei diesem Film mitmachen würden. »Dazu gehören auch die Ranger des Denali National Parks, allen voran Superintendent John W. Green und Ranger Julie Wilson, die mit ihren Huskys und ihrem Schlitten auch im Film zu sehen sein wird.« Wieder Applaus, diesmal auch für Julie, die nur widerwillig aufstand und sich für ein paar Sekunden feiern ließ. Sie war froh, als sie sich wieder setzen durfte.

Nach dem offiziellen Teil, der noch eine weitere halbe Stunde dauerte und damit endete, dass man sich für den nächsten Morgen um acht Uhr am Riley Creek verabredete, servierten die Bedienungen saftige Steaks mit gebackenen Kartoffeln. Julie aß mit großem Appetit, bis ihr einfiel, dass Steve sie öfter in dieses Steakhaus eingeladen hatte und wahrscheinlich enttäuscht wäre, wenn er sie jetzt sehen könnte. Sie ließ die Gabel sinken und trank einen Schluck.

»Ist Ihnen nicht gut?«, fragte Pete besorgt.

»Ich bin gleich wieder zurück«, entschuldigte sie sich.

Sie verschwand in die Toilette und blickte in den Spiegel. Sie erschrak über ihr bleiches Gesicht und erkannte, dass ihr die Trennung von Steve doch näherging, als sie gedacht hatte. Minutenlang blieb sie reglos stehen. Erst als Jennifer Liotta lächelnd den Raum betrat, löste sie sich aus ihrer Erstarrung.

»Alles okay?«, fragte Jenn.

»Sicher«, antwortete Julie.

Jenn blickte in den Spiegel und zog eine Grimasse. »Seien Sie vorsichtig«, sagte sie, »sonst landen Sie noch als ›Petes neue Flamme‹ in den Medien. Die Fernsehtussi lauert doch schon darauf, Sie gemeinsam vor die Kamera zu bekommen, und bei Facebook und Twitter sind Sie sowieso schon ein Paar.«

»Ich … wir sind auf Facebook?«

»Machen Sie sich nichts draus, das passiert mir jeden zweiten Tag. Mit jedem Mann, mit dem ich mich mal länger als fünf Minuten unterhalte, bin ich am nächsten Tag verlobt.« Sie frischte ihr Make-up auf und grinste. »Oder mögen Sie den Burschen etwa?«

»Ich kenne ihn doch kaum.«

»Das hat nichts zu heißen.« Jenn steckte ihren Lippenstift weg und schob eine Haarlocke aus ihrer Stirn. »Seine Partnerin in *Highway Patrol* soll er nach einer halben Stunde vernascht haben. Nur ein böses Gerücht, aber wer weiß?«

Darauf wusste Julie gar nichts zu sagen. Sie wartete, bis Jenn den Raum verlassen hatte, blickte ihr eine Weile nach und fluchte leise in sich hinein.

12

Bevor sie ins Lokal zurückkehrte, zog Julie ihr Smartphone hervor und öffnete die Facebook-App. Auf der Seite von Channel 11, aber auch auf zahlreichen anderen Seiten war sie neben Pete Cox zu sehen. Überschriften wie »Liebt Pete Cox eine Rangerin?« und »Petes Neue trägt Uniform« stachen ihr ins Auge. Von den Kommentaren der Fans ganz zu schweigen. Von »Heiße Maus« bis »So was Hässliches« und »Uniformierte Zicke« war alles vertreten. Über Nacht war sie zu einer Berühmtheit geworden.

Und als ob das noch nicht genug wäre, warteten Megan Stone und ihr Kameramann im Lokal auf sie. Pete hatten sie bereits an der Angel. Er war solche Überfälle gewöhnt und schien sich nichts daraus zu machen. Julie forderte er mit einem Lächeln auf, die Sache locker zu nehmen.

»Sie will wissen, wann wir endlich heiraten«, machte er sich über die Reporterin lustig.

»Und Sie brauchen Publicity, damit Ihr neuer Film kein Flop wird«, konterte Megan Stone. »Ein bisschen Wirbel und Gerede muss sein, das wissen Sie doch.«

Der Scheinwerfer der Kamera flammte auf, und die Reporterin zeigte ihr professionelles Lächeln. »Endlich ist es so weit«, berichtete sie, »das Filmteam von *Das Monster vom Wonder Lake* ist im Denali National Park angekommen und freut sich auf die Dreharbeiten in der Wildnis, allen voran Pete Cox, der Star des Films. Eine ganz neue Erfahrung für Sie, Pete, nicht wahr?«

»Das kann man wohl sagen, Megan«, antwortete Pete. Auch er wusste, was er seinen Fans schuldig war, und lächelte. »Ich komme aus San Diego und habe noch nie so viel Schnee auf einem Haufen gesehen, auch in den kalifornischen Sierras nicht. Das werden sicher anstrengende Dreharbeiten hier.«

»Aber heute sind Sie noch im Trockenen und brauchen noch nicht gegen das geheimnisvolle Monster anzutreten, ganz im Gegenteil. An Ihrer Seite ist Park Ranger Julie Wilson vom Denali National Park, die Ihnen und dem Team in der Wildnis als Guide zur Verfügung steht. Nur als Guide?«

»Ich weiß natürlich, worauf Sie hinauswollen, Megan«, antwortete er mit demselben Lächeln wie zuvor, »muss Sie aber leider enttäuschen. Ich bin weder verlobt noch verheiratet noch sonst wie beweibt. Julie habe ich erst hier in Alaska kennengelernt.« Er blickte Julie an. »Und nein, wir hatten kein Date.«

»Was nicht ist, kann ja noch werden«, sagte Megan Stone. Sie wandte sich an Julie. »Und Sie, Julie? Ganz viele junge Frauen sind gerade sicher sehr neidisch auf Sie, weil Sie das Glück haben, Pete Cox so nahe zu sein. Seit *Highway Patrol* reißen sich die Frauen förmlich um ihn. Sie sind sicher auch ein Fan?«

Julie wollte nicht lügen. »Ich gehe, ehrlich gesagt, nicht so oft ins Kino, auch wenn ich Pete Cox natürlich vom Namen und von Fotos her kannte. Und bei seinem neuen Film bin ich ja nun hautnah dabei und werde alles genau miterleben.«

»Dann kommen Sie sich in der Wildnis näher?«

»Da bleibt, glaube ich, wenig Zeit für private Dinge.«

»Würden Sie sich denn auf ein Date mit ihm einlassen?«

»Ich bin Rangerin im Denali National Park«, wich sie aus. »Ich glaube kaum, dass mein Superintendent damit einverstanden wäre, wenn ich während meiner Arbeitszeit ein Date hätte. Während der Dreharbeiten werde ich ständig im Einsatz sein und nur zu den Headquarters zurückkehren, um meinen Huskys etwas Ruhe zu gönnen und selbst zu schlafen. Ich wäre viel zu müde für so ein Date und habe zurzeit ganz andere Dinge im Kopf.«

»Sie passen gut zusammen«, versuchte es Megan Stone noch einmal.

»Haben Sie einen Freund?«, konterte Julie.

»Ich?« Megan Stone geriet ins Schlingern. »Ja … wieso?«

»Ist es was Ernstes?«

»Äh, also …«

»Sehen Sie?«, sagte Julie grinsend.

Am Tisch wartete bereits ihr Nachtisch auf sie: Mousse au Chocolat aus dunkler und weißer Schokolade. Sie hatte keinen großen Appetit mehr, versuchte aber, sich nichts anmerken zu lassen und genauso professionell zu lächeln wie Jenn und Megan Stone. Dennoch wurde bei ihr lediglich ein gequältes Lächeln daraus, vor allem, weil sie spürte, nach dem Interview von allen Seiten angestarrt zu werden.

»Machen Sie sich nichts daraus«, hörte sie Pete leise sagen, »die sind nur neidisch, weil wir gerade im Scheinwerferlicht standen.«

»Ich hab doch hoffentlich nichts Falsches gesagt?«

»Sie haben Megan ordentlich Kontra gegeben, das ist sie nicht gewohnt.«

Sie errötete, als er ihr antwortete. Ob es daran lag, dass er sich zu ihr herüberbeugte und sie fast mit der Stirn berührte, oder daran, dass ein junger Ranger sie neugierig zu beobachten schien, vermochte sie nicht zu sagen. Oder fühlte sie sich tatsächlich ertappt? Hätte sie der Reporterin eigentlich antworten müssen: Okay, ich würde mich riesig freuen, wenn er mich zu einem Date einladen würde. Er ist sehr attraktiv, und ich kann gut verstehen, warum sich so viele Frauen zu ihm hingezogen fühlen. Dass er aus San Diego stammt und nach den Dreharbeiten wieder zurück nach Kalifornien muss, ist mir egal.

Unsinn, sagte sie sich, das glaubst du doch selbst nicht.

Sie blickte bewusst in eine andere Richtung und beobachtete ungewollt, wie Jonah Stark die Reporterin am Hinterausgang abpasste und eindringlich auf sie einredete. Fühlte er sich übergangen? Wollte er, dass sie auch ihn interviewte? Darauf würde sich eine gewiefte Reporterin wie Megan Stone niemals einlassen. Kurze Interviews mit Pete und Jenn reichten ihr völlig.

Umso erstaunter war Julie, als Megan und ihr Kameramann das Lokal mit Jonah Stark verließen. Sie stahlen sich so hastig aus dem Raum, als hätten sie einen besonders heißen Tipp bekommen, als gäbe es dort draußen etwas zu berichten, was die Filmparty locker in den Schatten stellen würde. War Jonah dabei, ihnen ein Geheimnis zu verraten, um selbst im Mittelpunkt zu stehen? War ihm sein eigener Ruhm so wichtig, dass er einen Alleingang wagte? Julie konnte sich nicht vorstellen, dass die PR-Lady der Produktion damit einverstanden war. War er noch eifersüchtiger auf Pete Cox, als sie gedacht hatte?

Julie wurde neugierig und stahl sich zu einem der Fenster. Durch das leichte Schneetreiben, das am Abend eingesetzt hatte, beobachtete sie, wie Megan, ihr Kameramann und Jonah zum Geländewagen mit dem Channel-11-Logo auf den Seitentüren liefen und in Richtung Nationalpark davonfuhren.

Sie reagierte instinktiv, schlüpfte in ihren Anorak und lief ihnen nach. Draußen hatte sie noch nicht ihren Pickup erreicht, als ein Mann aus den Schatten der parkenden Wagen trat und sich ihr in den Weg stellte. Sie lief ihn beinahe über den Haufen.

»Steve!«, erschrak sie. »Was tust du denn hier?«

»Ich wollte dich überraschen.« Seine Stimme klang weinerlich.

»Warum rufst du mich nicht an, verdammt?«

Er ging nicht darauf ein. »Mir erzählst du, dass du in Arbeit erstickst, und kaum tauche ich hier auf, sehe ich, wie du dich auf einer Party vergnügst.«

»Die Party gehört zu meinem Job«, verteidigte sie sich. »Die Filmleute haben alle Beteiligten eingeladen. Da werden Reden gehalten, Infos verteilt und was noch so alles dazugehört. Morgen früh beginnen die Dreharbeiten.«

Steve war kaum wiederzuerkennen. Der Stress mit Julie hatte ihn sichtlich mitgenommen, und das Funkeln in seinen Augen war einem nervösen Flackern gewichen. »Ausgerechnet in dem Steakhaus, in das ich dich immer eingeladen habe.«

»Das hab ich doch nicht ausgesucht«, sagte Julie. Sie berührte ihn am Oberarm. »Was ist los mit dir, Steve? Warum drehst du plötzlich durch? Ich dachte, wir hätten unsere Beziehung auf Eis gelegt. Du kannst doch nicht …«

Steve hörte ihr gar nicht zu. »Ich hab dich gesehen, Julie! Ich hab gesehen, wie du mit diesem Filmstar flirtest. Wirfst dich dem Kerl an den Hals wie … wie eine …« Er schnaufte wütend. »Gehst du mit ihm nach Hollywood? Sag schon, lässt du hier alles im Stich und spielst das Luxusweib in Kalifornien?«

»Du weißt, dass ich das nicht tue«, antwortete sie ruhig. »Aber ich habe auch keine Lust, mit einem Mann zusammen zu sein, der mich am liebsten einsperren würde. Werde erwachsen, Steve, die Wutanfälle stehen dir nicht.«

Steve wollte sich nicht beruhigen. »Das ist jetzt sowieso egal. Mit uns ist es aus, so oder so. Ich gehe für ein halbes Jahr nach Michigan. Ein wissenschaftliches Projekt an der Uni in Ann Arbor. Bis ich wiederkomme, hast du mich sowieso vergessen. Vor ein paar Tagen hätte ich den Auftrag noch abgelehnt, weil ich dich nicht allein lassen wollte, aber jetzt … leb wohl, Julie.«

»Leb wohl? Wann geht's denn los?«

»In zwei Wochen. Werde glücklich mit deinem Hollywoodstar!«

»Mach dich nicht lächerlich«, sagte sie, aber da war er schon verschwunden, und wenig später sah sie ihn in seinem Wagen davonfahren. Er fuhr ungebremst auf den Highway, rammte beinahe einen Kleinbus und raste davon.

Julie blickte ihm entsetzt nach. So wütend und beinahe verzweifelt hatte sie Steve noch nie gesehen. Hatte er sich so in seine Liebe zu ihr verrannt, dass er nicht mehr klar denken konnte? Oder war nur sein Stolz verletzt? Vielleicht war es gut, dass sie bald mehrere tausend Meilen trennen würden. Für ihn, weil er in Michigan vielleicht erkennen würde, was für einen Mist er gebaut hatte, und für sie, um sich in Ruhe um ihre Arbeit kümmern zu können.

Sie verdrängte den Gedanken an Steve und stieg in ihren Pick-up. Sie musste unbedingt herausfinden, was Megan Stone vorhatte. So überhastet, wie sie das Steakhaus verlassen hatte, konnte es nichts Gutes sein. Jonah Stark hatte ihr irgendwas geflüstert. Er war ähnlich verrückt wie Steve und anscheinend von der Idee besessen, ein besserer Schauspieler als Pete zu sein und eigentlich die Hauptrolle in dem Film verdient zu haben.

»Du hast dir den Falschen ausgesucht, Brandy«, flüsterte sie, als sie auf den Highway abbog.

Sie ging davon aus, dass Megan in den Park fuhr, und hielt geradewegs darauf zu. Im Licht der Scheinwerfer und Straßenlampen wirbelten Schneeflocken. Der Mond und die Sterne waren nicht zu sehen. Was hatte Megan Stone vor? Was hatte ihr Jonah Stark verraten? Julie hatte einen Verdacht, glaubte zu wissen, dass ihr überhasteter Aufbruch etwas mit dem erschossenen Wolf und den vergifteten Huskys zu tun hatte. Waren die Interviews mit Jennifer Liotta und Pete Cox nicht Stoff genug für Megan Stone? War sie auf der Suche nach weiteren Sensationen, um in die Nachrichten der Networks zu kommen?

Auf der Park Road verzichtete sie auf das Fernlicht. Im Abblendlicht hoffte sie rechtzeitig erkennen zu können, ob Megan die Straße verlassen und querfeldein gefahren war. Noch hatte der Schnee die Spuren nicht komplett verdeckt. Selbst hier, nur wenige Schritte vom Parkeingang entfernt, herrschten Stille und Einsamkeit, schien sie allein mit der Natur zu sein. Fast alle Ranger waren auf dem Empfang im Steakhaus, nur ein junger Ranger, der aber nirgendwo zu sehen war, hatte den Befehl bekommen, die Stellung zu halten.

Vor dem Verwaltungsgebäude bog sie zu den Zwingern ab. An den frischen Spuren erkannte sie, dass Megan mit ihrem Geländewagen bis zum Zaun gefahren war und das Gelände betreten hatte. Sie stieg aus und ging zu den Huskys, die sich aufgeregter als sonst benahmen und nervös jaulten und bellten. So benahmen sie sich immer, wenn sie spürten, dass etwas nicht wie gewohnt verlief.

»Was ist los mit euch?«, fragte Julie und gab sich selbst die Antwort. »Sie haben euch gefilmt, was? Sie haben euch geweckt und sind euch mit Kamera und Scheinwerfer auf die Nerven gegangen?« Sie beugte sich zu Noatak hinunter und streichelte ihn. »Sie haben herausbekommen, dass sie dich vergiften wollten, und machen eine große Story daraus, was?«

Sie kehrte zu ihrem Wagen zurück. »Damit werden sie

nicht so einfach davonkommen, ihr Lieben. Ich werde Megan mal ordentlich die Meinung sagen müssen.«

Sie fuhr zum Highway hinauf und hatte schon Angst, die TV-Reporterin könnte erfahren haben, wo der Wolf erschossen worden war, und über das Eis des Toklat fahren, als sie den Geländewagen hinter einer Kurve im Tiefschnee abseits der Straße stecken sah. Megan Stone, ihr Kameramann und Jonah Stark waren ausgestiegen und standen bis über die Knie im eisigen Schnee.

Julie hielt an, ließ den Motor laufen und die Scheinwerfer brennen und richtete ihre Taschenlampe auf die Gestrandeten. Im hellen Lichtschein wirkten sie noch hilfloser als aus der Ferne. Nur weil die Rücklichter ihres Wagens noch brannten, war Julie überhaupt auf sie aufmerksam geworden. Das Schneetreiben hatte nachgelassen, behinderte aber immer noch ihre Sicht.

»Das war wohl nichts«, begrüßte Julie die Reporterin. Ihre Stimme war nicht ohne Häme. »Sie wissen, dass die Park Road keine Schnellstraße ist.«

»Sorry«, erwiderte sie, »ich war wohl zu schnell.«

»Sie müssen gerast sein. Sehen Sie sich die Spuren an.« Sie richtete den Lichtstrahl ihrer Taschenlampe auf die Reifenspuren, die sich tief in den Schnee gegraben hatten. »Das kann teuer werden, das wissen Sie sicher.«

»Haben Sie ein Einsehen, Ranger. Es ist doch nichts passiert.«

Julie ging nicht darauf ein. »Darf ich fragen, wohin Sie wollten?«

»Weiter nach Norden. Nur ein paar Meilen.«

»Und was wollten Sie da?«

Megan und Jonah Stark blickten einander schuldbewusst an.

»Lassen Sie mich raten«, fuhr Julie fort. »Jonah Stark wusste, auf welchen meiner Huskys ein Giftanschlag versucht worden war. Sie haben die Hunde aufgeweckt, und jetzt waren Sie zum Toklat River unterwegs, wahrscheinlich in der Hoffnung, dort noch den toten Wolf zu finden. Hab ich recht, Megan?«

»Ja«, stimmte sie zögernd zu.

»Nun, daraus wird wohl nichts. Der Wolf liegt längst nicht mehr dort, und es gibt nicht einmal mehr Spuren. Und was Noatak betrifft, den Husky, den irgendein Verrückter vergiften wollte … er ist wieder gesund. Wir haben das gelagerte Futter ausgetauscht, auch das Trockenfutter, und bewachen streng die Vorräte. Ich verstehe, dass Ihnen ein Sensationsbericht gut in den Kram passen würde, gebe aber zu bedenken, wie sehr sich andere mögliche Täter von einem solchen Bericht verführen lassen könnten. Gerade weil morgen die Dreharbeiten beginnen und die Sicherheitslage ohnehin angespannt sein wird, haben wir die Fakten über die Anschläge möglichst zurückgehalten. Natürlich wussten wir, dass die Taten nicht unbemerkt bleiben würden, aber umso später das geschehen wäre, desto besser wäre es gewesen. Verstehen Sie das?«

»Natürlich«, antwortete Megan kleinlaut. »Sie haben recht, Ranger.«

Julie wandte sich an Jonah Stark. »Und woher wussten Sie von den Anschlägen? Ich hab schon viel über die rauen

Sitten in Hollywood gelesen, aber dass man eine Reporterin mit solchen News bestechen kann, war mir neu.«

»Ich hab's irgendwo aufgeschnappt und nur so dahingesagt.«

»Das sah aber anders aus.«

»Wenn Sie eine große Sache daraus machen, müssen wir alle darunter leiden«, sagte Megan Stone. »Die Öffentlichkeit hat ein Recht, von den Anschlägen zu erfahren, und ich habe nichts anderes getan, als einem Hinweis nachzugehen. Okay, Sie können mich wegen zu schnellen Fahrens anzeigen.«

»Ich könnte Sie im Schnee zurücklassen«, sagte Julie.

Der Reporterin war nicht zum Scherzen zumute. »Und Sie haben recht, wir hätten Ihre Huskys nicht stören dürfen. Die Geschichte mit dem Wolf ist durch, die hat sich bestimmt schon herumgesprochen, aber die Huskystory halte ich vorerst zurück. Wenn Sie versprechen, mir das erste Interview zu geben, sobald die Sache akut wird. Haben wir einen Deal?«

»Ich bin nicht befugt, solche Deals abzuschließen«, erwiderte Julie, »aber ich ziehe Ihren Wagen aus dem Tiefschnee. Haben Sie ein Abschleppseil?«

Ihr Pick-up hatte einen starken Motor, auch wenn er schon etwas altersschwach klang. Sie brauchte keine Viertelstunde, um den Geländewagen auf die Park Road zurückzuziehen. »Und jetzt machen Sie, dass Sie nach Cantwell zurückfahren, bevor ich doch noch alles an die große Glocke hänge«, sagte sie zu der Reporterin. »Und erzählen Sie den Leuten keine Märchen!«

Julie war ziemlich sicher, dass Megan wusste, was sie damit meinte. Megan würde sich hoffentlich hüten und die Rangerin, die sie aus einer Notsituation gerettet hatte, nicht mit einer Klatschstory belasten.

»Sagen Sie Pete und den anderen, dass ich mich um meine Huskys kümmern muss. Die werden morgen gefordert.«

Megan versprach es und fuhr in angemessenem Tempo nach Osten zurück. Julie blickte ihr nach, bis ihr Geländewagen hinter der nächsten Biegung verschwunden war. Erst dann kletterte sie in ihren Pick-up und brach ebenfalls auf.

»Hollywood! Fernsehen!«, schimpfte sie, als wäre damit alles gesagt.

13

Ihre Huskys standen für Julie an erster Stelle. Erst wenn sie gefüttert waren, dachte sie an sich selbst. Sie gönnte sich eine heiße Schokolade und einen Toast mit Erdnussbutter und Marmelade und griff im Vorbeigehen in ihr Glas mit den Schokokeksen. Vor ihr lag ein arbeitsreicher Tag mit den Filmleuten, den sie gestärkt angehen wollte. Wer wusste schon, was sie dort erwartete?

Ihr Handy klingelte. Brandy war dran.

»Hey, Julie.«

»Brandy! Du bist früh auf.«

»Das kommt davon, wenn man Schicht arbeitet.«

»Irgendwas Wichtiges?«

Brandy zögerte mit der Antwort. »Ich wollte mal hören, wie es mit Hollywood läuft. Dieser Pete Cox macht doch einen ganz passablen Eindruck. Ich meine, wenn du jemanden brauchst, um Steve besser vergessen zu können …«

»Ich will ihn nicht vergessen.«

»Du willst ihn nicht vergessen? Wieso das denn?«

»Ich war über ein Jahr mit ihm zusammen, das wirft man doch nicht einfach weg. Dann wäre unsere Beziehung doch ganz umsonst gewesen, und das will ich auch nicht. Die meiste Zeit lief es doch ganz gut. Wenn er nicht so verquere Ansichten hätte, wären wir wahrscheinlich immer noch zusammen.«

»Liebst du ihn etwa noch?«

»Keine Ahnung. Sagen wir mal so, er ist mir nicht gleichgültig.«

»Dann gibt's noch Hoffnung?«

»Nein«, sagte Julie, »nach dem, was gestern Abend passiert ist, bestimmt nicht mehr.« Sie berichtete ihrer Freundin, wie Steve sie abgefangen und mit seiner Eifersucht genervt hatte. »Außerdem verschwindet er in zwei Wochen sowieso aus meinem Leben. Er geht für ein halbes Jahr nach Michigan. Ein wissenschaftliches Projekt an der dortigen Uni. Du wirst sehen, er kehrt mit einer jungen Biologin zurück, die mit ihm auf einer Wellenlänge schwimmt, und ich bin vergessen. Er wird sich nicht mal an meinen Namen erinnern.«

»Beleidigt?«

»Nein, so ist es wahrscheinlich am besten.«

»Und wir beide gehen nach Hollywood?«

»Ohne mich«, erwiderte Julie. »Nichts gegen Pete, er ist ein Netter, überhaupt nicht arrogant, und man kann sich gut mit ihm unterhalten, aber mehr ist nicht zwischen uns. Ich hab doch nicht erst Stress mit Steve, schicke ihn in die Wüste und lasse mich gleich am nächsten Abend mit einem anderen ein. Das geht nicht.«

»Ist aber manchmal das Beste. So vergisst man am schnellsten.«

»Du siehst das alles lockerer.«

»Nicht mit Jonah«, widersprach sie, »mit dem ist irgendwie alles anders. Nicht weil er aus Hollywood ist, das spielt bei mir keine Rolle, und wenn ich ehrlich bin, ist es mir auch völlig egal, ob ich in einem Feinkostladen in Beverly Hills oder bei Walmart um die Ecke einkaufe, aber er … er ist anders.«

Julie suchte nach der richtigen Antwort. Sie wollte ihre Freundin nicht erschrecken, sie aber dennoch warnen, bevor sie einen Riesenfehler machte.

Brandy ließ sie nicht zu Wort kommen. »Ich bin noch nie auf einen Typen so heftig angesprungen wie auf ihn, zwischen uns war schon nach wenigen Minuten absolute Vertrautheit angesagt. Er küsst einfach himmlisch, aber …«

»Aber?«

»Ich hab ein komisches Gefühl«, gestand sie, »als wär alles nur ein Traum und zu schön, um wahr zu sein. So was macht mich misstrauisch. Eigentlich warte ich nur darauf, dass mir jemand mit der Wahrheit die Laune verdirbt.«

»Damit kann ich dienen«, rutschte es Julie heraus.

»Wie bitte?«

»Mein Eindruck ist«, antwortete sie wesentlich vorsichtiger, »dass er nicht besonders beliebt bei seinen Kollegen ist. Der Streit mit Pete Cox in der Hotelbar?«

»Was ist damit?«

»Bei dem Empfang gestern fing er auch zu stänkern an. Er ist eifersüchtig auf Pete und würde die Hauptrolle am liebsten selbst spielen. Wenn seine Blicke töten könnten, wäre Pete gestern ein paarmal tot umgefallen. Tut mir leid, aber in meinen Augen verhält er sich nicht besonders professionell. Doch das Schlimmste kommt noch …« Sie berichtete, wie Jonah sich bei der TV-Reporterin eingeschmeichelt und sie mit der Info über die vergifteten Hunde bestochen hatte. »Im Park hätte ich die beiden eigentlich verhaften müssen. Aber das hätte noch größeren Wirbel verursacht, und Beweise hatte ich auch nicht in der Hand.«

»Du meinst, er ist ein Stinkstiefel?«

»So kommt er jedenfalls bei seinen Kollegen rüber.«

»Bei mir nicht. Aber ich werde aufpassen.«

»Du bist mir doch nicht böse?«

»Natürlich nicht«, beruhigte Brandy sie, »aber ich gehe mir langsam selbst auf die Nerven. Stinkstiefel oder nicht, ich möchte einmal einen Typen erwischen, der nicht irgendwie daneben ist. Soll ich mich an Pete ranmachen?«

»Hollywood ist nichts für uns. Nimm lieber jemand Handfestes.«

»Der Zweigstellenleiter von Walmart ist ganz nett.«

»Zu bieder.«

»Okay, dann erst mal Jonah. Ich halte dich auf dem Laufenden.«

»Mach dich nicht unglücklich, okay?«

Unterwegs zu den Hundezwingern dachte Julie über ihre Unterhaltung mit Brandy nach. Ihrer Freundin war es wohl so vorgekommen, als würde sie immer noch etwas für Steve empfinden. Und tatsächlich war da selbst nach der peinlichen Auseinandersetzung vor dem Steakhaus noch etwas von der Liebe, die sie für ihn empfunden hatte. Auch wenn sie sich nicht vorstellen konnte, jemals wieder mit ihm zusammen zu sein. Dazu waren sie zu verschieden.

Aber mit fliegenden Fahnen bei einem Hollywoodstar anzudocken, war auch nicht ihr Ding, mal davon abgesehen, dass nicht einmal sicher war, ob Pete sie tatsächlich mochte. Okay, er war nicht einfach nur ein Netter, mit dem man sich gut unterhalten konnte, er war definitiv jemand, mit dem man gerne mal ein Date verabredet hätte und auf einer einsamen Bank geschmust hätte.

»Wir Zweibeiner haben Sorgen«, sagte sie zu ihren Huskys, als sie die Führungsleine vor dem Schlitten auslegte und einen nach dem anderen anspannte. »Das könnt ihr euch gar nicht vorstellen.« Sie umarmte Chuck und gab ihm einen freundschaftlichen Klaps. »Aber darüber müssen wir uns jetzt keinen Kopf machen. Es gibt Arbeit, meine Lieben. Ihr werdet Filmstars. In ein paar Monaten, wenn der Film in die Kinos kommt, wird man euch zujubeln, und wir stellen hier wahrscheinlich ein großes Schild auf: Willkommen im Hollywood des Nordens! Trefft die berühmtesten Huskys von Alaska!«

Bis zum Riley Creek war es nicht weit. Das Camp der Filmleute war bereits voller Leben, und sie hatte schon Angst, zu spät zu kommen, aber Kevin Brentwood, der Regisseur, war noch bei der Ansprache. Im Licht einiger Scheinwerfer sagte er: »Es sieht so aus, als wäre der Himmel klar und wir könnten heute mit einem einigermaßen sonnigen Wintertag rechnen. Das sagen jedenfalls die Wetterfrösche. Eine günstige Gelegenheit für uns, die Totale mit dem Denali zu filmen. Ich hab mir sagen lassen, den Gipfel sieht man nur alle paar Wochen wirklich klar. Sobald die Sonne aufgeht, fliegen Jacky und sein Team mit der Kamera los und bringen uns traumhafte Einstellungen mit.«

Jacky, der Chefkameramann, streckte einen Daumen hoch.

»Wir drehen inzwischen die Kampfszene mit Pete und Jonah und fahren danach zum Toklat River. Dort muss Jenn ran. Wo steckt sie überhaupt?«

»Muss jeden Augenblick hier sein«, rief eine Assistentin.

Noch während sie antwortete, erfüllte lautes Rattern die Luft, und der Hubschrauber mit der Hauptdarstellerin näherte sich mit aufgeblendetem Scheinwerfer. Er landete vor dem Camp auf der geräumten Park Road. Jenn und ihr Manager stiegen aus und duckten sich unter den Rotoren hinweg.

»Sie sind eine Viertelstunde zu spät«, mahnte der Regisseur.

»Die Monroe kam damals vier, fünf Stunden zu spät.«

»Marilyn Monroe war ein Superstar.«

»Wir wurden aufgehalten«, erklärte der Manager. »Die Fans hatten den Hubschrauber umzingelt und gingen erst, als Jenn mit ihnen redete, sich auf ein paar Selfies einließ und Autogrammkarten verteilte. Die Fans mögen sie.«

»Und wir müssen uns an die vereinbarte Dispo halten«, erinnerte ihn der Regisseur. »Vielleicht sollte sie doch mit den anderen im Hotel schlafen. Was für Pete gut genug ist, dürfte auch ihr genügen. Es ist ein gutes Hotel.«

»Wir werden darüber nachdenken.«

Während der Kameramann in den Hubschrauber stieg, um den Mount Denali bei Sonnenaufgang zu erwischen, tauchte Pete mit einem Kaffee bei Julie und ihren Hunden auf.

»Die Leute glauben, die Dreharbeiten zu einem Film wären besonders spannend und aufregend«, sagte er, »aber das ist ein Märchen. Unsere Hauptarbeit besteht darin, auf unseren Einsatz zu warten.«

Julie bedankte sich für den Kaffee. »Das erzählen Sie mal meinen Huskys, die würden am liebsten sofort losrennen. Die brauchen keinen Stundenplan.«

Tatsächlich ging der Regisseur an diesem Tag sehr zügig vor. Er hatte natürlich gehört, wie plötzlich das Wetter am Mount Denali umschlagen kann, und wollte so viele Szenen wie möglich bei gutem Wetter in den Kasten kriegen.

Außerhalb des Camps war bereits alles für die Kampfszene zwischen Pete und Jonah vorbereitet. Zwischen einigen Felsen brannte ein Lagerfeuer. Um die Feuerstelle erhoben sich vier Zelte, im Schnee lag ein Rucksack. Sieben Schauspieler, drei Männer und vier Frauen, die Wandergruppe, die mit Pete unterwegs war, hatten sich in die Zelte verkrochen. Benny, der zweite Kameramann, hatte die Einstellungen bereits mit seinem Chef abgesprochen.

»Okay«, sagte der Regisseur zu Julie, »ich würde Ihren Schlitten und die Huskys gern am Set haben. Angespannt und aufbruchbereit. Glauben Sie, Ihre Hunde halten still, wenn sich Pete und Jonah prügeln? Ich könnte natürlich zahme Filmhunde einsetzen, aber Ihre Hunde wären mir lieber und authentischer.«

»Die sind einiges gewöhnt«, sagte Julie.

Der Regisseur zeigte ihr, wo er die Hunde und den Schlitten haben wollte, nur ein paar Schritte vom Feuer entfernt, die Huskys aufgesprungen, als erwarteten sie, gleich losrennen zu dürfen. Julie blieb in der Nähe hocken, um auf die Hunde aufzupassen, sollte aber darauf achten, nicht vor die Kamera zu geraten.

Mit den Schauspielern war die Szene bereits abgesprochen.

»Sie wissen, um was es geht«, erinnerte sie Brentwood noch mal. »Jonah will seine Freunde im Stich lassen und mit dem Schlitten durchbrennen. Es macht ihm nichts aus, sie dem Monster zu überlassen. Pete wacht rechtzeitig auf und stellt ihn zur Rede. Es kommt zur Schlägerei, und Jonah geht stöhnend zu Boden. Bei der Schlägerei bitte nicht übertreiben. Zwei Schläge, und Sie fallen auf die Knie, Jonah. Es soll cool aussehen. Die Kids stehen auf so was.«

An das Zeremoniell vor jedem Dreh gewöhnte Julie sich schnell.

»Kamera?«, fragte der Regisseur.

»Läuft.«

»Ton?«

»Läuft.«

Die Klappe fiel. »Szene eins, die Erste. Action!«

Jonah kroch aus einem der Zelte und richtete sich auf. Mit ein paar Schritten war er beim Schlitten. Er hatte die Hände bereits an der Haltestange, als Pete auftauchte und ihn zurückhalten wollte. Er griff nach seinem rechten Arm.

»Wo soll's denn hingehen, Johnny?« Johnny war der Name von Jonahs Filmfigur.

»Ich hole Hilfe. Allein hab ich eine Chance. Ich kenn mich aus.«

»Erzähl keine Märchen. Du willst abhauen, stimmt's?«

»Quatsch! Ich lass meine Freunde nicht im Stich!«

»Doch, genau das tust du«, erwiderte Pete. »Dir ist es egal, was das Monster mit uns anstellt. Hauptsache, du bist in Sicherheit. Ist doch so, Johnny?«

»Und wenn schon!«, brauste Jonah auf, aber da hatte Pete ihn schon am Oberarm gepackt und von den Kufen gezogen. Er verpasste ihm zwei trockene Haken, die täuschend echt aussahen, und Jonah ging stöhnend zu Boden.

Laut Skript hätte er sich hochstemmen und einmal selbst zuschlagen sollen, bevor Pete ihm mit zwei weiteren Schlägen den Rest gab und ihn endgültig schlafen schickte, doch Jonah tat mehr.

»Das könnte dir so passen!«, fuhr er den verdutzten Pete an. Er holte aus und verpasste ihm zwei Schläge, die nicht angedeutet waren, sondern tatsächlich sein Gesicht trafen. Mit blutiger Nase stürzte Pete zu Boden und blickte verstört zu seinem Angreifer hoch.

Inzwischen waren auch die anderen Schauspieler aus den Zelten gekommen. Als sie sahen, wie ernst es Jonah meinte, liefen sie zu ihm und hielten ihn an den Armen fest. Er wehrte sich eine Weile und fügte sich widerwillig.

»Sind Sie nicht ganz bei Trost?«, rief der Regisseur wütend.

Jonah beruhigte sich nur mühsam. »Ich wollte Pete nur zeigen, wie man richtig zuschlägt. So wie der sich bewegt, nimmt ihm doch niemand den coolen Helden ab. Es wäre besser, wir würden die Rollen tauschen. Ich kenn mich aus in der Wildnis, Kevin. Sie werden sehen, ich stemme das locker.«

»Erzählen Sie keinen Mist, Jonah.«

»Dann geben Sie mir wenigstens ein paar Szenen mehr.«

Der Regisseur war kurz davor, die Nerven zu verlieren, und reagierte gereizt. »Noch ein Wort, und Sie bekommen überhaupt keine Szene mehr! Reißen Sie sich zusammen, Jonah. Machen Sie das Beste aus Ihrer Rolle, okay?«

Sie mussten die Szene viermal wiederholen, bis sie endlich saß. Die Huskys ließen sich davon nur wenig beeindrucken. Zwar wurden sie wegen der Scheinwerfer und der ungewohnten Hektik ein wenig nervös, dennoch vertrauten sie Julie und blieben an ihren Plätzen, bis der Regisseur endgültig zufrieden war.

»Das habt ihr gut gemacht«, lobte Julie ihre Hunde. »Ich hoffe, heute Nachmittag ist mehr los.«

Ihr Wunsch ging in Erfüllung. Weil die Sonne an diesem Tag tatsächlich schien und grandioses Licht auf die verschneite Landschaft zauberte, entschloss man sich, die Einstellungen einer langen Schlittenfahrt über die Park Road und über einen geräumten Trail durch ein Tal des Teklanika River zu drehen, bevor man sich an eine Actionszene auf dem Toklat River machte.

»Sie sind zuerst dran, Jenn«, sagte Kevin vor der kurzen Mittagspause. »Ich nehme mal an, Julie hat Ihnen einiges beigebracht. Fahren Sie ungefähr drei Meilen über die Park Road nach Norden und wieder zurück. Es geht uns erst mal nur um die Totalen. Dann noch mal die gleiche Strecke, aber diesmal wird der Kameramann auf dem Schlitten mitfahren und vor allem Close-ups drehen. Vergessen Sie nicht: Sie leben allein in der Wildnis und können mit einem Hundegespann umgehen. Legen Sie vorher allen Glamour ab. Denken Sie nicht mal an Beverly Hills und den Rodeo Drive. Verinnerlicht?«

»Schon gut, Kevin«, erwiderte Jenn. »Ich bin bereit.«

Julie redete ein paar Minuten auf ihre Huskys ein, bevor sie Jenn auf den Schlitten ließ. »Haben Sie keine Angst, Jenn! Meine Huskys kennen die Park Road genau und würden den Weg auch ohne Sie finden. Bleiben Sie so locker wie möglich auf den Kufen stehen und behalten Sie Chuck im Auge. Er ist der Leithund, er ist der Chef. Feuern Sie ihn an und reden Sie ihm gut zu!«

Inzwischen war der Chefkameramann von seinem morgendlichen Ausflug zurück und sprach eindringlich mit Kevin und Jenn, bevor die Schauspielerin an den Start ging. Julie blieb in der Nähe und grinste verhalten. Aus dem arroganten Hollywoodstar war beim Anblick des Hundeschlittens und des nervösen Gespanns rasch wieder eine gewöhnliche Frau geworden, die einen Heidenrespekt vor den unruhigen Huskys hatte und sich noch einmal bei Julie vergewisserte, bevor sie sich endgültig auf den Schlitten wagte.

»Und was mach ich, wenn ich einem Grizzly oder einem Elch in die Quere komme?«

Julie beruhigte sie. »Die Grizzlys halten Winterschlaf, und bei dem Krach, den der Hubschrauber macht, bleiben auch die Elche fern. Haben Sie keine Angst! Sie haben doch gehört, Sie leben in der Wildnis und kennen sich aus.«

»Na, schön. Dann gehen wir's an!«

Julie hatte sicher mehr Angst als die Schauspielerin,

wunderte sich, dass die Versicherung überhaupt ein solches Risiko zuließ und nicht ständig auf einem Double bestand. Vielleicht wussten sie nicht, dass das Auftauchen eines Elches tatsächlich eine große Bedrohung darstellte. Wenn ein Elch mit seinen Hufen ausschlug, waren vor allem die Huskys in Gefahr, getroffen zu werden. Auch deswegen hatte Julie auf ihren Fahrten einen Revolver dabei.

Doch es ging alles gut. Der Kameramann hatte Glück mit dem Licht und brauchte gar nicht groß zu zaubern, um Jennifer Liotta attraktiv in Szene zu setzen. Mit ihren langen Haaren, die im Fahrtwind unter ihrer Mütze hervorwehten, machte sie großen Eindruck, nicht nur auf die Männer am Set.

Bei der zweiten Fahrt fuhren ein Angestellter der Produktionsfirma und Julie in einem Geländewagen voraus, um sofort eingreifen zu können, falls etwas nicht nach Plan verlief. Dennoch war der Regisseur nicht ganz zufrieden.

»Und jetzt noch mal die drei Meilen mit Ranger Wilson«, verlangte er. »Ihre Bewegungen wirken sicher natürlicher und authentischer. Das geht nicht gegen Sie, Jenn. Sie haben sich hervorragend geschlagen. Aber eine riesige Totale mit Julie auf dem Schlitten käme sicher hervorragend rüber. Julie?«

Julie war natürlich einverstanden. In einem der Wohnwagen bekam sie eine Perücke und den gleichen Anorak wie Jenn verpasst. Die Hose sah man aus der Entfernung sowieso nicht genau. »Nicht erschrecken!«, rief sie ihren Huskys zu. »Ich bin's, Julie. Ich bin's wirklich. Wir dürfen mitspielen, ihr Lieben. Also reißt euch zusammen. Wir werden nur klein im Bild sein, müssen aber extrem gut dabei aussehen. Ich kann mich doch auf euch verlassen?«

Als das »Action!« des Regisseurs ertönte, fuhr Julie los. Über ihr kreiste der Hubschrauber mit dem Kameramann und fing sie auf ihrer Fahrt durch die verschneite Taiga ein. Die Park Road führte durch einen lichten Fichtenwald, dann in ein weites Tal hinab, das auf der anderen Seite bereits in die baumlose Tundra überging. Bis auf den Hubschrauber war sie allein mit der Wildnis, genoss die Fahrt, auch wenn sie damit in vielen Hundert Kinos landen würde.

Der Schuss fiel so unerwartet, dass sie beinahe die Kontrolle über ihren Schlitten verlor. Nahe genug, um sie zu erschrecken, aber auch fern genug, um ihr nicht gefährlich zu werden.

»Whoaa!«, hielt sie den Schlitten an.

Vom Himmel ratterte der Hubschrauber zu ihr herab.

14

Beinahe automatisch griff Julie nach ihrem Funkgerät. Sie erreichte Erhart und meldete: »Greg? Hier Julie. Ein Schuss, auf der Park Road westlich vom Savage River. Konnte den Schützen nicht sehen. Bin gerade für das Filmteam unterwegs und hab den Chopper hier. Ich sehe mich nach dem Kerl um.«

Erhart brauchte keine Schrecksekunde. »Keine Alleingänge, Julie! Hörst du? Wer weiß, mit wem wir es zu tun haben. Falls ihr den Schützen aufspürt, bleibt in seiner Nähe. Ich komme mit dem Wagen. Wir bleiben in Kontakt.«

Julie lenkte ihren Schlitten an den Straßenrand und sicherte ihn mit dem Holzpflock. »Keine Bange!«, rief sie den Huskys zu. »Ich drehe nur ein paar Runden mit dem Hubschrauber. Wäre doch gelacht, wenn wir den Schützen nicht finden würden. In spätestens einer halben Stunde bin ich zurück, okay?«

Der Hubschrauber landete, und sie kletterte hinter dem Piloten und dem Kameramann auf die Rückbank. »Ein Schuss! Kam aus dem Wald dort drüben. Fliegen Sie los, vielleicht finden wir den Burschen!«

Der Pilot wusste nicht, was er tun sollte.

»Fliegen Sie schon! Es geht nur darum, den Burschen aufzuspüren. Die Kollegen unserer Polizeitruppe habe ich bereits alarmiert.«

Der Pilot gehorchte und lenkte den Hubschrauber nach Norden. Unter ihnen flogen die Bäume hinweg. Die Sonne war hinter einigen Wolken verschwunden, und über den Baumkronen hingen graue Schleier. »Tiefer kann ich nicht gehen«, rief der Pilot. »Wenn der Bursche mit einem Gewehr auf uns schießt, kann er uns vom Himmel holen. Ich war in Afghanistan und weiß, wie sich das anfühlt. Hab keine Lust, das noch mal durchzumachen.«

Julie hatte längst ihren Feldstecher hervorgeholt und suchte den Boden angestrengt nach einer Bewegung ab. Der Schütze war sicher mit einem Snowmobil unterwegs. Mit einem Wagen wäre er niemals ungesehen an dem Filmcamp vorbeigekommen. Entweder hatte er sein Snowmobil versteckt, oder das Rattern des Hubschraubers hatte das Motorengeräusch übertönt. Doch zwischen den Bäumen war nichts zu sehen, lediglich eine Elchkuh ließ sich blicken und lief hastig davon, als ihr das Rattern zu nahe kam.

Nach ungefähr drei Meilen kehrte der Pilot um und flog in einer weiten Linkskurve nach Süden zurück. Im Südwesten ragte das gewaltige Massiv des Mount Denali in den Dunst. Seinen indianischen Namen trug der ehemalige Mount McKinley erst seit einigen Jahren offiziell. Aus der Höhe konnte man deutlich erkennen, wo die bewaldete Taiga in die baumlose Tundra überging, wo die weiße Wüste begann, die sich im Winter besonders menschenfeindlich zeigte, aber in ihrer endlosen Weite eine gewaltige Anziehungskraft auf Menschen wie Julie ausübte. So wie ein riesiger Ozean, der das höchste Glück für einen

Seemann und die Hölle für einen Schiffbrüchigen bedeuten konnte. In der Wildnis lagen Faszination und Leid dicht beisammen.

»Da!«, rief Julie plötzlich. Sie richtete ihren Feldstecher auf den dunklen Fleck, den sie auf einer Lichtung entdeckt hatte. »Da unten liegt was! Auf zehn Uhr am Waldrand. Sieht wie ein Kadaver aus. Gehen Sie bitte runter!«

»Ich dachte, wir wollten den Schützen nur beobachten?«

»Der ist doch längst über alle Berge. Machen Sie schon!«

Der Pilot überlegte kein zweites Mal und steuerte den Hubschrauber nach unten. Schon als sie der Lichtung näher kamen, erkannte Julie, dass dort ein toter Wolf lag. Sie sprang aus dem landenden Hubschrauber und stapfte zu dem Kadaver. Ein Wolf, wieder ein Wolf, durch einen Schuss getötet.

Die Kugel musste den Wolf mitten ins Herz getroffen haben. Nur ein geübter Schütze traf so genau. Und nur ein Mann, der in der Wildnis zu Hause war und sich mit Wölfen auskannte, schaffte es, einen Wolf aufzuspüren.

Julie informierte Erhart und wartete auf seine Anweisungen. Als Chef der Polizeitruppe hatte er das Sagen bei solchen Fällen und leitete die Ermittlungen. Bei größeren Fällen arbeitete er mit den State Troopers zusammen. Und wenn es ganz schlimm kam, müsste das FBI ran.

»Ich bin schon unterwegs«, erwiderte er. »Hab das Snowmobil und einen Anhänger dabei. Warten Sie, bis ich bei Ihnen bin, dann sehen wir weiter.«

Während sie warteten, schickte der Pilot einen Funkspruch ins Filmcamp und erklärte dem Regisseur, was passiert war. Julie ließ sich das Mikro von ihm geben.

»Kein Grund zur Panik, Kevin«, versuchte sie den Regisseur zu beruhigen, »unser Polizeichef kümmert sich persönlich um die Sache. Sobald ich mit ihm gesprochen habe, melde ich mich bei Ihnen. Dann sehen wir weiter.«

Sie reichte dem Piloten wieder das Mikro rüber. »Fliegen Sie ins Camp zurück«, sagte sie, »ich komme hier allein zurecht. Bitte kein Wort zu den Medien.«

Sie wusste selbst, wie lächerlich diese Bitte war. Sobald sich die Kunde von dem zweiten toten Wolf herumgesprochen hatte, würden sich die Medien genussvoll auf die Story stürzen. Und falls nur einer der Filmleute die Nachricht bei Facebook oder Twitter postete, würde der Wolfsmord in Windeseile um den ganzen Globus gehen. Die sozialen Medien konnten ein wahrer Fluch sein.

Während der Pilot und der Kameramann zurückflogen, betrachtete sie den toten Wolf genauer. Der Schütze musste vom Waldrand geschossen haben. Die fehlenden Fußspuren bei dem Kadaver verrieten ihr, dass er sich nicht die Mühe gemacht hatte, den Wolf zu untersuchen. Entweder wusste er auch so, dass er ihn tödlich getroffen hatte, oder es war ihm egal, ob er noch lange gelitten hatte. Wir konnte man nur so herzlos sein! Inzwischen sollte sich doch herumgesprochen haben, dass ein Wolf nichts mit der mordgierigen Bestie zu tun hatte, die in Horrorfilmen und Gruselgeschichten für Entsetzen sorgte.

Sie ging zum Waldrand und suchte den Boden ab. Zwischen den Bäumen war die breite Spur eines Snowmobils zu sehen. Sie folgte ihr eine Weile, bis sie sich auf dem Eis eines schmalen Flusses verlor und nicht mehr auftauchte. Sie fluchte leise vor sich hin. Auf dem Eis waren die Spuren eines Snowmobils nur schwer zu erkennen. Der Schütze kannte sich in der Wildnis aus.

Der Motor eines Snowmobils heulte auf. Julie griff nach ihrem Revolver und steckte ihn erst wieder weg, als Ranger Erhart auf die Lichtung gefahren kam. Er hatte einen Anhänger an seine Maschine gekoppelt.

»Schlimme Sache«, schimpfte er, »und wir haben noch immer keine Spur. Von den Farmern in der Umgebung ist es keiner gewesen, die hatten für den ersten Wolf alle ein Alibi. Eigentlich spricht alles für Rob Pierson. Wir knöpfen uns den Burschen am besten noch mal vor.« Er blickte Julie an. »Helfen Sie mir, den Wolf auf den Anhänger zu heben. Ich nehme Sie bis zu Ihrem Schlitten mit. Überlassen Sie diese Sache mir. Sie haben genug am Hals mit den Filmleuten.«

Den Wolf auf den Anhänger zu heben, setzte ihr hart zu. Die Vorstellung, dass er noch vor einer Stunde durch die Wälder gestreift war, ein Jäger auf der Suche nach Beute, entlockte ihr sogar einige Tränen. Sie mochte Wölfe. Es gab wenige Tiere, die den Menschen so ähnlich waren und die sich so elegant und stolz durch die Wildnis bewegten. Sie aus dem Hinterhalt abzuknallen, weil sie angeblich blutgierige Bestien waren oder ein paar Schafe gerissen hatten, war in ihren Augen ein schweres Verbrechen, vor allem in einem Nationalpark. Diese Gebiete waren zum Schutz der Natur errichtet worden.

Auf ihrem Schlitten fuhr sie die wenigen Meilen zum Filmcamp zurück. Erhart leitete inzwischen die Ermittlungen in die Wege und würde ihr nach einigen Funksprüchen mit dem Snowmobil folgen. Um das Camp würde er einen großen Bogen machen, um die Schauspieler und das Team nicht zu erschrecken. Ein toter Wolf war kein angenehmer Anblick. Julie hatte schon einige tote Tiere gesehen, auch Wölfe, und hatte die Bilder immer lange mit sich herumgetragen.

Im Camp parkte sie den Schlitten und ging zum Regisseur. Er war gerade dabei, die Aufnahmen ihrer Fahrt auf einem Monitor anzusehen. »Ich denke, wir können die Aufnahmen verwenden«, sagte er. »Sie halten erst nach ein paar Minuten, das reicht völlig.« Er ließ den Film anhalten. »Ein toter Wolf?«

Julie berichtete ihm in möglichst wenigen und nüchternen Worten, was geschehen war. »Ich bin sicher, die Anschläge haben nichts mit den Dreharbeiten zu tun«, fügte sie hinzu. »Wölfe sind ein großes Streitthema in unserem Staat. Die Rancher und Farmer haben Angst um ihre Tiere und versuchen, sich die Wölfe vom Leib zu halten. Wir Naturschützer wissen, dass Wölfe ihre Beute nicht aus Spaß am Töten reißen und für ein Gleichgewicht in der Natur sorgen. Einige Rancher und Farmer stellen Wolfsjäger wie Rob Pierson an, die allerdings nur außerhalb der Nationalparks aktiv werden dürfen, wenn überhaupt. Leider müssen wir vor allem viele Jugendliche festnehmen, die sich einen Spaß daraus machen und im Nationalpark wild um sich ballern.«

»Und Sie sind sicher, dass es niemand auf uns abgesehen hat?«, hakte der Regisseur nach. »Wir Hollywoodleute sind auch nicht überall beliebt.«

»Nein, das geht nur gegen Wölfe.«

»Woher wollen Sie das wissen?«, fragte Jennifer Liotta. Sie hatte einen Teil der Unterhaltung mitbekommen und wirkte besorgt. Ihr Manager stand wie ein Leibwächter neben ihr. »Ich bestehe darauf, den Dreh zu unterbrechen.«

Julie hatte schon befürchtet, dass Jenn so reagieren würde. »Selbst wenn Gefahr drohen würde, bräuchten Sie keine Angst zu haben. Wir haben alle Ranger wegen der Sache im Einsatz, und Ihre Produktionsfirma beschäftigt erfahrene Jäger wie Rob Pierson, die Sie ebenfalls beschützen.«

»Ich werde mich erst mal zurückziehen«, sagte sie.

»Aber nicht mit dem Hubschrauber«, sagte der Regisseur, »den brauchen die Ranger. Ihnen wird sowieso nichts anderes übrig bleiben, als zu Ihren Kollegen ins McKinley Resort zu ziehen. In Fairbanks sind Sie zu weit vom Schuss, und der Hubschrauber wird hier dringender gebraucht, von den unnützen Kosten mal ganz abgesehen. Nicht mal die Monroe wohnte so weit vom Set entfernt. Wenn Sie drei Oscars gewonnen haben, dürfen Sie mich noch mal fragen, aber nicht jetzt.«

»Das ist eine …«, wollte ihr Manager aufbrausen.

»Schon gut, Jerry!«, schnitt ihm Jenn rasch das Wort ab. »Mir gefiel es sowieso nicht mehr in Fairbanks. Die frische Luft hier draußen tut mir gut und bekommt meinem Teint. Du weißt doch, was der elegante Gentleman im Aufzug zu mir gesagt hat: Ich sähe dreimal so gut wie Schneewittchen aus.«

»Morgen früh um acht Uhr«, informierte Kevin sein Team.

Um auch die restlichen Aufnahmen von ihrer Schlittenfahrt bestaunen zu können, blieb Julie neben ihm stehen und verfolgte ihre Huskys auf dem Monitor. Jacky war ein hervorragender Kameramann und hatte die Stimmung auf dem Trail perfekt eingefangen. Das Zwielicht kam auf dem Bildschirm noch eindrucksvoller als in Wirklichkeit rüber. Es wirkte beinahe gespenstisch. Aus der Ferne und mit der Perücke sah sie Jenn zum Verwechseln ähnlich, doch sie war sicher, dass ihre Freunde und Bekannten sie sofort erkennen würden. Jede Musherin bewegte sich ein wenig anders. Im Vergleich mit der Schauspielerin wirkte Julie vor allem sicherer und eleganter. Ein Laie würde den Unterschied aber nicht erkennen, schon gar nicht bei schnellen Schnitten.

»Halt!«, rief sie plötzlich. »Können Sie mal zurückspulen?«

»Was gibt's denn?«, wunderte sich der Regisseur.

»Nur ein paar Sekunden zurück, an die Stelle, als ich aus dem Bild fahre.«

Kevin ließ den Film zurücklaufen und blickte Julie fragend an, als der Hubschrauber mit der filmenden Kamera gerade offensichtlich die Park Road überquerte und sich über den Bäumen ihrem Schlitten näherte. Eine Sequenz, die man später schneiden würde.

»Stopp! Anhalten bitte!«

Die Aufnahmen stoppten, und sie rückte noch näher an den Monitor heran. Auf einer Lichtung war etwas zu sehen, das wie ein Snowmobil aussah.

»Können Sie das vergrößern?«, fragte sie. Ein Mitarbeiter zog das unbekannte Objekt näher heran. »Ein Snowmobil«, bestätigte sie. »Keines von denen, die Sie für die Dreharbeiten gemietet haben. Eine private Maschine, schätze ich.«

Sie betrachtete den Bildausschnitt lange. Den Fahrer des Snowmobils konnte man nicht erkennen. Ein mittelgroßer Mann, schätzte sie, das passte auf die Hälfte aller Menschen in Alaska. Auch seine Kleidung war unauffällig. Eine dunkle Hose, ein dunkler Anorak, nicht der geringste Anhaltspunkt, wie man ihn in Krimis immer findet. Oder doch? War da nicht ein Aufkleber auf dem Snowmobil? Sie erkannte nur die Form, konnte nicht lesen, was darauf stand, aber das war auch nicht nötig.

»Okay«, sagte sie, »vielen Dank.«

»Der Schütze?«, fragte Kevin neugierig.

»Könnte sein«, antwortete Julie.

Sie kehrte zu ihren Hunden zurück und beschäftigte sich eine Weile mit ihnen, bis keiner der Filmleute mehr zu ihr herüberblickte. Erst dann ging sie auf Umwegen zu dem Wohnmobil, in dem Rob Pierson während der Dreharbeiten wohnte. Weder er noch der indianische Jäger, der die Unterkunft mit ihm teilte, waren zu Hause. Piersons Pick-up parkte jedoch unter den Bäumen. Einige der No-Wolves-Aufkleber hatten dieselbe Form wie das Ding am Snowmobil.

Der Wagen war verschlossen, doch das Gewehr des Wolfsjägers, das sie ins Labor geschickt hatten, hing in seiner Halterung am Rückfenster, was nur bedeuten konnte, dass er mit einer anderen Waffe unterwegs war. Ihr fiel es wie Schuppen von den Augen. Rob Pierson benutzte ein anderes Gewehr für seine Wolfsmorde. Sie waren auf einen primitiven Trick hereingefallen.

Julie griff nach ihrem Funkgerät und gab ihren Verdacht durch. Im gleichen Augenblick erschien Pierson auf seinem Snowmobil. Nur während der Dreharbeiten durfte er die Maschine benutzen, ansonsten war es ausschließlich den Rangern gestattet, mit einem Snowmobil durch den Park zu fahren, und selbst die kamen nicht überall damit hin. Noch immer waren Hundeschlitten unerlässlich.

»Es ist vorbei, Pierson«, begrüßte sie den Wolfsjäger. »Wir wissen, dass Sie die Wölfe getötet haben. Das ist eine Straftat. Ich muss Sie verhaften.«

»Sie haben nicht den geringsten Beweis gegen mich.«

»Wie wär's mit einem Filmausschnitt?«, erwiderte sie, ohne ihm zu verraten, dass der Schuss nicht auf dem Band war. »Und was denken Sie, was wir herausbekommen, wenn wir Ihr zweites Gewehr untersuchen lassen?«

»Verdammt!«, fluchte er.

Er ließ den Motor aufheulen und fuhr davon. Im Zickzack durch die Bäume und über einen der geräumten Pfade raste er nach Nordwesten. Julie war viel zu überrascht, um gleich zu reagieren, rannte dann aber nach einer kurzen Schrecksekunde zu einem der gemieteten Snowmobile. Sie stellte erleichtert fest, dass der Zündschlüssel steckte, und warf den Motor an. So schnell sie konnte, folgte sie den Spuren des Jägers.

Als überzeugte Musherin mochte sie keine Snowmobile. Die Maschinen waren ihr zu laut und zu wenig zuverlässig. Aber sie hatte gelernt, einigermaßen damit zu fahren, wenn sie im Sattel auch lange nicht so elegant aussah wie auf den Kufen eines Hundeschlittens. Unter dem Laufband wirbelte der Schnee empor, während ihr der eisige Fahrtwind mitten ins Gesicht blies.

Schon nach wenigen Minuten war sie Pierson so nahe gekommen, dass sie ihn auf einem nahen Hügel ausmachen konnte. Sie schaffte den Anstieg besser als erwartet, hörte den Motor des Wolfsjägers aufheulen und gleich darauf einen Schrei. Sie fuhr über den Hügelkamm und sah Pierson neben seinem Snowmobil im Schnee liegen. Überrascht bremste sie und ging zu ihm.

»Was soll das?«, fragte sie genervt. »Ich dachte, Sie sollen die Filmleute beschützen?«

»Tue ich doch«, erwiderte er, »ich schaff ihnen diese blutgierigen Bestien aus dem Weg und tue gleichzeitig ein gutes Werk für Rancher und Farmer.«

»Die Tiere im Nationalpark sind geschützt. Schon gehört?«

»Nur weil die Regierung eine willkürliche Grenze gezogen hat? Die Wölfe halten sich genauso wenig an diese Grenzen wie ich. Oder muss ich Ihnen erst aufzählen, wie viele Wölfe aus dem Nationalpark jede Nacht wildern?«

»Außerhalb der Parkgrenzen mögen Sie in Ausnahmefällen eine Berechtigung dazu haben, aber innerhalb der

Parkgrenzen ist das Töten eines Tieres verboten. Sie sind verhaftet, Pierson. Sie werden keine Wölfe mehr töten.«

Pierson stemmte sich vom Boden hoch und richtete sein Snowmobil auf. »Da haben Sie sich aber geschnitten, Ranger! Ich werde das ganze verdammte Rudel abknallen, und niemand wird mich daran hindern. Bis Sie mich erwischen, liegen die Bestien längst im Schnee. Leben Sie wohl, Rangerlady!«

Er stieg in den Sattel und ließ den Motor an.

Julie blieb nichts anderes übrig, als ihre Waffe zu ziehen. Sie richtete ihren Revolver auf Pierson und rief: »Geben Sie auf, Pierson! Ein Fluchtversuch macht doch alles nur noch schlimmer. Schalten Sie sofort den Motor ab!«

»Oder was? Wollen Sie mich erschießen?«

»Wollen Sie das Risiko eingehen?«

»Sie werden mich nicht erschießen«, sagte Pierson lachend, »Sie nicht! Sie könnten doch nicht mal einer Fliege was zuleide tun.« Er ließ den Motor aufheulen. »Sagen Sie den Filmleuten, sie sollen sich einen anderen suchen.«

Julie ließ enttäuscht die Waffe sinken. Der Wolfsjäger hatte recht, sie brachte es nicht fertig, auf einen Menschen zu schießen, auch dann nicht, wenn es sich um einen so gemeinen Burschen wie Rob Pierson handelte.

Dennoch krachte ein Schuss.

Pierson zuckte zusammen.

»Ich habe weniger Skrupel, Pierson!«, erklang die Stimme von Ranger Erhart, der mit seinem Gewehr im Anschlag von dem Hügel kam. »Und jetzt runter von dem Snowmobil! Wir laufen zu Fuß zu meinem Wagen zurück.«

»Das werden Sie noch bereuen!«, schimpfte der Wolfsjäger.

»Das glaube ich kaum«, erwiderte Erhart.

15

Im Filmcamp warteten bereits Megan Stone und ihr Kameramann. Sie hatten von der Festnahme des Wolfsjägers gehört und filmten, wie Pierson in den Wagen verfrachtet und abtransportiert wurde.

»Kein Kommentar!«, war alles, was Ranger Erhart der Reporterin zu sagen hatte, bevor er mit ihm davonfuhr.

Julie versuchte vergeblich, ihr zu entkommen. Sie stand äußerst ungern im Rampenlicht und amüsierte sich erst später darüber, dass sich die Scheinwerfer von Channel 11 bei so viel Hollywoodprominenz ausgerechnet auf sie richteten. Bevor sie sich versah, hielt ihr Megan Stone das Mikrofon hin.

»Wir melden uns mit einer aktuellen Meldung aus dem Denali National Park. Nicht das vielzitierte Monster vom Wonder Lake, sondern ein gefährlicher Wolfsjäger versetzte das Team heute in Angst und Schrecken. Unter dem Verdacht, zwei Wölfe innerhalb der Parkgrenzen erschossen zu haben, wurde Rob Pierson festgenommen. Zur Heldin wurde Ranger Julie Wilson, die dem Wolfsmörder auf die Schliche kam und ihn in einer beispiellosen Verfolgungsjagd stellte. Wie fühlt man sich als frischgebackene Heldin?«

»Ich habe nur meinen Job gemacht«, antwortete Julie. »Wir konnten nicht zulassen, dass ein fanatischer Wolfsjäger in unserem Nationalpark sein Unwesen treibt. Wölfe sind keine blutrünstigen Bestien, wie sie uns in manchen Schauergeschichten beschrieben werden. Sie gehören zum Kreislauf der Natur und sorgen für das notwendige Gleichgewicht. Uns Menschen werden sie nur während sehr strenger Winter gefährlich, wenn sie in den Bergen nichts mehr zu fressen finden. Rob Pierson wird seine gerechte Strafe bekommen.«

»Sie mussten den Täter mit Ihrer Waffe bedrohen?«

»Eine reine Vorsichtsmaßnahme.«

»Wir haben einen Schuss gehört.«

»Das war Ranger Greg Erhart, unser Polizeichef. Er schoss in die Luft, um Pierson an einer Dummheit zu hindern. Es war weniger dramatisch, als es sich anhört. Wichtig ist doch, dass Pierson aus dem Verkehr gezogen wurde.«

Julie war erleichtert, als die Reporterin sie endlich in Ruhe ließ, und sie zu ihrem Schlitten gehen konnte. Um diese Jahreszeit wurde es in Alaska bereits am späten Nachmittag dunkel.

»Da bin ich wieder!«, rief sie ihren Huskys zu. »Tut mir leid, dass ihr so lange warten musstet, aber ich war schwer im Einsatz und hab einiges hinter mir. Seid froh, dass ihr nicht dabei wart. Der Kerl hätte es fertiggebracht und auf euch geschossen. Schon Hunger, ihr Lieben?«

Die Hunde antworteten, indem sie aufsprangen und ungeduldig an ihren Leinen zerrten. Die Aufregung hatte auch auf sie abgefärbt, und sie freuten sich sicher darauf, wieder nach Hause zu kommen. Julie kraulte ihren Leithund zwischen den Ohren, stieg auf die Kufen und zog den Pflock aus dem Schnee.

»Nehmen Sie mich mit?«, erklang eine vertraute Männerstimme.

»Pete!«, rief sie überrascht, als der Schauspieler zwischen den Bäumen hervortrat. »Ich dachte, Sie sind längst im Hotel. Jenn hat schon Feierabend.«

»Ich hab auf Sie gewartet.« Sein Lächeln war oscarreif. »Sie haben schon mehr Fernsehinterviews am Set gegeben als Jenn und ich, wissen Sie das?«

»Ich hab mich nicht darum gerissen.«

»Sie haben es gut gemacht. Megan wäre es wahrscheinlich lieber gewesen, wenn Sie etwas mehr die Heldin herausgekehrt hätten, wenn sie uns schon keine Affäre andichten darf, aber coole Socken wie Sie mag das Publikum.«

»Coole Socke?« Sie musste grinsen.

»Was denken Sie denn?« Er blieb lächelnd vor ihr stehen. »Viele Frauen hätten sich darum gerissen, als Heldin gefeiert zu werden, und hätten wahrscheinlich noch heute bei unserem Regisseur vorgefühlt, ob die Verfolgungsjagd nicht für einen Film taugen würde, mit ihnen in der Hauptrolle.«

»Das fehlte noch«, sagte Julie. »Steigen Sie ein!«

Pete setzte sich auf die Ladefläche.

»Ist aber nicht weit.«

»Wie wär's, wenn wir einen Umweg nehmen? Irgendeine einsame Stelle, wo uns niemand beobachten kann, wenn ich selbst mal auf den Schlitten steige. Und an der man das Nordlicht sieht. Die letzten Nächte hab ich es immer verpasst.«

»Weil der Himmel bedeckt war. Heute könnte es klappen.«

»Natürlich nur, wenn Sie nicht zu erschöpft sind.«

»Nach dem bisschen Verbrecherjagd?« Sie lachte.

Ihre Müdigkeit war wie weggeblasen. Selbst die Hunde schienen ihren abendlichen Hunger vergessen zu haben und zeigten bei der Aussicht auf eine weitere Tour neuen Elan.

»Vorwärts, ihr Lieben! Go! Go!«, feuerte sie ihr Gespann an und trieb es auf einen der geräumten Pfade, der am Riley Creek entlang zum Fang Mountain führte. »Zeigt Pete, was ihr alles könnt, okay?«

Die Hunde gaben sich alle Mühe. Die Schnauzen im Wind rannten sie an einem verwaisten Campingplatz vorbei nach Süden. Der Himmel war einigermaßen klar, und der Mond, der an diesem Nachmittag früh aufgegangen war, goss blasses Licht auf den Trail. Die Kufen ihres Schlittens scharrten über den leicht verkrusteten Schnee. Der Trail verlief in einiger Entfernung parallel zum Highway, bog dann nach Westen ab und verlor sich in den Ausläufern des mächtigen Fang Mountain. Er ragte bedrohlich vor ihnen auf.

Nachdem sie ungefähr eine Stunde gefahren waren, hielt Julie den Schlitten an. Obwohl die Headquarters nur wenige Meilen entfernt lagen, waren sie von einsamer Stille umgeben. Selbst der Wind hielt sich zurück und trieb nur ein paar eisige Schleier vor sich her. Lichter Wald breitete sich in den weiten Tälern aus, und weit im Westen stiegen baumlose Hänge zu den Bergen an.

Pete kletterte von der Ladefläche und ließ die verschneite Landschaft auf sich wirken. Er war sichtlich beeindruckt. »Eine ganz andere Welt«, staunte er. Die Stille der Natur brachte ihn dazu, leise zu sprechen. »Besonders für jemanden aus San Diego. Ich kann nur mit dem Meer dienen. Auch das hat viele einsame Stellen zu bieten, aber hier sind sie noch wesentlich dramatischer.«

»Der Fang Mountain«, erklärte Julie. Seltsamerweise machte sie die Nähe des Schauspielers nervös. »Nicht mal halb so groß wie der Mount Denali.«

Pete blickte an dem Berg empor. »Kein Wunder, dass Jacky so angetan von diesem Setting ist. Das Monster interessiert ihn wahrscheinlich am wenigsten. Die schönsten Bilder liefert die Natur. Auch ein Grund, warum die Leute ins Kino gehen und sich Filme wie unseren nicht im Fernsehen ansehen sollten.« Er lächelte sie an. »Danke, dass Sie mich mitgenommen haben.«

Leider zeigte sich das Nordlicht an diesem Abend gerade mal mit einigen grünen Schleiern. Sie wehten nervös über die Berghänge, wie hauchdünne Seide, die eine geheimnisvolle Kraft durch das Universum schweben ließ. Obwohl Julie die Entstehung der *Aurora borealis*, wie das Nord- oder Polarlicht mit seinem lateinischen Namen hieß, auch wissenschaftlich erklären konnte, war sie von den fantasievollen Farbspielen am Himmel immer wieder fasziniert.

»Das erwischen wir in nächster Zeit sicher noch besser«, sagte sie.

»Und ganz ohne Computertechnik«, erwiderte er.

Julie war neben ihn getreten und erschrak ein wenig, als sie erkannte, wie nahe sie sich auf einmal waren und wie sehr sie es genoss, mit ihm zusammen die Natur zu genießen. Er war kein seelenloser Promi für sie, eher das genaue Gegenteil davon, wie sie sich einen Hollywoodstar vorstellte. Pete war viel zu normal und bescheiden, um dem Image zu entsprechen, das TV-Sender wie Channel 11 über ihn verbreiteten. So hatte sie sich ihren Traummann immer vorgestellt.

Er legte einen Arm um sie, und sie legte ihren Kopf an seine Schulter. Nur für einen winzigen Augenblick waren sie zwei Verliebte, die zusammen den nächtlichen Himmel betrachteten, und als er sich lächelnd zu ihr herabbeugte, glaubte sie schon, er würde sie küssen, doch nichts geschah. Sie war enttäuscht und gleichzeitig erleichtert, löste sich sanft von ihm und gab vor, sich um die Huskys zu kümmern. Chuck drängte darauf, endlich weiterzulaufen.

»Wollen Sie jetzt mal?«, fragte sie in die Stille.

»Wenn die Huskys damit einverstanden sind?«

Julie fing sich wieder. »Sie haben Jenn ertragen und werden sich auch mit Ihnen abgeben. Sie haben schon einige Erfahrung, hab ich mir sagen lassen.«

»Das ist stark übertrieben«, erwiderte er. »Ich war ein paarmal mit dem Snowmobil in den Sierras unterwegs und hab mir vor den Dreharbeiten von einem Musher in Kalifornien zeigen lassen, wie man einen Schlitten steuert.«

»Hey!«, staunte sie. »Das wusste ich ja gar nicht.«

»Waren nur ein paar Stunden. Nicht der Rede wert.«

»Dann zeigen Sie mal. Bis zu den Bäumen und wieder zurück.«

Pete stellte sich auf die Kufen und zog den Anker aus dem Schnee. »Vorwärts, Chuck! Go! Go! Aber nicht zu schnell, ich will mich nicht blamieren.«

Julie blickte ihm anerkennend nach. Pete machte eine gute Figur. Zwar hätte er mit keinem Musher in Alaska mithalten können, er hielt sich aber wacker und wesentlich besser als die Urlauber, die mit einem der Veranstalter in den Wäldern unterwegs waren. Vor allem verstand er es, sein Gewicht zu verlagern. Er war äußerst sportlich und gelenkig und hatte das Zeug zum Könner.

»Nicht übel«, lobte sie ihn, als er zurückkam.

»Sie werden lachen, das hab ich beim Surfen gelernt«, erwiderte er. »Wenn Sie da das Gleichgewicht verlieren, landen Sie beim Weißen Hai im Wasser.«

Julie ließ den Schauspieler bis zur Park Road fahren und stieg dann wieder selbst auf die Kufen. Seltsamerweise musste sie in diesem Augenblick an Steve denken. Hatte sie ihn wirklich schon vergessen? War sie schon nach wenigen Tagen für eine neue Beziehung bereit? Offensichtlich nicht, sonst wäre es am Fang Mountain sicher zu zärtlichen Komplimenten oder gar zu einem Kuss gekommen. Was war bloß mit ihr los? Würde sie Brandy nacheifern und wie ein Schmetterling von einer Blüte zur nächsten fliegen, ohne jemals die richtige zu finden? Würde sie irgendwann nur noch für ihren Beruf leben?

»Warum kommen Sie nicht mit zum Hotel?«, schlug Pete vor. »Unser zweiter Kameramann hat heute Geburtstag und wollte eine Runde Pizzen spendieren. Ich kann nach einem solchen Drehtag immer schwer abschalten.«

Sie wollte schon verneinen, hörte sich aber das Gegenteil sagen. »Klingt gut, aber zuerst muss ich meine Huskys füttern. Die Hunde kommen zuerst.«

»Okay, ich helfe Ihnen.«

Er half ihr tatsächlich, füllte den Lachseintopf, den sie aus der Küche geholt hatte, in die Eimer und hatte anscheinend großes Vergnügen daran, die Huskys schmatzen zu sehen. Julie räumte die Leinen und Geschirre weg und ging auf den Superintendenten und Ranger Erhart zu, als beide aus dem Verwaltungsgebäude traten. In nüchternen Worten erstattete sie beiden Bericht.

»Pierson hat gestanden«, meldete Erhart. »Für ihn war die Wolfsjagd nicht nur ein Job. Er hasst Wölfe und macht sie so ziemlich für alles verantwortlich, was in seinem Leben schiefläuft. Er wird wohl im Gefängnis landen.«

»Und Noatak? Lady? Hat er auch sie vergiftet?«

Erhart schüttelte den Kopf. »Nein, das macht mir ja so große Sorgen. Da draußen rennt immer noch ein Verrückter herum, der unschuldige Huskys vergiftet.«

»Und es gibt keine Spur?«

»Nicht die geringste«, musste Erhart zugeben.

»Ein Jugendlicher, der das Vergiften von Hunden für einen dummen Streich hält, wenn wir Glück haben«, sagte Green. »Oder lügt Rob Pierson, und er hat auch die Hunde auf dem Gewissen? Zuzutrauen wär's ihm. Warum haben wir ihn bloß verpflichtet? Ich hätte es doch besser wissen müssen.«

»Ist nicht das erste Mal, dass uns so was passiert«, erinnerte ihn Julie. »Auch woanders kommt es immer öfter vor. Immer mehr Menschen lassen ihre Wut an unschuldigen Tieren aus. Von ihren Hate Posts bei Facebook und ihren Hate Tweets auf Twitter ganz zu schweigen. Als ob die Tiere was dafür könnten, wenn es bei ihnen zu Hause nicht läuft oder ihre Beziehung kaputtgeht.«

»Deshalb laden wir immer mehr Schulen im Sommer ein, und Sie zeigen den Kindern, wie wichtig Tierschutz und Naturschutz sind. Auch deshalb gibt es Nationalparks. Um der Bevölkerung zu zeigen, dass auch wir Menschen nur ein Rädchen im Getriebe sind, und dass wir auch unseren eigenen Lebensraum zerstören, wenn wir angebliche Bestien wie Grizzlys und Wölfe verteufeln.« Er blickte auf Pete. »Wenn es sich beim angeblichen Monster vom Wonder Lake um ein Tier gehandelt hätte, hätten wir das Filmteam niemals hier drehen lassen.«

Ranger Erhart versprach, die Huskys rund um die Uhr bewachen zu lassen, wie ein Rancher, der seine Cowboys anhielt, eine Rinderherde im Auge zu behalten, um Viehdiebe abzuwehren. Julie würde ebenfalls aufpassen und mehrmals nach den Hunden sehen. Auch sie hatte keine Ahnung, wer der Täter sein könnte. Sie beschlossen, die Sache vorerst geheim zu halten. Es genügte, dass das Filmteam und die Medien mit Piersons Wolfsmorden aufgeschreckt worden waren.

In ihrem Pick-up fuhren Julie und Pete zum nahen McKinley Resort, dem schönsten und teuersten Hotel in der Nähe des Nationalparks. Eigentlich die Umgebung für ein Kleid oder einen schicken Hosenanzug, aber eine Uniform ging immer und gab Julie das Gefühl, auch offiziell hier zu sein. Das Pizzaessen fand in einem der Versammlungsräume statt, dem Treffpunkt der Filmleute, und es duftete schon aus der Ferne nach den leckeren Pizzen. Der Kameramann hatte sich nicht lumpen lassen und ein riesiges Büfett aufbauen lassen. Außer Pizza gab es verlockende Desserts und jede Menge zu trinken.

Obwohl über hundert Leute in dem Raum waren und Jacky eine launische Rede zu Ehren seines Kollegen hielt, kam sich Julie wie bei einem Date vor. Pete saß ihr meist gegenüber und schien nur Augen für sie zu haben, und auch sie hatte das Gefühl, nur mit ihm zusammen zu sein, und nahm die anderen Filmleute kaum wahr. Sie hatte sich schon lange nicht mehr so wohl und zu Hause gefühlt, doch gleichzeitig wuchs die Angst in ihr, sie könnte sich in den Schauspieler verlieben und nach den Dreharbeiten so traurig wie Brandy nach einigen ihrer Beziehungen sein, denn auch das wusste sie: Sie würde ihren Job niemals aufgeben und Alaska niemals verlassen, das würde nicht mal ein Mann wie Pete schaffen. Sie war untrennbar mit diesem Land verbunden.

Sie war bereits beim Nachtisch angelangt, als ihr Handy klingelte. Brandy war dran und wunderte sich: »Bist du auf einer Party, oder was ist da los?«

»Pizzaessen. Der zweite Kameramann hat Geburtstag.«

»Hey, haben sie dich schon in ihre Clique aufgenommen?«

»Unsinn, ich sehe nur nach dem Rechten.«

Brandy musste lachen. »Logisch. Und du sitzt schon den ganzen Abend mit Pete zusammen und überlegst, ob du ihn in dein Bettchen lassen sollst.«

»Quatsch!«

»Ist er bei dir?«

»Schon, aber …«

»Nichts aber«, erwiderte Brandy. »In Liebesdingen macht mir keiner was vor. Du hast dich in den Kerl verknallt und fühlst dich schuldig, weil du Steve in die Wüste geschickt hast. Jetzt fragst du dich, was aus Pete und dir werden soll, wenn er nach Kalifornien zurückfliegt, denn du würdest Alaska niemals verlassen, und eher scheint morgen auf dem Mount Denali die Sonne, als dass du den Rangerjob aufgibst. Gib's zu, daran denkst du doch die ganze Zeit.«

»Bist du unter die Hellseherinnen gegangen?«

»*Carpe diem*, wie der Lateiner sagt«, antwortete sie, »nutze den Tag. Soll heißen, es gibt Männer, bei denen man zugreifen sollte, egal, was danach kommt. Pete ist so einer. Und ein bisschen Glamour kann dir nicht schaden.«

»Rufst du nur an, um mir das zu sagen?«

»Ich suche Jonah. Er meldet sich nicht.«

Julie fiel auf, dass sie ihn den ganzen Abend nicht gesehen hatte, sah sich aber noch einmal suchend um. Sie fragte Pete und einige andere, aber keiner hatte ihn gesehen. »Hier ist er nicht«, sagte sie. »Hast du ihn angerufen?«

»Ungefähr dreißig Mal. Auf seinem Handy.«

»Vielleicht ist ihm nicht gut, und er ist in seinem Zimmer.«

»Da hab ich auch schon angerufen. Er war den ganzen Tag nicht in seinem Zimmer, sagt die Dame an der Rezeption. Ich mach mir langsam Sorgen.«

Julie stand auf und entfernte sich ein paar Schritte von Pete. Am Fenster konnte sie einigermaßen ungestört mit Brandy reden. »Immer mit der Ruhe, Brandy.« Sie sprach dennoch mit gedämpfter Stimme. »Was soll ihm denn passiert sein? Er war den ganzen Tag bei den Dreharbeiten und hatte wahrscheinlich keine Lust auf das Pizzaessen. Vielleicht sitzt er irgendwo in einer Bar und heult sich die Augen nach dir aus.« Sie hielt inne und beobachtete Pete, der sich mit dem Regisseur unterhielt. »Liebst du den Kerl wirklich?«

»Ich glaube schon. Irgendwie ist alles anders als sonst.«

»Ruf ihn später noch mal an, Brandy. Vielleicht hat er sein Handy nur irgendwo vergessen.« Sie zögerte kurz. »Und sei vorsichtig, Brandy, hörst du?«

»Du magst ihn nicht, was?«

Julie schwieg.

»Du magst ihn nicht, stimmt's?«

»Nein, ich mag ihn nicht«, gab Julie zu. »Er ist eifersüchtig auf Pete, weil er nicht die Hauptrolle spielen darf, und hat ihn heute Morgen verprügelt.«

»Jonah? Mein Jonah? Aber er ist ein sanfter Typ!«

»Das glaubst du, Brandy. Das glaubst nur du.«

16

Es war noch dunkel, als Julie das Filmcamp erreichte und ihren Schlitten abseits der Park Road abstellte. »Keine Panik«, beruhigte sie die Huskys, »ihr bekommt heute noch genug zu tun. Ihr seid bei fast allen Szenen dabei, sagt Kevin. Ich gehe mir nur mal anhören, was er zu berichten hat, dann geht's los.«

Sie war viel zu müde gewesen, um nach dem Anruf von Brandy lange nachzugrübeln. Sie hatte sich kurze Zeit später von Pete verabschiedet war früh zu Bett gegangen. Pete hatte ihr weder angeboten, sie nach Hause zu bringen, noch hätte sie es zugelassen. Die peinliche Situation, dass er möglicherweise versuchte, sie vor ihrer Blockhütte zu küssen oder sogar »auf einen Kaffee« hereinzukommen, hatte sie unbedingt vermeiden wollen. Sie mochte ihn, war aber nicht bereit, sich von ihm küssen zu lassen. Eine Beziehung, die von vornherein zum Scheitern verurteilt war, weil er nach Kalifornien zurückfahren würde, machte keinen Sinn.

Oder hinderte sie noch etwas anderes daran?

Im Camp herrschte rege Betriebsamkeit. Die Generatoren brummten und brachten Scheinwerfer und Lampen zum Leuchten. Ein Teil der Crew war bereits am Set, einem kurvenreichen Trail, der vom Campingplatz am Savage River in die Berge führte und die Kulisse für eine dramatische Szene bieten würde. Wenn die Schauspieler kamen, musste alles bereit sein. Die eisige Kälte verlangte besondere Sorgfalt und stellte hohe Anforderungen an die Techniker.

Im Camp trat der Regisseur vor sein Wohnmobil und fuhr die Aufnahmeleiterin an: »Haben Sie Jenn erreicht? Sie müsste doch längst hier sein. Ist sie denn noch nicht in unser Hotel umgezogen?« Er hatte seinen Anorak und seine Mütze im Wohnmobil gelassen, was ihn nur noch wütender machte.

Der junge Mann zuckte die Achseln. »Sie geht nicht an ihr Handy.«

»Miststück!« Kevin kehrte fluchend in sein Wohnmobil zurück und schlug die Tür hinter sich zu. Kein Wunder bei den Kosten, die hier draußen durch jede zusätzliche Drehminute anfielen.

Julie holte sich einen heißen Tee vom Catering und studierte die Dispo, die ihr die Aufnahmeleiterin reichte. Eine Übersicht mit allen Aktivitäten, die an diesem Tag anstanden, eine Art Stundenplan, der auch die Aufgaben der beteiligten Personen beschrieb. Julie war besonders häufig während der ersten Tageshälfte vertreten. Sie sollte bei den Aufnahmen mit Jennifer Liotta auf dem Trail dabei sein und auch als Double einspringen. Um neun Uhr sollte es losgehen. Jetzt war es kurz vor neun, und Jenn war immer noch nicht gelandet.

Jonah war wieder aufgetaucht. Er sei am Abend zuvor in der Gegend herumgefahren und habe sich auf seine nächsten Szenen vorbereitet. Nicht einmal sein Handy habe er mitgenommen, um nicht gestört zu werden. Im Camp machte er eine große Sache daraus, als würden sich alle anderen nicht vorbereiten, und stänkerte wie immer gegen Pete, der erst am Nachmittag dran war und sich noch gar nicht im Camp aufhielt. Julie glaubte ihm kein Wort. Nicht einmal den erfahrenen Wildniscrack nahm sie ihm ab. Er gehörte zu den Typen, die überall im Mittelpunkt stehen mussten, und versuchte alles, um Pete auszustechen, anstatt mit seiner attraktiven Nebenrolle zufrieden zu sein. Wie konnte Brandy nur auf ihn hereinfallen? Oder hatte sie ihn bereits durchschaut?

Um fünf nach neun trat Kevin erneut vor sein Wohnmobil, diesmal in seinem Anorak und mit der Ohrenschützermütze. In seinen schwarzen Klamotten sah er wie ein Rächer aus. Er stand kurz vor einem Tobsuchtsanfall. Selbst als ein lautes Rattern erklang und der Hubschrauber mit eingeschaltetem Scheinwerfer auf der Straße landete, ließ er sich kaum beruhigen.

»Wo kommen Sie denn her?«, fuhr Kevin seinen weiblichen Star an. »Warum gehen Sie nicht ans Handy? Warum halten Sie sich nicht an die vereinbarten Zeiten? Wie oft soll ich es denn noch sagen? Sie sind nicht die Monroe. Und wenn Ihnen das zu weit hergeholt ist, auch nicht Jennifer Lawrence!«

Jenn bewegte sich in ihren Stiefeln genauso geziert wie in High Heels. »Aber ich werde bald berühmter als beide zusammen sein. Haben Sie denn nicht gesehen, was ich mit *Rodeo Drive* in letzter Zeit für Einschaltquoten hatte? Beinahe so viel wie der letzte Superbowl! Das hat bisher noch keine Realityshow geschafft. Nicht mal die Kardashians, oder wie die heißen.«

»Na, dann wissen Sie ja, was professionelles Verhalten bedeutet«, konterte er. »Beeilen Sie sich! Wir fahren in zehn Minuten los.« Er wandte sich an Julie. »Sie fahren voraus. Besprechen Sie sich mit Jacky. Heute gibt es einiges für Sie und Ihre Huskys zu tun. Eine rasante Fahrt über den steilen Trail.«

»Dort bin ich oft unterwegs.«

»Kommt gar nicht infrage«, mischte sich Jenn in ihr Gespräch ein, »das mache ich selbst. Ich hab nicht stundenlang mit Julie geübt, um jetzt blöde in der Gegend herumzustehen und nur für Nahaufnahmen auf den Schlitten zu steigen. Nachher heißt es, die Liotta ist gar nicht so cool, wie sie immer tut, die fürchtet sich sogar vorm Schlittenfahren und lässt fast jede Szene doubeln.«

»Und was sagt Ihr Manager dazu? Und Ihre Versicherung?«

»Jerry schläft seinen Rausch im Hotel aus und fragt sich wahrscheinlich, warum das Zimmermädchen neben ihm im Bett liegt. Und die Versicherung, die kann mich mal. *No risk, no fun!* Ich mach die verdammte Szene selbst.«

»Das würde ich mir noch mal überlegen«, gab Julie zu bedenken, »der Trail ist eher was für Fortgeschrittene. Sehen Sie ihn sich erst mal an, vielleicht überlegen Sie es sich dann doch noch anders. Wäre wirklich keine Schande.«

Jenn drehte sich zu ihr um. »Okay, ich seh ihn mir erst mal an, aber ich weiß jetzt schon, dass ich dabei bleibe. Ich hab keine Angst vorm Fahren.«

Aber als sie eine halbe Stunde später auf dem Trail stand und erkannte, auf welches Abenteuer sie sich einlassen wollte, schien ihr doch ein wenig mulmig zu werden. Jenseits des Flusses führte der Trail in zahlreichen Windungen in die Berge hinauf und verlor sich in den felsigen Ausläufern. Über dem Trail hingen Dunstschleier und ließen das Land noch geheimnisvoller erscheinen.

»In der ersten Einstellung zeigen wir Jenn, wie sie mit ihrem Schlitten den Fluss überquert, in der zweiten beim Anstieg und in der dritten, wie sie zwischen den Felsen verschwindet. Später drehen wir einige Close-ups, vor allem, wie das Monster aus dem Dunst auftaucht und Jenn zu Tode erschreckt.« Kevin blickte skeptisch drein. »Wollen Sie immer noch selbst fahren, Jenn?«

»Ich bestehe darauf«, antwortete sie. Ihre Miene sagte etwas anderes.

»Die Überquerung des Flusses schaffen Sie, daran habe ich überhaupt keinen Zweifel«, ermunterte sie Julie. »Auf dem steilen Trail zwischen den Felsen sieht die Sache jedoch etwas anders aus, da werden sogar einige Ranger nervös, wenn sie neu in unseren Park kommen. Sie dürfen auf keinen Fall zu schnell fahren!«

»Sie haben es gehört, Jenn«, stimmte Kevin Julie zu. »Gehen Sie die Sache ruhig an. Die Dynamik passen wir später mit dem Computer und der Musik an. Sie wissen, was man damit alles anstellen kann.« Er winkte eine Visagistin heran, die noch mal das Make-up der Schauspielerin überprüfte. »Und denken Sie auch bei den Totalen daran: Sie haben von dem Monster gehört und fürchten sich vor ihm. Sie wissen, dass es am liebsten junge Frauen angreift und Sie ein perfektes Opfer sind. Zeigen Sie, was Sie können, okay?«

Julie schwor ihren Leithund auf die Szene ein. »Du hast es gehört, Chuck. Das Ganze ist ein großes Spiel, ein Film, verstehst du? Es gibt kein Monster. Ihr habt nicht das Geringste zu befürchten. Ihr braucht lediglich den Fluss zu überqueren und den steilen Trail hinaufzufahren. Das ist alles. Wichtig ist, dass ihr nicht zu schnell lauft! Nehmt Rücksicht auf Jenn, immer schön langsam.«

Sobald die Kamera lief und die Klappe fiel, fuhr Jenn los. Sie machte ihre Sache gut, stand nicht so locker auf den Kufen wie Pete, wirkte aber auch nicht unsicher und erreichte sicher das andere Ufer. Kevin ließ die Szene zweimal wiederholen und ließ dabei auch eine Naheinstellung von der zweiten Kamera aufnehmen, als sie das jenseitige Ufer erklomm. Dann nickte er zufrieden. »Das war gar nicht übel, Jenn. Vielleicht wird ja doch noch was aus Ihnen.«

Es dauerte einige Zeit, bis Jacky seine Kamera in den Felsen aufgebaut hatte und die Stellproben zu seiner Zufriedenheit ausgefallen waren. Julie kam wieder in den Sinn, was Pete über die Arbeit eines Schauspielers gesagt hatte, dass Schauspieler vor allem Geduld zeigen müssten. Sie verbrachte die Wartezeit mit ihren Hunden, die alles andere als geduldig waren und am liebsten gleich wieder losgerannt wären.

»Ich weiß, die Warterei geht euch auf den Geist, und ihr würdet die Filmleute gern zum Teufel jagen.« Sie senkte ihre Stimme. »Mein Ding ist die Filmarbeit auch nicht, aber wir haben uns nun mal darauf eingelassen und müssen mitspielen. Passt in den Felsen gut auf Jenn auf, hört ihr? Ich glaube, sie stellt sich den Anstieg leichter vor, als er in Wahrheit ist.«

Julie fuhr den Schlitten zu der Stelle, die Kevin festgelegt hatte, und zog ihre Schneeschuhe an, um im Notfall auch durch den Tiefschnee abseits des Trails schnell genug zur Stelle zu sein. Ein wenig besorgt, weil sie den Trail genau kannte und wusste, wie schwer sich eine Anfängerin beim Anstieg tun konnte, blieb sie bei Kevin und dem Kameramann und sagte sich, dass ihre Huskys bei einem Unfall klug genug wären, um auf dem festen Schnee zu bleiben und nicht wie die meisten anderen Gespanne die Flucht zu ergreifen.

»Schneiden Sie mir bloß genug Close-ups rein«, ermahnte Jenn den Regisseur. »Die Leute wollen mein Gesicht sehen. Sie wissen, wie verrückt die Männer nach mir sind. Jennifer Lawrence ... pah, die ist doch viel zu blass.«

Kevin verdrehte die Augen, sagte aber nichts.

»Eigentlich müsste mir auch das Monster zu Füßen liegen«, fuhr Jenn fort. »Neulich hab ich *King Kong* im Fernsehen gesehen, der verliebte sich auch in die Lady. Würde sich doch gut machen, eine Liebesszene mit dem Monster.«

»Und wenn das Monster weiblich ist?«

»Ehrlich?« Sie schien entsetzt.

»Das Monster ist weder männlich noch weiblich«, erwiderte der Regisseur, »und Sie sollen am Ende des Films nicht mit ihm, sondern mit Pete in den Sonnenuntergang reiten. Die Leute wollen Happy Ends, das wissen Sie doch.«

»Solange ich ihn nicht heiraten muss«, lästerte sie.

Die Klappe fiel, und Jenn lenkte den Schlitten auf den steilen Trail. Sie gab sich alle Mühe, ging mit einem Fuß von den Kufen und stieß sich ab. Dabei feuerte sie die Hunde unablässig an.

»Vorwärts! Lauft! Lauft!« Die Huskys kannten die Strecke und ließen sich das nicht zweimal sagen. Vergessen war die Ermahnung von Julie, es etwas langsamer als sonst angehen zu lassen; ohne ihre vertrauten Kommandos zählte nur noch die Freude, endlich wieder laufen zu können, den Schnee unter den Pfoten und den Wind im Gesicht zu spüren.

Auf dem Kontrollmonitor der Kamera konnte Julie sehen, wie gut sich ihre Huskys auf der Kinoleinwand machen würden. Einem Kameramann aus Hollywood standen zudem zahlreiche technische Hilfsmittel zur Verfügung, um die Wirklichkeit noch eindrucksvoller und monumentaler aussehen zu lassen. Jacky drehte vornehmlich mit einem Weitwinkelobjektiv, wie er Julie erklärte, damit kämen die Landschaft und die Bewegungen noch besser rüber.

Dennoch beschlich Julie ein ungutes Gefühl, als sie bemerkte, wie nervös Jenn in dieser Szene wirkte. Einem Zuschauer, der nichts vom Führen eines Hundeschlittens verstand, würde es gar nicht auffallen, aber sie sah sofort, dass es Jenn vor allem an der Erfahrung und der ausgefeilten Technik fehlte, um die Fahrt in die Felsen wirklich professionell durchzuführen. Gerade bei einer solchen Totalen war es doch eigentlich unwichtig, wer den Schlitten steuerte. Niemand würde es merken, wenn sie als Jennifer Liotta unterwegs wäre.

Aber sie war nicht in der Position, darauf hinzuweisen, und verhielt sich still. Ein rascher Blick auf Kevin verriet ihr, dass er weniger Hemmungen hatte und kurz davor war, Jenn zurückzupfeifen. Er hatte noch nicht den Mund geöffnet, als ein schriller Schrei von den Bergen herüberdrang und Julie mit ansehen musste, wie ihre Huskys zur Seite drifteten, der Schlitten umkippte, und Jenn kopfüber in den Tiefschnee stürzte. Sekundenlang war nur das ängstliche Jaulen der Huskys zu hören, dann Jenns verzweifelte Hilferufe.

»Ich hab's gewusst, verdammt, ich hab's gewusst!«, fluchte Kevin.

Julie stapfte sofort los und war zuerst an der Unglücksstelle. Sie stellte den Schlitten auf und rammte den Holzpflock in den Schnee, damit die Hunde in ihrer Aufregung nicht wegrannten. Ihnen war nichts passiert. Gleich darauf stieg sie durch den Tiefschnee die Böschung hinab. Jenn lag ungefähr zehn Schritte unterhalb davon hilflos im Schnee und stöhnte leise.

»Das Monster! Das Monster hat die Hunde erschreckt!«, flüsterte sie entsetzt. »Es war das Monster! Ich bin unschuldig! Ich hatte alles im Griff! Das verfluchte Monster!«

Julie hörte nicht auf sie und untersuchte sie flüchtig. »Ist Ihnen was passiert? Sind Sie okay? Sie können von Glück sagen, dass der Schnee hier so tief ist und Sie nicht gegen einen der Felsen geprallt sind.« Julies Untersuchung ergab, dass Jenn keine schweren Verletzungen davongetragen hatte. Sie war weich gefallen und unversehrt.

»Mein linker Ellbogen tut weh«, schimpfte sie. Sie griff dankbar nach Julies Hand und ließ sich von ihr aus dem Schnee ziehen. Einige Prellungen bereiteten ihr offensichtlich Schmerzen. »Das wär Ihnen auch nicht anders gegangen.«

Zusammen kämpften sie sich auf den Trail zurück. Inzwischen waren auch Kevin und seine Aufnahmeleiterin gekommen und blickten besorgt auf den stöhnenden Hollywoodstar. »Hab ich Ihnen nicht gesagt, dass die Fahrt in die Felsen zu gefährlich ist?«, sagte Kevin. »Sie hätten auf mich hören sollen.«

»Ich hab alles richtig gemacht«, widersprach Jenn. Ihre Frisur und ihr sorgfältiges Make-up waren nicht mehr filmreif. »Das Monster ist schuld! Es kam hinter einem der Felsen hervor und ging auf die Huskys los! Ich dachte, du wolltest das Monster in dieser Szene gar nicht im Bild zeigen? Und wenn, hättest du mir wenigstens Bescheid geben können. Wer steckt denn in dem Kostüm? Der Typ, der auch den Wanderer in dem gelben Anorak spielt? Der kann mich sowieso nicht leiden. Der hat darum gebettelt, mich erschrecken zu dürfen, stimmt's?«

»Das ist nicht wahr.« Kevin war außer sich. »Ich spiele hier draußen doch nicht Halloween. Ich riskiere auch nicht das Leben meiner Hauptdarstellerin! Bei dem Sturz hätte sonst was passieren können!« Trotz der Kälte war er blass geworden. »Sind Sie sicher, dass Sie jemanden im Monsterkostüm gesehen haben?«

»Oder es gibt das Monster wirklich.«

Kevin war nicht zum Scherzen aufgelegt. »Sind Sie sicher, dass Sie sich das Monster nicht vielleicht nur eingebildet haben? Sie waren aufgeregt. Der schmale Trail, die Huskys, die immer schneller wurden … da passiert so was schon mal.«

»Ich hab das Monster gesehen. Einen pelzigen Bigfoot.«

»Bigfoot? Der pelzige Riesenmensch aus der Legende?«, fragte Julie.

»So was Ähnliches. Hat sich unser Monsterexperte ausgedacht.«

»Monsterexperte? Den Job gibt es?«

»Special Effects«, erklärte der Regisseur ungeduldig.

Der Kameramann hatte sich das Material inzwischen angesehen und rief: »Auf den Bildern ist das Monster nicht zu sehen. Aber die Fahrt wirkt etwas …« Er suchte wohl nach einem passenden Wort, das Jenn nicht beleidigte. »… etwas ungelenk.« Er verzog das Gesicht. »Kann ich die noch einmal mit Julie machen?«

»Sie haben es gehört, Julie«, sagte Kevin. »Machen Sie sich fertig.« Er wandte sich an die Schauspielerin. Ihre Haare und Kleidung waren schneeverkrustet. »Und Sie ruhen sich ein wenig aus und bringen sich in Ordnung.«

»Ich werde den Typ im Monsterkostüm verklagen!«, schimpfte Jenn.

Julie beruhigte ihre Hunde, die immer noch aufgeregt waren, und fuhr zum Ausgangspunkt zurück. Innerhalb weniger Minuten hatte sie sich in Jennifer Liotta verwandelt. Die Perücke nervte ein bisschen, ansonsten musste sie sich nicht umstellen.

»Keine Bange«, rief sie den Hunden zu, »das war nur jemand, der sich einen schlechten Scherz mit Jenn erlaubt hat. Zweimal hintereinander macht er das ganz sicher nicht. So dumm kann kein Monster sein.«

Die Klappe fiel ein zweites Mal, und der Regisseur startete die Szene mit einem lauten »Action!«. Julie fuhr los und brachte die Huskys schnell auf Touren. Sie fühlten sich wesentlich wohler mit ihr und ließen sie es merken, indem sie besonders kraftvoll und elegant liefen.

»Vorwärts! Go! Go!«, rief sie ihnen die gewohnten Befehle zu. »Zeigt den Filmleuten, was ihr könnt!«

Sie konnte sagen, was sie wollte, hatte ihr Kevin erlaubt. Ihre Stimme würde man später ohnehin von Jenn synchronisieren lassen. Oftmals mussten die Schauspieler sogar ihre eigenen Dialoge neu sprechen, damit die Besucher im Kino sie besser verstehen konnten.

»Bis zu den Felsen, Chuck! Weiter!«

Was dann geschah, ungefähr an der gleichen Stelle, an der Jenn verunglückt war, ließ sie beinahe in den Tiefschnee stürzen. Ihr widerfuhr das Gleiche wie Jenn, so seltsam sich das später auch anhören würde. Mit einem dunklen Grunzlaut sprang das Monster zwischen den Felsen hervor und versuchte, sie vom Trail zu drängen. Nur dank ihrer langjährigen Erfahrung als Rangerin schaffte sie es, in der Spur zu bleiben und die Hunde weiterzutreiben. Jaulend vor Schreck zog das Gespann an dem haarigen Monster vorbei.

»Whoaa! Whoaa!«, bremste sie den Schlitten.

Julie sprang von den Kufen und wollte zu dem Monster zurücklaufen, doch das war bereits verschwunden und zwischen den Felsen untergetaucht. Wenige Sekunden später brauste es in voller Montur auf einem Snowmobil davon.

17

Anstatt von ihrem Radiowecker wurde Julie am nächsten Morgen durch ihr Smartphone geweckt. Sie hatte als Klingelton ein schrilles Läuten eingestellt, das einen selbst aus dem tiefsten Schlaf riss. Sie griff fluchend danach und blickte gar nicht aufs Display, als sie den Annahmeknopf drückte.

»Ja?«

»Julie? Hier ist Steve.«

Sie war sofort hellwach, aber viel zu überrascht, um gleich etwas zu erwidern. Erst nachdem sie eine gefühlte Minute auf die Anzeige ihres Radioweckers gestarrt hatte, sagte sie: »Steve? Hast du eine Ahnung, wie spät es ist?«

»Gleich halb sechs, ich weiß. Tut mir leid, Julie, aber ich dachte, du musst früh raus, und bei den Dreharbeiten bist du sicher ständig im Stress und hast keine Zeit.« Er klang nicht so dramatisch wie die letzten Male, beinahe besonnen. »Leg bitte nicht auf, Julie! Ich will dir nur was sagen. Es ist wichtig.«

»Was gibt's, Steve?«

»Ich wollte mich entschuldigen. Ich war eifersüchtig wie ein Junge auf der Junior High, der sich das schönste Mädchen seines Jahrgangs geschnappt hat und Angst hat, irgendjemand könnte sie ihm wegnehmen. Der nicht akzeptieren wollte, dass jede Frau ihr eigenes Leben hat und sich nicht nur an der Seite ihres Mannes verwirklichen will. Ich … ich war ein kompletter Idiot, Julie.«

»Das ist wahr.«

»Ich verstehe, dass du mich zum Teufel gejagt hast. Ich schäme mich jetzt noch, wenn ich an unsere letzte Begegnung denke. Da hab ich mich wohl nicht mit Ruhm bekleckert. Ich hab keine Ahnung, warum ich mich in letzter Zeit wie ein Macho benommen habe. Mein Psycho sagt, da hätte sich vieles bei mir angestaut. Der Stress im Job, die Angst, eine ähnlich schlechte Ehe wie meine Eltern führen zu müssen, die Gene meines Vaters, der meine Mutter immer klein hielt und kontrollierte … soll alles keine Entschuldigung sein. Ich wollte dir nur sagen, dass ich eigentlich gar nicht so ein Ekel sein will.«

»Du bist kein Ekel«, erwiderte Julie, »nur ein unverbesserlicher Macho, der glaubt, dass alles nach seiner Schnauze gehen muss.« Sie schwang ihre Beine aus dem Bett und knipste das Licht an. »Du gehst zum Psychologen?«

»Die Sitzungen tun mir gut. Aber ich bin nicht verrückt.«

»Das weiß ich, Steve. Die Behandlung bei einem Psychologen ist doch nichts Anrüchiges. Da gehen viele Leute hin, weil sie privaten Kummer oder Druck im Beruf haben, nach einer Scheidung nicht ins Leben zurückfinden, mit dem Verlust eines geliebten Menschen nicht zurechtkommen … das ist okay.«

Auch wenn es selbstverständlich sein sollte, dass eine Frau nicht mehr unter der Knute eines Mannes leben sollte, dachte sie. Nur wenn beide die gleichen Rechte hatten, funktionierte eine Beziehung. Ein Mann, der hinter jedem Strauch einen Nebenbuhler sah und sie am liebsten in einen goldenen Käfig einsperren würde, kam für sie nicht infrage. Dazu liebte sie ihren Job und ihre Freiheit zu sehr.

»Ich weiß, dass ich dich verloren habe«, sagte er, »und das geschieht mir recht. So viel habe ich inzwischen kapiert. Auch dass es vermessen wäre, noch an eine gemeinsame Zukunft zu glauben. Ende nächster Woche fliege ich nach Michigan, und bis ich zurückkomme, bist du sicher längst mit einem anderen zusammen.« Er atmete tief ein. »Ich wollte mich nur entschuldigen.«

»Okay«, erwiderte Julie. Mehr brachte sie nicht heraus.

Doch nachdem sie aufgelegt hatte, blieb sie noch minutenlang sitzen, bis der Radiowecker ansprang und ihr mit einem albernen Top-40-Hit klarmachte, dass jetzt tatsächlich Zeit zum Aufstehen war. Sie warf ihr Handy aufs Bett, drückte den Hit weg und schlüpfte in ihren Trainingsanzug. Mit ihrem Waschzeug ging sie zum Duschhaus. Wieder mal musste ihr eine heiße Dusche helfen, ihre wirren Gedanken zu ordnen. »Steve! Du verdammter Idiot!«, fluchte sie unter dem Wasserstrahl. Aber es klang alles andere als wütend.

Aber das war noch lange nicht die letzte Überraschung an diesem Morgen. Julie hatte sich gerade angezogen und war dabei, heißen Tee in ihre Thermosflasche zu füllen, als es klopfte. Für einen Augenblick erwartete sie, Steve vor der Tür stehen zu sehen, doch es war Brandy, die mit zwei Bechern heißer Schokolade und einer Tüte Donuts ihre

Blockhütte betrat und strahlend verkündete: »Stell dir vor, Jonah und ich sind wieder ein Herz und eine Seele.«

Julie war so verwirrt, dass sie an der geöffneten Tür stehen blieb. »Und deswegen fährst du mitten in der Nacht von Fairbanks hierher?« Sie schloss die Tür und griff nach ihrem Becher. »Ich dachte, du bist ein Morgenmuffel?«

»War nicht so schlimm. Ich hatte die Nachtschicht.«

»Noch lange kein Grund, so früh durch die Gegend zu fahren.«

Sie setzten sich an den Küchentisch, und Brandy zog einen Donut aus der Tüte. Beim Anblick der Schokostreuseln strahlte sie. »Jonah hat mich für heute Nachmittag auf eine Schneeschuhwanderung eingeladen. Hab ich dir erzählt, dass er ein Wildnisfreak ist und in Kalifornien ständig in den Bergen rumturnt? Er hat sich von einem deiner Kollegen eine Tour raussuchen lassen. Vom Wonder Lake über den McKinley River bis zum Clearwater Creek. Da wollen wir in einer Hütte übernachten. Wir haben uns bereits im Besucherzentrum eingetragen.« Sie grinste über beide Backen. »Da staunst du, was? Ich war nie die begeisterte Wandersfrau, aber Jonah hat mir die Sache schmackhaft gemacht. So eine Schneeschuhtour wäre was Elementares, sagt er. Na, was meinst du?«

»Ich weiß nicht. Muss Jonah nicht drehen?«

»Nur heute Morgen. Ab heute Mittag hat er zwei Tage frei.«

Julie checkte die Dispo, die auch sie auf ihr Smartphone bekommen hatte, und nickte. »Eine Szene heute Morgen und dann erst wieder übermorgen.«

»Sag ich doch.«

»Und heute Morgen schaust du zu?«

»Wenn du mich mitnimmst?« Brandy biss in ihren Donut und wischte sich die Schokolade aus den Mundwinkeln. »Jonah meint, ich soll heute Nachmittag zum Wonder Lake kommen. Sie würden das Camp dorthin verlegen, um wichtige Szenen am Seeufer und in den Bergen zu drehen. Aber ich spiel lieber Mäuschen und sehe zu, wenn sie Jonahs Szene am Vormittag drehen. Okay so?«

»Keine Ahnung. Ich denke schon.«

»Dachte ich mir. Ich helfe dir auch mit den Hunden.«

»Und du willst wirklich mit ihm wandern?«

»Warum denn nicht?«

Julie trank den Rest von ihrem Kaffee. »Du weißt, dass ich wenig Ahnung habe, was Beziehungen betrifft, aber bei Jonah hab ich ein blödes Gefühl. Er hat sich schon ein paarmal mit Pete angelegt. Und er ist jähzornig. Warum lässt du's nicht langsam angehen und triffst dich erst mal woanders mit ihm, auf sicherem Terrain?«

»Weil ich nicht ewig Zeit habe. Und weil ich ihm vertraue.«

»Sei vorsichtig, Brandy!«

»Ja, doch. Hat Steve sich gemeldet?«

»Steve? Wie kommst du denn darauf?«

»Hat er?«

Julie ging nur ungern auf Brandys Frage ein. »Ja, vor ungefähr einer Stunde. Sonst wäre ich nicht so schnell auf gewesen. Er hat sich entschuldigt. Anscheinend hat er eingesehen, dass er sich wie ein Volltrottel benommen hat.«

»Dachte ich mir. Ich bin ihm gestern bei Starbucks begegnet. Er hat mir gesagt, er hätte wohl die letzten Monate neben sich gestanden und gar nicht gemerkt, wie eure Beziehung in die Brüche ging. Auch geht er anscheinend sogar zu einem Psychodoktor, um wieder in die Spur zu kommen.« Sie zerknüllte die leere Donutstüte und warf sie in den Abfall. »Und? Bist du weich geworden?«

Julie schlüpfte in ihren Anorak und griff nach ihrer Mütze. »Nein, da geht nichts mehr«, sagte sie. »Außerdem geht er für ein halbes Jahr nach Michigan. Irgendein Uniprojekt. Dort läuft bestimmt jemand rum, der ihm gefällt.«

»Und du landest bei Pete?«

»Da läuft nichts. Ich hab von Beziehungen die Nase voll.«

Brandy grinste. »Das wird wieder.«

Zusammen gingen sie zu den Hundezwingern. Julie fühlte sich schuldig, weil sie ihre Huskys nicht früher gefüttert hatte, und begrüßte sie besonders freundlich.

»Hey, Chuck«, rief sie ihrem Leithund zu. »Was dagegen, wenn ich Brandy mitnehme? Stell dir vor, sie will mit ihrem Lover auf eine Schneeschuhwanderung gehen.« Chucks Jaulen klang wie ein Kichern. »Genau. So ging's mir auch, als ich das hörte. Gut möglich, dass wir irgendwann heute Nacht ausrücken und sie aus dem Tiefschnee befreien müssen.«

»Hahaha«, lästerte Brandy.

Der Regisseur hatte nichts dagegen, dass Brandy zusah, solange sie sich im Hintergrund hielt, aber Jonah war gar nicht angetan von der Idee und begrüßte sie nur widerwillig. Wie man sich in diesen Mann verlieben konnte, war Julie wirklich schleierhaft. Er war zwar ein schmucker Bursche und wirkte sogar sympathisch, wenn er lächelte, aber sobald Pete Cox in seiner Nähe war, sah man ihm an, wie neidisch er auf den Hauptdarsteller des Films war.

»Siehst du die Blicke?«, fragte Julie ihre Freundin.

»Die sind doch verständlich«, erwiderte Brandy. »Jonah ist eben ehrgeizig. Ich hab mir sagen lassen, alle Schauspieler sind von sich eingenommen und halten sich für den besten im Lande. Wer weiß? Vielleicht ist er ja wirklich besser.«

»Er ist ein Fanatiker.«

»Warum hackst du eigentlich dauernd auf ihm rum?«

»Ich hab Angst um dich, das ist alles.«

»Ich kann auf mich aufpassen, das weißt du doch.«

Die Szene mit Jonah war etwas ganz Besonderes, denn hier kam zum ersten Mal das Monster zum Einsatz. Sie drehten zwischen einigen Schwarzfichten abseits der Park Road. Der Kameramann wollte das geheimnisvolle Zwielicht vor Sonnenaufgang nutzen und trieb alle Beteiligten zur Eile an: »Ich will die Szene mit einem Take im Kasten haben.«

Wie Julie und Brandy erst vom Regisseur erfuhren, starb Jonah in dieser Szene.

»Du hast die anderen im Stich gelassen«, stimmte Kevin Jonah auf seine Rolle ein, »angeblich, um Hilfe zu holen. Aber du hast Angst und willst dich nur aus dem Staub machen. Du rastest neben einem umgestürzten Baumstamm und kriegst mühsam ein Feuer in Gang, doch kaum brennt es, erfüllt ein lautes Röhren den Wald, und das Monster fällt über dich her und verwickelt dich in einen Kampf. Du gehst nach dem zweiten Schlag zu Boden, und man sieht dein angstverzerrtes Gesicht, als der Schatten des hungrigen Monsters über dich fällt. Verstanden?«

»Muss ich unbedingt so früh sterben?«, beklagte sich Jonah.

»So will es das Drehbuch«, stellte der Regisseur klar.

Weil das gesamte Team nach dieser Szene zum Wonder Lake umziehen würde, waren die meisten Filmleute schon im Camp, nur Pete Cox und Jennifer Liotta würden mit dem Hubschrauber zum See gebracht werden, um bei einigen Szenen am Ufer und der großen Actionszene in den Bergen teilnehmen zu können. Für die nächsten beiden Tage war gutes Wetter angesagt.

Die meisten Teammitglieder wollten unbedingt dabei sein, wenn das Monster zu seinem ersten Einsatz kam, und waren froh, dass in unmittelbarer Nähe des Camps gedreht wurde. Ein junger Schauspieler, der sich diebisch freute, in dem Monsterkostüm auftreten zu können, würde den Part übernehmen. Den kurzen Faustkampf hatten er und Jonah bereits geprobt.

Julie und Brandy standen ungefähr zehn Schritte hinter dem Kameramann, als einer der Mitarbeiter die Klappe zu der Szene schlug. Jonah war auf erschöpft und müde geschminkt und wartete gebückt auf seinen Einsatz.

»Action!«, rief der Regisseur.

Stöhnend und leicht gebückt humpelte Jonah ins Bild. Das Drehbuch verlangte diesmal vollen Einsatz von ihm.

Nach einem heftigen Blizzard war er kaum noch bei Kräften und musste unbedingt ein Feuer in Gang bringen, wenn er nicht vor Erschöpfung einschlafen und erfrieren wollte. Mühsam suchte er einige einigermaßen trockene Äste und Zweige zusammen. Um das Feuer zu entfachen, hatte er nur einige wenige Seiten aus seinem Notizbuch und ein Wegwerffeuerzeug zur Verfügung, das sehr bald den Geist aufgeben würde. Bei dem stürmischen Wind, der noch durch den Wald wirbelte, beinahe unmöglich.

Da es an diesem Morgen einigermaßen windstill war, halfen die Techniker mit einer Windmaschine aus. Das Heulen des Sturms würde man erst nach den Dreharbeiten hinzufügen. Nachdem Jonah mehrere Male vergeblich versucht hatte, das Papier anzuzünden, hob Kevin eine Hand und rief: »Stopp! Jonah, ich hab dir doch gesagt, das kriegst du ohne Benzin nicht zum Brennen!«

»Ich kenn mich mit so was aus«, widersprach Jonah.

»So viel Zeit haben wir nicht!« Kevin wies einen Techniker an, das Papier mit etwas Benzin zu besprühen, und ließ eine weitere Klappe schlagen.

»Die zweite!«, rief der Mitarbeiter, und Jonah startete einen weiteren Versuch.

Diesmal schaffte er es. Das Feuer flammte auf, und es gelang ihm, die Äste und Zweige so zu platzieren, dass auch sie Feuer fingen. So erschöpft, dass er sich kaum noch aufrecht halten konnte, hielt er seine erfrorenen Hände über das Feuer.

Die Maskenbildnerin hatte ganze Arbeit geleistet. Jonah sah tatsächlich so aus, als wäre er kurz davor zu erfrieren, ein Mann, der sich kaum noch Hoffnung auf eine Rettung machen durfte. Er spielte auch nicht übel, so weit Julie das beurteilen konnte, aber das tat Pete auch und hatte eine wesentlich bessere Ausstrahlung. Das war es wohl, was Jonah fehlte, die strahlende Aura, die einen Helden von anderen unterschied. Das gewisse Etwas, das einen Star ausmachte, oder wie sie in Hollywood sagten: der Star-Appeal.«

Ohne das laute Stampfen, das man im fertigen Film hören würde, und das raubtierartige Röhren kam der Auftritt des Monsters nur halb so dramatisch rüber, aber der künstliche Nebel, der das haarige Wesen umgab, sorgte wenigstens für ein bisschen Stimmung. Mit ungelenken Schritten wankte das Monster zwischen den Bäumen hervor und trommelte wie einst King Kong mit den Fäusten auf seine Brust, als es den einsamen Wanderer entdeckte.

Jonah richtete sich auf und wich ängstlich vor dem Monster zurück. Dem Drehbuch zufolge sollte er dabei stolpern und in den Schnee stürzen, sich anschließend noch einmal aufrichten und in eine heftige Gerade des Monsters laufen. Und während er noch benommen zurücktaumelte, sollte das Monster erneut zur Stelle sein und ihn endgültig in den Schnee schicken. Die letzte Einstellung der Szene würde das verzerrte Gesicht des Monsters zeigen, wenn es sich über Jonah beugte.

Doch Jonah hatte andere Pläne. Weil er sich wohl selbst für einen unbesiegbaren Helden hielt, streifte er plötzlich seine Müdigkeit ab und drang mit beiden Fäusten auf das Monster ein. Der Schauspieler im Kostüm war viel zu überrascht, um Gegenwehr zu leisten. Jonah jagte ihm seine rechte Faust ins Gesicht, so fest und gezielt, dass das Monster es nicht einmal schaffte, einen Schmerzenslaut auszustoßen, und steif wie ein gefällter Baum in den Schnee fiel.

Einen Augenblick schien die Zeit stehen zu bleiben. Lediglich die Windmaschine war in der angespannten Stille zu hören. Dann hatte der Regisseur seine Sprache wiedergefunden und wütete: »Bist du irre, Jonah? Was soll der Blödsinn?«

»So müsste es eigentlich laufen«, erwiderte Jonah. »Ein Typ wie ich lässt sich doch nicht von einem wild gewordenen Bigfoot ins Bockshorn jagen. Es käme viel besser, wenn ich am Leben bliebe und die anderen im Alleingang rette.«

»Hast du plötzlich den Verstand verloren?«

»Nicht ganz allein«, schränkte Jonah ein. »Jenn müsste natürlich bei mir sein und mir helfen. Der Wildnismann und die Musherin, das passt doch.«

Kevin konnte es nicht fassen. »Seit wann bestimmst du, was in diesem Film zu geschehen hat? Die Rollen sind klar verteilt, und die Produktion und der Verleih haben das Drehbuch abgesegnet. Pete und Jenn sind die Stars.«

»Auch wenn die Story darunter leidet?«

»Die Story ist schon okay«, wies ihn Kevin zurecht. »Und wir drehen die Szene jetzt noch einmal, und wenn du dich nicht genau an das Drehbuch hältst, bist du draußen, hast du mich verstanden? Ich stehe nicht auf solche Scherze. Du weißt, was ein Dreh hier draußen kostet, und ich hab keine Lust, der Produktion zu beichten, dass wir das Budget für einen verrückten Schauspieler überziehen mussten. Du weißt ganz genau, was dann passieren würde. Du würdest nirgendwo mehr einen Fuß in die Tür bekommen, nicht mal in einer miesen Realityshow bei irgendeinem billigen Nischensender.«

»Schon gut«, ruderte Jonah zurück, »war dumm von mir.«

»Okay, dann fangen wir jetzt mit dem Monster an. Bist du klar, Davy?«

Das Monster richtete sich auf. »Geht schon. Das wird für dich teuer, Jonah!«

»Eine Flasche Champagner?«

»Ein Steakessen für meine Freundin und mich.«

»Meinetwegen.«

Brandy war während des Drehs nachdenklich geworden. Sie hatte mehrmals Blicke mit Julie gewechselt und schien sich nicht mehr sicher zu sein, ob ihre geplante Wanderung mit Jonah so eine gute Idee war.

»So kenne ich ihn gar nicht«, sagte sie und nahm ihn gleich darauf wieder in Schutz. »Aber so sind sie, die Stars. Schon mal von Johnny Depp gehört? Der ist noch verrückter als sein Captain Sparrow. Ich wette, den haben die Regisseure auch gefressen.«

»Aber der ist ein anderes Kaliber. Jonah hat eine Nebenrolle.«

»Er ist im Kommen, Julie, glaub mir.«

»Dann willst du immer noch mit ihm wandern gehen?«

»Natürlich«, erwiderte Brandy entrüstet, »uns wird ja

wohl kaum ein Monster begegnen. Und wenn doch, verkriechen wir uns in der Hütte und sperren die Tür zu. Ich bin sicher, Jonah ist ein Lieber. Hab ich dir schon gesagt, warum er neulich nicht ans Telefon ging? Er hatte es in seinem Zimmer liegen lassen. Weil er beim Weggehen an mich dachte und ganz durcheinander war.«

»Dann kann ich dich nicht überreden, die Wanderung abzusagen?«

»Nie und nimmer«, erwiderte sie.

18

Der Tag war beinahe perfekt. Nur wenige Wolken hingen am Himmel, als Julie ihr Gespann über die verschneite Park Road trieb und den Wonder Lake in den Ausläufern der Berge liegen sah. Ein Juwel inmitten einer grandiosen Landschaft, die selbst eine langjährige Rangerin wie sie in ihren Bann zog.

Wie ein Riese im weißen Mantel, majestätisch, monumental und unnahbar, thronte der Mount Denali über den anderen Gipfeln, schien sie mit seiner schieren Größe zu erschlagen. Nur wenige Tage im Monat zeigte er sich in seiner ganzen königlichen Pracht. Die Sonne glänzte auf den weißen Hängen des Bergriesen und brachte die Schneekristalle wie Diamanten zum Glitzern.

»Nun seht euch das an«, staunte Julie, als sie zum See hinabfuhr. »So freizügig war der Denali lange nicht mehr. Ist das ein Anblick, ihr Lieben? Kevin und der Kameramann müssten Luftsprünge machen, wenn sie das sehen.«

Sie fuhr am Ufer des vereisten Sees entlang nach Norden und parkte vor der Kantishna Lodge, einer einfachen Herberge, keine zwei Meilen vom See entfernt und für ein paar Tage das Hauptquartier des Filmteams. Die Filmleute waren noch nicht da, aber Ranger Erhart saß mit dem Verwalter-Ehepaar zusammen und wärmte sich mit einem Kaffee auf.

»Auch einen?«, fragte der Verwalter.

Julie lehnte dankend ab, hielt sich lieber an ihren Tee und war froh, als sie mit Erhart allein reden konnte. »Ist Rob Pierson hinter Schloss und Riegeln?«

Erhart nickte. »Die Kaution wollte keiner zahlen.«

»Und der Huskyvergifter? Gibt's von dem schon eine Spur?«

»Leider nicht«, antwortete Erhart, »es steht nur fest, dass Pierson die Huskys nicht vergiftet hat. Vergiften passt nicht zu ihm. Er hätte auf die Huskys geschossen, wenn er einen Grund dafür gehabt hätte, und er hätte vor allem irgendwo in der Wildnis auf sie gelauert. Noatak und Lady haben das vergiftete Fleisch in den Hundezwingern bekommen, das steht fest, also war es eher jemand, der sich im Park nicht auskennt. Aber warum sollte jemand die Huskys vergiften?«

»Doch ein Hundehasser? Der mir schaden will?«

»Haben Sie denn Feinde?«

»Feinde?« Julie überlegte und dachte nur für den Bruchteil einer Sekunde an Steve. »Nein, ich habe keine Feinde. Ich kenne niemand, der zu einer solchen Schweinerei fähig wäre. Es war auf keinen Fall jemand, der mich näher kennt, denn sonst hätte er Chuck aus dem Verkehr gezogen und es nicht dem Zufall überlassen, wen das Gift erwischt. Noatak kann ich ersetzen. Meinen Leithund niemals.« Sie seufzte. »Ich hoffe, wir finden den Schweinehund.«

Zum Mittagessen für die Filmleute und auch für Julie und Erhart hielten die Verwalter einen schmackhaften Eintopf bereit. Die Huskys brauchten erst abends wieder was zu fressen, an manchen Tagen kamen sie sogar mit einer einzigen Mahlzeit aus. Brandy und Jonah waren ebenfalls mitgekommen, um abseits des Wonder Lake die Bergwildnis und ihr junges Glück zu genießen.

Der Regisseur hatte bereits während des Essens wieder seine Dispo im Kopf, erweiterte sie wegen des prächtigen Wetters um einen Hubschrauberflug, der dem zweiten Kameramann die Gelegenheit geben würde, noch einige Ansichten vom Mount Denali zu drehen. Gleichzeitig war eine Liebesszene mit Jenn und Pete angesetzt, zu der auch Julie mit ihrem Hundeschlitten gebeten wurde. Sie drehten am Ostufer des Sees, nur wenige Schritte von der Ranger-Station entfernt, die im Winter allerdings geschlossen blieb.

Während Julie ihren Schlitten startklar machte, verließen auch Brandy und Jonah die Lodge. Sie waren wie für eine Arktis-Expedition gekleidet und trugen ihre Schneeschuhe über den Schultern. Wenn sie wirklich zum Clearwater Creek wollten, brauchten sie die Schneeschuhe erst im Tiefschnee südlich vom Wonder Lake. Julie hatte bis zu ihrem Dreheinsatz noch reichlich Zeit und erklärte sich bereit, die beiden bis zur Abzweigung auf dem Schlitten mitzunehmen. Das war sie Brandy schuldig.

Jonah schien die Schlägerei mit dem Monster schon vergessen zu haben und war bester Laune. Niemals wäre man auf die Idee gekommen, er könnte sich wie ein eifersüchtiger Junge zum Narren gemacht und mit seinem Regisseur angelegt haben. Brandy strahlte ebenfalls und schien ihr sagen zu wollen: Siehst du? Er ist gar nicht so schlimm, wie du denkst. Er glaubt, besser als dieser Pete Cox zu sein, weiter nichts. Und vielleicht hat er ja recht?

Am Beginn des Trails setzte Julie die beiden ab. Sie traute dem Lächeln von Jonah noch immer nicht und hätte Brandy gern gewarnt, machte aber nicht den Versuch, sie zurückzuhalten. Sie gab Jonah lediglich den professionellen Rat, den sie auch jedem anderen Wanderer gegeben hätte: »Halten Sie sich an die Route, die Sie im Besucherzentrum angegeben haben, und gehen Sie kein unnötiges Risiko ein. Zu viele Wanderer, die noch nie in solcher Abgeschiedenheit gewandert sind, überschätzen ihre Fähigkeiten.« Sie umarmte Brandy und schüttelte Jonahs Hand. »Und seien Sie morgen wieder zurück. Die Wildnis ist kein Zuckerschlecken, auch wenn sie manchmal so aussieht.«

»Nur keine Panik, Ranger«, erwiderte Jonah. »Ihre Freundin ist bei mir in den besten Händen. Ich kenne mich in der Wildnis aus. Auch in den kalifornischen Sierras gibt es Bären und Wölfe. Machen Sie sich keine Sorgen!«

Julie wartete, bis sich die beiden auf den Weg gemacht hatten, und fuhr zum Drehort am Ostufer. Der Kameramann schwärmte immer noch von den grandiosen Bildern, die er während des Hubschrauberfluges aufgenommen hatte, vergaß aber nicht, seine Kamera für den nächsten Take einzurichten und bei einer Stellprobe den Ausschnitt und die Belichtung zu überprüfen.

Als die beiden Hauptdarsteller und der Regisseur im Geländewagen von Ranger Erhart auftauchten, und ein weiterer Wagen mit Mitarbeitern hielt, waren Kameramann und Tonmann bereit. Julie hielt ihre Huskys bei Laune.

»Sie wissen, wie die Szene läuft«, sagte Kevin zu seinen beiden Hauptdarstellern. »Jenn fährt mit dem Hundeschlitten auf die Kamera zu, bremst am vereinbarten Punkt ab und läuft auf Pete zu. Schnitt. In der nächsten Szene küssen sich beide leidenschaftlich.«

»In der Hundekälte?«, rief Pete. »Da hätte ich was Besseres zu tun.«

»Nicht, wenn ich deine Partnerin bin«, konterte Jenn.

»Okay«, rief der Regisseur. »Trauen Sie sich die Schlittenfahrt zu? Im Film sind Sie eine Einheimische, es muss professionell aussehen. Fahren Sie ungefähr eine halbe Meile nach Norden, drehen Sie um und warten auf mein Zeichen. An dieser Stelle hier bremsen Sie den Schlitten, springen von den Kufen und laufen Pete entgegen.« Er drehte sich zu Julie um. »Ranger Wilson? Der Schlitten.«

Julie kraulte ihren Leithund zwischen den Ohren und wünschte ihm gutes Gelingen, bevor sie an Jenn übergab. »Locker bleiben«, erinnerte sie die Schauspielerin. »Und rufen Sie ›Whoaa!‹, bevor Sie vom Schlitten springen!«

Jenn war ein selbstverliebter Star, aber auch eine gute Schauspielerin. Und sie verstand es inzwischen, einen Hundeschlitten zu steuern, zumindest auf einer flachen und geräumten Straße wie hier am Wonder Lake. Noch immer nicht so elegant wie eine professionelle Musherin, aber immerhin. In der Nachbearbeitung ließ sich bestimmt vieles mit geschickten Schnitten oder Spezialeffekten aufpeppen. Jenn bremste den Schlitten mit einem lauten

»Whoaa!«, sprang von den Kufen, wie Kevin es verlangt hatte, und lief mit ausgebreiteten Armen auf Pete zu. Er war in dieser Szene nur von hinten zu sehen.

»Das war sehr gut«, lobte der Regisseur, als er sich den dritten Take angesehen hatte, »aber ich hätte auch diesmal gern eine Variante mit Julie. Sind Sie bereit, Julie? Tun Sie das Gleiche wie Jenn gerade, und keine Angst: Falls wir Ihre Version nehmen, bauen wir einen zusätzlichen Schnitt ein und zeigen die echte Jenn, sobald sie vom Schlitten springt und Pete entgegenläuft. Also keine Panik, okay? Sie müssen sich nicht als Schauspielerin beweisen.«

Obwohl Julie wusste, dass man ihr Gesicht im Film nicht sehen würde, war sie nervös. Das lag vor allem daran, dass sie während der Fahrt nicht nur die Kamera, sondern auch Pete vor sich haben würde. Während sie zum Startpunkt fuhr, sagte sie sich hundertmal, dass sie eine gewisse Sympathie, aber nicht mehr für den Hollywoodstar empfand, und dass es für ihn wohl kaum einen Unterschied machen würde, wenn sie nun anstelle von Jenn auf ihn zufuhr und von den Kufen sprang.

Als die Klappe fiel und das »Action!« des Regisseurs erklang, fuhr Julie los. Sie hielt den Kopf gesenkt, weil der Regisseur es verlangte und sie Pete auf diese Weise nicht in die Augen zu sehen brauchte, und gab sich alle Mühe, so forsch und routiniert wie möglich zu fahren. Kaum hatte sie gebremst, sprang sie vom Schlitten und lief auf Pete zu, wurde aber nicht von ihm aufgefangen, sondern rannte ins Leere und verlor beinahe den Halt.

»Tut mir leid«, entschuldigte sie sich rasch.

»Sie sollten in einem Actionfilm mitspielen«, rief der Regisseur. »Aber keine Bange, wir schneiden vorher zu einem Close-up mit Jennifer.«

Nach diesem Auftritt hatte Julie frei. Ihr nächster Termin stand für den frühen Abend auf dem Drehplan, eine Lagerfeuerszene, die sie zwischen einigen Schwarzfichten am Seeufer aufnehmen wollten. Die Szene war besonders wichtig für den Film, weil sie dort erneut von dem Monster bedroht wurden, das aber nur schattenhaft zu sehen sein würde und erst bei der nächsten Szene seinen großen Auftritt hatte, wenn Pete und die anderen Mitglieder der Wandergruppe durch den Tiefschnee stapften, und das Monster eine gewaltige Lawine auf sie niedergehen lassen würde – natürlich in der Nachbearbeitung am Computer generiert.

Doch bevor sie sich auf den Weg machte, wollte Julie sich noch die Kussszene ansehen. Sie hatte sich immer gefragt, was Schauspieler bei einem solchen Filmkuss empfanden, und war überrascht, als Jenn und Pete die Sache eher von der heiteren Seite angingen.

»Küss mich bloß nicht zu lange«, warnte Pete, »sonst frierst du noch an mir fest!«

Und Jenn konterte: »Und du hast dir hoffentlich die Zähne geputzt, sonst gibt's Ärger!«

Umso erstaunlicher war es, wie leidenschaftlich ihr Kuss auf dem Monitor aussah. Als würden sie einander mit Haut und Haaren verschlingen wollen. Julie musste lachen. In Zukunft würde sie Liebesfilme mit ganz anderen Augen ansehen. Und kein Wort mehr glauben, wenn sie in den Klatschblättern von einer Affäre zwischen einem männlichen und einem weiblichen Hollywoodstar las. Pete und Jenn konnten einander nicht einmal besonders gut leiden.

»Kann ich mit Ihnen zurückfahren?«, fragte Pete, als die Szene abgedreht war und Julie gerade auf die Kufen steigen und zur Lodge aufbrechen wollte.

Julie blickte lächelnd zum Himmel. »Fürs Nordlicht sind wir ein bisschen früh dran. Das sehen wir heute Abend am Lagerfeuer sicher viel besser.«

»Mir gefällt es auf Ihrem Schlitten besser als in einem Wagen.«

»Auf einer Achtstundentour würden Sie anders reden. Sie glauben ja nicht, wie anstrengend eine solche Schlittenfahrt sein kann. Beim Iditarod, dem großen Rennen, sind die Musher über zehn Tage unterwegs, Tag und Nacht und nur mit kurzen Pausen. Das wär auch mal ein interessanter Film.«

»Ich mag es, wie Sie mit den Huskys umgehen«, erwiderte er. »Als hätten Sie eine eigene Sprache für sich und die Hunde erfunden. Ich hatte keine Ahnung, dass es Menschen und Tiere gibt, die sich so gut verstehen. Ganz toll!«

»Wir kennen uns lange genug und respektieren einander.«

»Das sieht man«, sagte Pete.

Julie wollte etwas anderes wissen. »Sagen Sie«, fragte sie während der Rückfahrt, »wie ist das eigentlich bei einem Filmkuss? Empfinden Sie da was? Ist Ihre Freundin nicht sauer, wenn Sie ständig eine andere küssen?«

»Das haben Sie doch gesehen.« Pete musste lachen. »Bei

Jenn empfinde ich so gut wie gar nichts, und ihr geht es sicher ähnlich. Wir mögen uns nicht mal besonders. Aber selbst wenn wir uns mögen würden, hätte ich keine Angst, mich in sie zu verlieben. Haben Sie nicht gesehen, wie viele Leute um einen rumstehen, wenn die Szene gedreht wird? Da kommt nicht wirklich Romantik auf.«

»Und Ihr Freund?«, fragte er nach einer ganzen Weile. »Sie haben Kummer, nicht wahr? Das merke ich schon die ganze Zeit. Wir Schauspieler haben für Gefühle ein feines Gespür. Sie schleppen irgendwas mit sich rum.«

»Kann schon sein.«

»Ist er eifersüchtig, weil Sie sich tagelang mit einem Hollywoodstar in der Wildnis herumtreiben? Glaubt er, dass wir was miteinander haben?«

»Auch«, räumte sie ein.

»Aber das ist nicht alles.«

»Nein«, gestand sie, »aber ich hab mit ihm Schluss gemacht. Nehme ich jedenfalls an. Er war mir irgendwie zu machohaft, konnte nicht ertragen, dass ich einen Fulltime-Job habe und keine Lust verspüre, mein Leben nur als Hausfrau und Mutter zu fristen. Für manche Frauen mag das okay sein, ich kann das jedoch nicht. Ich hab doch nicht studiert und die harte Ausbildung hinter mich gebracht, um den Job an den Nagel zu hängen und nur für meinen Mann da zu sein.«

»Aber Sie haben ihn noch nicht ganz aufgegeben.«

»Wie bitte?«

»Sie lieben ihn immer noch.«

»Woher wollen Sie das wissen?«

Er drehte sich lächelnd zu ihr um. »Weil ich merke, dass Sie ständig an einen anderen denken und ich nicht die geringste Chance bei Ihnen habe.«

»Tut mir leid.«

»Braucht es nicht«, sagte er. »Ich wusste gleich, dass Sie nicht der Groupietyp sind und auf das Hollywoodgeschwätz reinfallen. Sie sind anders.«

Aus den Bergen drang das Heulen eines Wolfs herab. Gleich darauf antwortete ein anderer. Es klang gefährlich nahe. Das Moose-Creek-Rudel, dachte Julie, besonders aggressive Wölfe, in deren Revier sich in diesem Winter nur sehr wenig Beutetiere aufhielten. Zwei Ranger beobachteten sie seit einigen Wochen und hatten erst vor Kurzem Entwarnung gegeben, als zwei Elche zum Moose Creek gewandert waren und nur darauf zu warten schienen, von den Wölfen gerissen zu werden. Sie waren zu alt, um sich zu wehren.

»Wölfe?«, fragte Pete nervös.

»Das Moose-Creek-Rudel.«

»Gefährlich?«

»Kein Grund, sich Sorgen zu machen«, beruhigte sie ihn.

Tatsächlich wurden die unheimlichen Laute leiser und entfernten sich immer mehr, ein deutliches Zeichen dafür, dass die Wölfe spürten, wie viele Menschen in die Wildnis gekommen waren, und ihnen möglichst aus dem Weg gehen wollten. Bis in zwei Stunden, wenn die Dreharbeiten bei den Schwarzfichten am Seeufer stattfinden würden, waren sie wahrscheinlich längst über alle Berge. Sorgen machte sich Julie nur um Brandy. Sie war mit einem

Angeber unterwegs, der alles war, nur kein Naturbursche. Sie hätte die beiden aufhalten müssen, selbst wenn Brandy dann sauer gewesen wäre.

Als die Filmleute, die am selben Abend an der Lagerfeuerszene beteiligt waren, von der Lodge aufbrachen, war Julie wieder allein unterwegs. Auch Ranger Erhart hatte die Wölfe gehört und hielt es wohl für angebracht, als zusätzliche Security dabei zu sein. In seinem Geländewagen folgte er den Filmleuten zum entlegenen Seeufer. Julie nahm den Hundeschlitten und beobachtete, wie er sein Gewehr überprüfte und sich am Drehort so postierte, dass er einen guten Blick auf die Lichtung hatte. Er wirkte sehr konzentriert.

»Sind sie so nahe?«, fragte Julie ihn leise.

»Man kann nie wissen«, antwortete Erhart. »Erinnern Sie sich an *Two Rode Together* mit James Stewart und Richard Widmark? War auch vor Ihrer Zeit, was? Da saßen die beiden scheinbar vollkommen entspannt am Lagerfeuer und wussten doch haargenau, dass die Comanchen angreifen würden.«

»Hier gibt's keine Comanchen.«

»Den Moose-Creek-Wölfen traue ich genauso wenig.«

Die Szene war spannend, würde zumindest auf der Leinwand so rüberkommen, wenn man nicht sah, wie der natürlichen Leuchtkraft des Lagerfeuers mit künstlichem Licht nachgeholfen wurde und in der Nachbearbeitung noch der Schatten des Monsters hinzugefügt worden war.

Am Lagerfeuer saßen die verbliebenen Mitglieder der Wandergruppe, das waren Pete, zwei Männer und zwei

Frauen, die dabei gewesen waren, als sich das Monster zwei Wanderer geholt hatte, und die erlebt hatten, was für einen grausamen Filmtod der arme Jonah nach seinem Faustkampf gestorben war.

Jenn, die eine einigermaßen erfahrene Musherin spielte und ebenfalls vor dem Monster auf der Flucht war, saß auf dem Schlitten, den Julie etwas abseits vom Feuer geparkt hatte. Für eine Frau, die angeblich seit Tagen in der Wildnis unterwegs war, war sie zu edel geschminkt und zu sauber gekleidet.

»Ruhig!«, warnte Pete. »Es muss ganz in der Nähe sein!«

»Das Monster?«, flüsterte eine der Frauen entsetzt.

»Hörst du es nicht?«, fragte die andere Frau.

Pete blickte hilflos in die Runde. »Wenn ich nur wüsste, wie man das verfluchte Monster aufhalten kann. Kugeln schluckt es runter. Messerstiche spürt es nicht. Vielleicht eine silberne Kugel wie bei einem Werwolf? Irgendwas muss es doch geben.«

»Ein alter Indianer hat mir von einem Monster erzählt, das laut einer alten Legende seines Stammes über die Menschen herfiel. Es war stärker als jeder Grizzly und gnadenloser als ein hungriger Wolf, der in den Bergen nichts zu fressen findet und zu den Menschen in die Täler hinabsteigt. Nur der Krieger, der es schaffte, seine Faust in die glühenden Augen des Monsters zu treiben, war in der Lage, es zu besiegen. Eine andere Möglichkeit gab es nicht.«

»Und? Hat es ein Krieger geschafft?«

»Das weiß ich nicht.«

»Du weißt es nicht?«, fragte Pete ungläubig.

Ein Wolf heulte, so laut und unheimlich, als wäre er nur ein paar Schritte von ihnen entfernt. Ein klagender Laut, der den Schauspielern am Lagerfeuer einen eisigen Schauder über den Rücken laufen ließ. Sie blickten sich entsetzt um, sahen dunkle Schatten, die sich zwischen den Bäumen bewegten, und gelbe Augen, die bedrohlich im Halbdunkel leuchteten. Das Moose-Creek-Rudel, erschrak Julie, unerschrockene Wölfe, die nicht einmal vor einer größeren Ansammlung von Zweibeinern zurückschreckten. Hungrige Raubtiere, die jeden Augenblick durch das Unterholz brechen und angreifen konnten.

»Ganz ruhig! Nicht bewegen!«, warnte Julie.

19

Die Wölfe waren so nahe, dass man ihren Atem hören konnte. In den flackernden Schatten, die das Feuer in den Schnee und auf die Bäume warf, wirkten sie wie unheimliche Wesen aus einer anderen Welt. Sie waren noch bedrohlicher als das Monster, das die Wandergruppe im Film angriff, und schienen nur darauf zu warten, dass ihr Anführer den tödlichen Angriff startete.

Die Schauspieler brauchten sich nicht zu verstellen. Ihre Panik war echt und ließ sie so entsetzt reagieren, wie es sich der Regisseur für die Filmszene mit dem Monster gewünscht hätte. Niemand sagte ein Wort. Die Angst ließ sie erstarren und wie versteinert im Schnee hocken. Das Einzige, was sich außer den Wölfen bewegte, waren die Atemwolken aller Beteiligten.

Julie reagierte so, wie man es von einer erfahrenen Rangerin erwartete. Sie geriet nicht in Panik, unterdrückte ihre Angst und zog langsam und so vorsichtig, dass sich die Wölfe nicht provoziert fühlten, ihren Revolver aus der Jackentasche. Ihr Blick war weiter auf die Wölfe gerichtet. Sie ließ die Schatten zwischen den Bäumen nicht aus den Augen und verfolgte sie aufmerksam.

Aus den Augenwinkeln beobachtete sie Ranger Erhart, der am Rande des Feuerscheins seitlich vom Kameramann stand und sein Gewehr mit beiden Händen hielt. Sie glaubte zu sehen, wie er es entsicherte, erschrak dennoch, als er den Lauf in die Luft richtete und drei Schüsse hintereinander abgab.

Die Wölfe fuhren zusammen, wirkten sekundenlang orientierungslos und flohen aus dem Feuerschein. Das Knacken von Ästen und Zweigen war zu hören, und ängstliches Jaulen erfüllte die Luft, als sie überstürzt das Weite suchten. Sie wussten, was der Krach bedeutete, und wie gefährlich er für sie werden konnte. Auf einige von ihnen war im letzten Sommer außerhalb des Parks geschossen worden, als sie das Schaf einer nahen Farm gerissen hatten.

Wie Donnerschläge verhallten die Schüsse in der eisigen Luft. Erst als sie verklungen waren, löste sich die Anspannung unter den Filmleuten, und die ersten Stimmen wurden laut.

»Wow, das war knapp!«, sagte Pete.

»Ich werde die Produktion auf Schmerzensgeld verklagen!«, schimpfte Jenn. Eine der anderen Frauen begann zu weinen.

»Ich hab draufgehalten«, sagte der Kameramann. »Die Angst kommt besser rüber als in den anderen Einstellungen.«

Erhart trat in den Feuerschein. »Es ist vorbei«, beruhigte er die Filmleute, »die Wölfe sind weg. Sie haben nichts mehr zu befürchten. Dennoch würde ich empfehlen, so schnell wie möglich in die Lodge zurückzukehren. Sicher ist sicher. Keine Angst, Ranger Wilson und ich werden Sie begleiten. Wir werden versuchen aufzuklären, warum sich die Wölfe so aggressiv verhalten haben. Das gibt es sonst nur in Horrorfilmen und Gruselstorys.«

Wie Erhart behielt auch Julie ihre Waffe schussbereit in der Hand. Sie wartete, bis der Ranger bei ihr war, und sagte: »Irgendwas stimmte nicht bei der Sache. Haben Sie gesehen? Ein Teil der Wölfe blieb nach den Schüssen in den Büschen.«

»Ich weiß, als ob sie was gefunden hätten.«

Sie zogen beide ihre Taschenlampen hervor und drangen in das Unterholz ein. Julie hatte sich die ungefähre Stelle gemerkt und brauchte nicht lange, um den Grund für die Anwesenheit der Wölfe zu finden. Neben einem entwurzelten Baumstamm lag ein Fleischbrocken. Der Schnee war blutig. Die kargen Überreste der Köder, die jemand für die Wölfe ausgelegt haben musste.

»Da wollte jemand, dass uns die Wölfe heimsuchen.«

»Wer macht denn so was?«, wunderte sich Julie.

Sie riefen den Regisseur herbei. Auch Pete Cox, der Kameramann und einige andere Mitarbeiter waren neugierig geworden und starrten fassungslos auf den Fleischbrocken.

»Ein Köder? Sie meinen, irgendjemand wollte, dass uns die Wölfe besuchen?«, fragte Pete ungläubig. »Wie krank ist das denn?«

»Wer wusste, dass Sie hier drehen?«, fragte Erhart.

»Jeder in unserem Team«, antwortete Kevin. »Die Dispo hat jeder auf seinem Smartphone, da steht genau, wo sich unsere Drehorte befinden. Mit GPS-Angaben und allem Drum und Dran. Aber warum sollte jemand hungrige

Wölfe auf uns hetzen? Welches kranke Hirn denkt sich so etwas aus?«

Julie brauchte nur kurz zu überlegen, dann fiel es ihr wie Schuppen von den Augen. »Jonah!«, stieß sie so laut hervor, dass es auch die anderen verstanden. »Jonah Stark! Er ist eifersüchtig auf Pete und alle anderen, die berühmter sind als er. Er wurde schon handgreiflich, weil er nicht die Hauptrolle in dem Film bekommen hat. Er will der Konkurrenz schaden und ist so sauer, dass er lieber den ganzen Film platzen lässt. Nach dem Motto: Wenn ich nicht im Rampenlicht stehe, sollen die anderen auch nicht glänzen. Ich gehe jede Wette ein, er hat sich auch als Monster verkleidet, um Jenn und mich von dem Trail abzudrängen, und er hat versucht, die Huskys zu vergiften.«

Erhart wollte es nicht glauben. »Sie meinen allen Ernstes, er führt das ganze Theater nur auf, weil er neidisch auf den Hauptdarsteller ist? Aber seine Rolle ist doch auch nicht schlecht. Zu Zeiten, als ich noch ins Kino ging, war jeder Schauspieler froh, in einem großen Film mitspielen zu dürfen, an der Seite von John Wayne oder James Stewart. Und wenn es nur eine Minirolle war. Eine Rolle in einem Hollywoodfilm bekommt nicht jeder.«

»Jonah ist anders«, erklärte Pete. »Er hält sich für einen großen Outdoormann und kann es nicht ertragen, nur die zweite Geige zu spielen. Obwohl ich ihn immer fair und respektvoll behandelt habe. Ich habe nie was gesagt, aber sein Neid ist tatsächlich schon krankhaft. Jeder andere hätte einen Luftsprung gemacht, wenn ihn unser Produzent angerufen hätte. Von null auf hundert klappt es selten. Ich hab auch klein angefangen, mit Nebenrollen in TV-Serien, und komme erst jetzt groß heraus.«

»Ich war auf einiges vorbereitet«, sagte Kevin, »aber so was?«

»Hunde zu vergiften und hungrige Wölfe auf Menschen zu hetzen, sind Straftaten«, sagte Erhart, »dafür landet man vor Gericht. Wo steckt der Kerl? Ich brauche ein Geständnis von ihm.«

»Er ist mit Brandy unterwegs!«, sagte Julie.

»Ihr wird er nichts tun«, glaubte Pete zu wissen, »so verrückt ist er nicht. Ich glaube, er mag sie wirklich. Ich weiß nicht, was in ihn gefahren ist, dass er unschuldige Hunde vergiftet und Köder für Wölfe auslegt, aber zu mehr ist er nicht fähig. Wahrscheinlich tut ihm irgendwann alles furchtbar leid.«

Erhart schüttelte den Kopf. »Darauf können wir uns nicht verlassen.« Er blickte Julie an. »Haben Sie eine Ahnung, wo die beiden sein könnten?«

»In der Hütte, ungefähr zwei Meilen von hier«, antwortete sie. »Jonah hat Brandy zu einer Schneeschuhwanderung eingeladen, obwohl ich mir inzwischen gar nicht mehr sicher bin, dass er sich mit Schneeschuhen auskennt.«

Einer der Techniker meldete sich zu Wort. »Bei ihm ist alles nur Fassade. Mir wollte er erzählen, dass er eine große Nummer bei den Snowmobilrennen in den Sierras ist. Mein Bruder hat mehrere Rennen gewonnen, und ich kenne mich einigermaßen in der Szene aus. Jonahs Name fiel dort nie.«

»Ein Hochstapler!«, sagte Pete.

»Obwohl er's doch gar nicht nötig gehabt hätte.«

Chuck war aufgesprungen und jaulte laut. So einen durchdringenden Laut stieß er nur aus, wenn Gefahr drohte. Er blickte sich zu seiner Herrin um.

»Chuck! Was ist denn?«, rief Julie. Ihr Blick wanderte von ihrem Leithund zu den Felsen, die jenseits der Bäume aufragten. Sie glaubte, eine Bewegung auf einem der Hänge zu sehen. »Weg hier! So schnell wie möglich weg hier!«

Im gleichen Augenblick fiel ein Schuss, und von dem Berghang löste sich ein Schneebrett. Innerhalb weniger Sekunden schwoll der Schnee zu einer Lawine an und rauschte tosend ins Tal hinab. Mit unvorstellbarer Gewalt donnerte der Schnee über Bäume und Sträucher hinweg. Nur weil das Lagerfeuer der Filmleute zu weit entfernt war, entgingen sie der tödlichen Gefahr.

Doch die Lawine schaffte es, einen kühlen Schauer auf sie herabregnen zu lassen und das Feuer zu löschen.

»Steckt euch euren blöden Film sonst wohin!«, drang Jonahs wütende Stimme aus den Bergen herab. »Mit Pete in der Hauptrolle macht das Ding sowieso keine Kasse! Ihr könnt mich mal alle!«

Seine Stimme ging in ihrem eigenen Echo unter und verstummte schließlich ganz. Zurück blieb betretene Stille. Jonah war nicht mehr zu sehen.

Julie erholte sich zuerst. Sie klopfte sich den Schnee aus den Kleidern und sagte: »Ich fahre ihm nach, bevor er Brandy was antut. Ich kenne mich da oben aus. Ich war erst vorigen Monat auf einer Patrouille dort. So ungeübt, wie die beiden auf Schneeschuhen sind, kommen sie bestimmt nicht weit.«

»Das ist zu gefährlich!«, erwiderte Erhart.

»Ich gehe kein unnötiges Risiko ein. Kommen Sie nach, sobald Sie die Leute zur Lodge gebracht haben. Bei dem Wetter sind unsere Spuren deutlich zu sehen.« Sie stieg auf den Schlitten und zog den Pflock aus dem Schnee.

»Seien Sie bloß vorsichtig!«

Julie feuerte die Hunde an und fuhr los. Sie nahm denselben Trail, über den sie vor einem Monat gefahren war, und war erleichtert, dass er immer noch einigermaßen geräumt war. Um keine Zielscheibe für Jonah abzugeben, falls er weiter durchdrehte, verzichtete sie auf ihre Stirnlampe. Auch gegen den hellen Schnee bot sie ein gutes Ziel, doch es geschah nichts, und das Hecheln der Huskys und das Scharren der Kufen waren die einzigen Geräusche.

In den felsigen Ausläufern wand sich der Trail in einigen steilen Serpentinen nach oben, und sie musste öfter vom Schlitten steigen und ihren Huskys beim Anstieg helfen. Jonah und Brandy hatten den Wanderweg auf der anderen Seite genommen und kamen ihr wahrscheinlich entgegen. Was sie vorhatten, ließ sich bei einem durchgeknallten Burschen wie Jonah nicht sagen. Zur Hütte konnte er nicht, dort würde man ihn am ehesten finden, aber es gab auch kein anderes Ziel für ihn. Seine Spuren waren deutlich im Schnee zu sehen, und er war auf Schneeschuhen viel zu langsam, um vor ihr zu fliehen. Was war nur in ihn gefahren? Wie konnte er so die Nerven verlieren?

Sie erreichte die Anhöhe, auf der sie die Bewegung gesehen hatte, und fuhr zu der Hütte weiter. Sie kam gerade rechtzeitig, um zu beobachten, wie Jonah mit ihrer Freundin darin verschwand. Die Tür klappte hinter ihnen zu.

Aber Jonah hatte sie gesehen. »Bleiben Sie uns vom Leib!«, rief er durch die geschlossene Tür. »Hauen Sie ab! Sie haben mir gar nichts zu sagen.«

»Das hab ich sehr wohl, Jonah!« Julie hielt den Schlitten an und griff nach ihrem Revolver. Nur für alle Fälle, wie sie hoffte. »Ich bin Park Ranger Julie Wilson und damit auch für die Sicherheit im Denali National Park verantwortlich. Kommen Sie mit erhobenen Händen raus und ergeben Sie sich!«

»Den Teufel werde ich tun.«

»Brandy! Bist du okay?«

»Alles klar.« Ihre Stimme klang schriller als sonst. »Jonah hat die Wölfe mit vergifteten Fleischbrocken angelockt. Er hat es mir gerade gesagt.«

»Halt die Klappe!«, schnitt ihr Jonah das Wort ab. »Ich dachte, du liebst mich. Dann müsstest du doch verstehen, dass ich ohne die Hauptrolle nicht alles so weiterlaufen lassen kann. Ich bin ein Star, ich habe mehr verdient!«

»Sparen Sie sich die Show für einen Dreh«, rief Julie zurück. »Dies ist kein Western, und Sie sind nicht John Wayne, oder wie immer der Bursche heißt.«

»John Wayne würde sich für so was nie hergeben«, erklang Erharts Stimme neben ihr. Er war unbemerkt neben sie getreten. »Hier ist Park Ranger Greg Erhart!«, rief er Jonah zu. »Ich bin der Chef der Polizeitruppe. Wir haben

Sie umstellt! Kommen Sie raus, oder wir müssen die Hütte stürmen!«

»Ich hab eine Geisel hier.«

»Unsinn! Sie mögen Brandy, das sieht doch jeder. Ihr würden Sie niemals etwas antun. Kommen Sie raus! Solange Sie nicht zu schießen anfangen oder Brandy als Schutzschild benutzen, kommen Sie noch einigermaßen davon.«

»Ich werde nie eine Hauptrolle bekommen.«

»Das mag sein«, flüsterte Erhart. Laut sagte er: »Machen Sie es nicht schlimmer, als es ist, Jonah! Kommen Sie mit erhobenen Händen aus der Hütte! Haben Sie mich verstanden, Jonah? Ich meine es nur gut mit Ihnen.«

Eine Zeit lang passierte gar nichts, dann ging die Tür auf, und Jonah kam nach draußen. Die Hände hielt er nach oben gestreckt. Er wehrte sich nicht, als Erhart ihm die Handschellen anlegte, fügte sich stumm in sein Schicksal.

Hinter ihm erschien Brandy und umarmte Julie, bis beide kaum noch Luft bekamen. »Oh verdammt!«, fluchte sie. »Diesmal lag ich wirklich daneben.«

»Dann bist du endgültig geheilt von Männern?«

Brandy konnte schon wieder grinsen. »Nun ja, Benny, der zweite Kameramann, ist auch nicht ohne und sucht eine Assistentin, hab ich mir sagen lassen. Was meinst du? Würde ich nach Hollywood passen? Rodeo Drive und so?«

»Wir beide gehören zu Alaska wie Huskys und der Mount Denali«, antwortete Julie. »Und ich bin sicher, dein Mister Perfect wartet auch hier irgendwo.«

Zwei Wochen später

Auf der Hoselton Road herrschte reger Betrieb. Wegen des Schneemangels in Anchorage und Umgebung startete das Iditarod in Fairbanks, auch in der kürzeren Version noch immer das härteste Schlittenrennen der Welt. Zu beiden Seiten der Straße hatten sich zahlreiche Schaulustige eingefunden, und aus den Lautsprechern der Übertragungswagen klang Musik. Die arktische Sonne glänzte auf der gewalzten Schneepiste.

Hinter der Absperrung warteten die Musher mit ihren Gespannen auf den offiziellen Start des Rennens und trafen letzte Vorbereitungen, nur begleitet von den engsten Vertrauten und Helfern. Die Kameras der TV-Crews waren auf das lebhafte Treiben gerichtet und würden live dabei sein, wenn sich die Teams ins ferne Nome aufmachten.

Julie entdeckte Carol und Henrik und winkte ihnen zu. »Hey, Carol! Henrik! Alles Gute! Ich weiß, ihr kommt beide unter den ersten zehn ins Ziel!«

Carol lächelte. »Wollen wir's hoffen. Genug trainiert haben wir ja.« Sie tätschelte Skipper, ihren tapferen Leithund. »Eigentlich dachte ich ja, du wärst gar nicht hier. Ich hab gehört, Steve und seine Unileute fliegen heute für ein halbes Jahr nach Michigan. Oder seid ihr beide nicht mehr zusammen?«

»Nun ja …«

»Geh ruhig, Julie. Wir kommen auch ohne dich hier weg, und die Daumen kannst du uns auch am Flughafen drücken. Der Flieger geht in einer Stunde …«

»Und ihr seid nicht böse?«

»Wieso denn? Wir wollen, dass du glücklich wirst.«

Julie verabschiedete sich von ihnen und raste in ihrem Pick-up zum Flughafen. Sie wusste selbst nicht, warum sie es tat. Sie hatte seit Steves Entschuldigung nicht mehr mit ihm gesprochen und wusste nicht einmal, was sie ihm sagen sollte, wenn sie einander gegenüberstanden. »Sie lieben ihn immer noch«, hörte sie Pete sagen.

Sie erreichte den Flughafen, stellte den Wagen ab und lief zu den Schaltern von Alaska Airlines. Beinahe zehn Minuten hielt sie vergeblich Ausschau nach ihm, dann sah sie ihn mit einigen seiner Kollegen vor einem Durchgang stehen. Sie lief zu ihm und blieb lächelnd vor ihm stehen. »Hey«, sagte sie.

»Hey«, sagte er. Und zu seinen Kollegen: »Ich komme gleich nach.«

»Ich wollte dir auf Wiedersehen sagen«, fuhr sie fort. »Und viel Glück wünschen. Wir sind die Filmleute los. Jonah Stark sitzt in Untersuchungshaft, und das Leben geht wieder seinen gewohnten Gang.« Sie lächelte schwach. »Brandy hat einen neuen Verlobten. Einen Huskyzüchter aus North Pole.«

»Und du?«

Ihr Lächeln blieb. »Ich dachte, wir skypen mal.«

»Ein halbes Jahr kann lang sein.«

»Nicht, wenn man so viel Arbeit hat wie wir.«

Er erwiderte ihr Lächeln und schien seinen ganzen Mut zusammenzunehmen, als er fragte: »Darf ich dich denn anrufen, wenn ich zurückkomme?«

»Ich würde mich freuen«, antwortete sie.

»Ehrlich?«

»Ganz ehrlich«, sagte sie.

»Verrückt.«

Sie küsste ihn auf die Wange und fühlte sich seltsam beschwingt, als sie erwiderte: »Hast du was anderes erwartet bei zwei Dickköpfen wie uns?«

Danksagung

Ich recherchiere für alle meine Bücher vor Ort, weil man nur auf diese Weise ein Gefühl für ein Land und seine Menschen bekommen kann. In Alaska, einem meiner Lieblingsländer, bin ich regelmäßig unterwegs. Ich war auch mit Mushern auf dem Trail, darunter Diana Moroney, eine erfahrene Huskyzüchterin und Iditarod-Teilnehmerin. Besonders ihr gebührt mein Dank, aber auch Abbie West, einer jungen Musherin aus Two Rivers. Neben zahlreichen anderen Rangern, die mich auf meinen Ausflügen in den Denali National Park begleitet und ausführlich mit mir gesprochen haben, half mir besonders die Rangerin Clare Curtis bei meinen Recherchen. *Thank you very much, Diana, Abbie and Clare.* Danken möchte ich wieder meinen Leserinnen, Lesern und Fans, die mir seit vielen Jahren die Treue halten. Dies ist der letzte Band meiner »Alaska Wilderness«-Reihe, aber schon im nächsten Frühjahr erscheint ein ganz besonders spannender Einzeltitel aus meiner Feder. Auch dort geht es wieder – wenn auch unter ganz anderen Vorzeichen – um Huskys, Wölfe und die wildromantische Landschaft des amerikanischen Nordens.

Euer Christopher Ross

www.christopherross.de
www.facebook.com/christopher.ross.autor

0 10 20 km
Lake
Minchumina
Kantishna
McKinley River
Wonder
Lake
Cottonwood
Hills
DENALI
NATIONAL
PARK
Slow Fork
Hills
Mt.
Mt. Foraker
5304 Meter
4442 M
ALASKA
DENALI
NATIONAL
PARK
nach Ancho